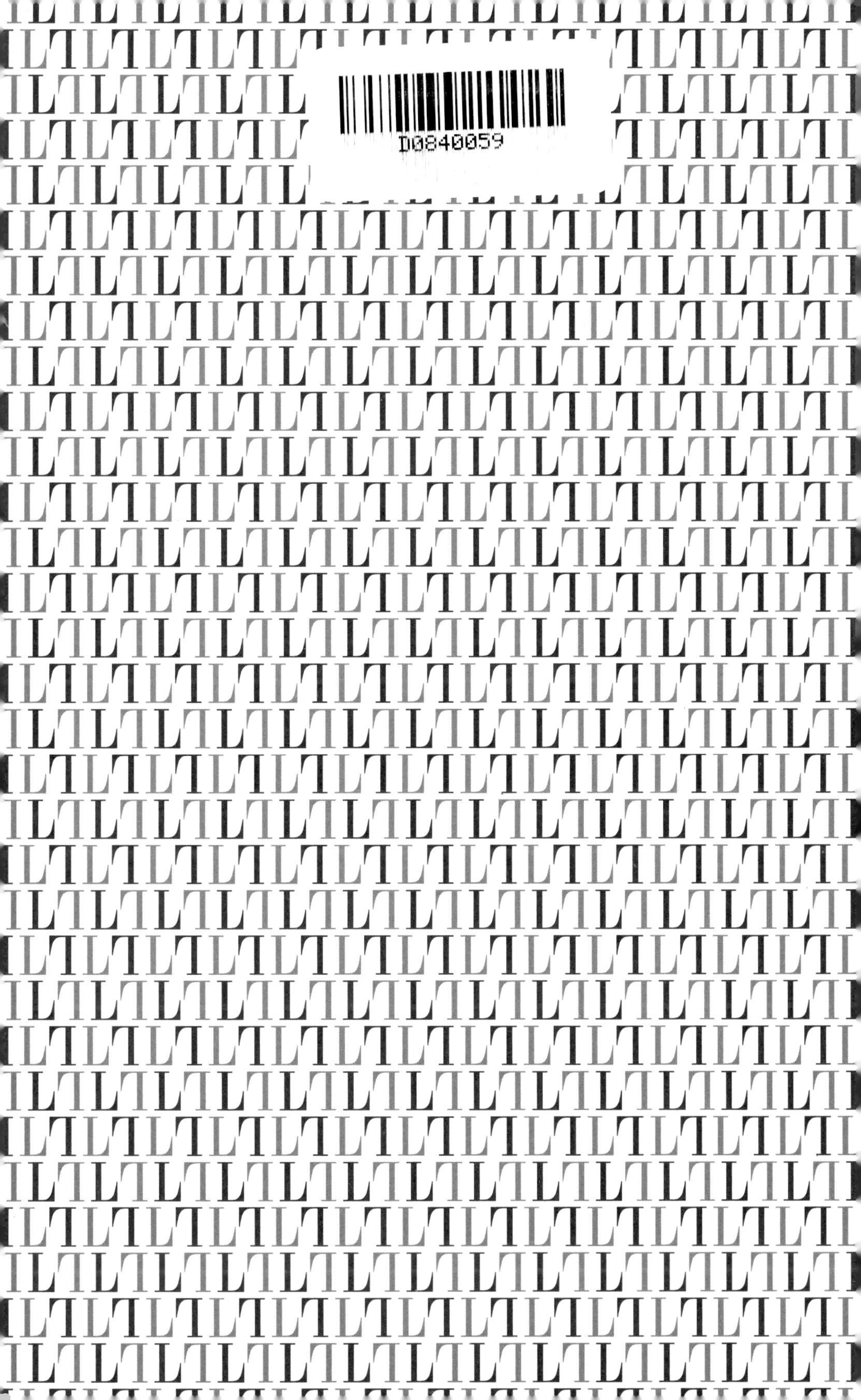

Brooklyn

Brooklyn

Colm Tóibín

Traducción de
Ana Andrés Lleó

Lumen

narrativa

Título original: *Brooklyn*
Primera edición en este formato: febrero de 2016

Printed in Spain – Impreso en España

ISBN: 978-84-264-0289-9
Depósito legal: B-25.916-2015

Compuesto en M. I. maqueta, S. C. P.
Impreso en Egedsa
Sabadell (Barcelona)

H 4 0 2 8 9 9

Penguin
Random House
Grupo Editorial

PRIMERA PARTE

Sentada junto a la ventana en el salón del piso superior de su casa, en Friary Street, Eilis Lacey vio a su hermana Rose volver del trabajo con paso enérgico. La observó mientras cruzaba la calle, del sol a la sombra, con el nuevo bolso de piel que se había comprado en las rebajas de Clery's, en Dublín. Llevaba una rebeca color crema sobre los hombros. Los palos de golf estaban en la entrada; en pocos minutos, Eilis lo sabía, alguien iría a buscarla y Rose no volvería hasta que aquella tarde de verano se hubiera apagado.

Las clases de contabilidad de Eilis casi habían finalizado; en el regazo tenía un manual de sistemas contables y en la mesa que estaba tras ella había un libro mayor en el que había introducido, en las columnas de debe y haber, como parte de sus deberes, las operaciones diarias de una empresa de la que había anotado todos los datos la semana anterior en la escuela de formación profesional.

En cuanto oyó abrirse la puerta principal, fue al piso de abajo. Rose, en la entrada, sostenía su espejito de bolsillo y se observaba atentamente mientras se aplicaba pintalabios y maquillaje de ojos. Después contempló su aspecto en el gran espejo del recibidor y se retocó el cabello. Eilis observó en silencio a su hermana mientras esta se humedecía los labios y volvía a mirarse en el espejito de bolsillo antes de guardarlo.

Su madre salió de la cocina.

—Estás preciosa, Rose —dijo—. Serás la más guapa del club de golf.

—Estoy muerta de hambre —contestó Rose—, pero no tengo tiempo de comer.

—Te prepararé un té más tarde —dijo su madre—. Eilis y yo lo vamos a tomar ahora.

Rose revolvió en su bolso y sacó el monedero. Lo abrió y dejó una moneda de un chelín sobre el perchero de la entrada.

—Por si quieres ir al cine —le dijo a Eilis.

—¿Y yo qué? —preguntó su madre.

—Eilis ya te contará la historia cuando vuelva a casa —replicó Rose.

—¡Muy bonito por tu parte! —dijo su madre.

Las tres se echaron a reír. Un coche se detuvo fuera y se oyó una bocina. Rose cogió los palos de golf y se fue.

Más tarde, mientras la madre lavaba la vajilla y Eilis la secaba, llamaron a la puerta. Al abrir, Eilis se encontró a una chica que reconoció era de Kelly's, la tienda de comestibles que había junto a la catedral.

—La señorita Kelly me ha enviado para darle un recado —dijo la chica—. Quiere verla.

—¿Ah, sí? —preguntó Eilis—. ¿Y ha dicho para qué?

—No. Tiene que ir allí esta noche.

—¿Por qué quiere verme?

—Dios mío, no lo sé, señorita. No se lo he preguntado. ¿Quiere que vaya a preguntárselo?

—No, da igual. Pero ¿estás segura de que el recado es para mí?

—Sí, señorita. Dice que tiene que ir a verla.

Como había decidido ir al cine otro día y estaba cansada del libro mayor, Eilis se cambió de ropa, se puso una rebeca y salió de casa. Recorrió Friary Street y Rafter Street hasta llegar a Market Square y después subió por la cuesta en dirección a la catedral. La tienda de la señorita Kelly estaba cerrada, así que llamó a la puerta lateral que llevaba al piso superior, en el que Eilis sabía que residía la propietaria. Abrió la puerta la misma joven que había ido a su casa, y le dijo que esperara en el vestíbulo.

Eilis oyó voces y movimiento en el piso de arriba, y poco después la chica volvió y le dijo que la señorita no tardaría en bajar.

Eilis conocía de vista a la señorita Kelly, pero su madre no compraba en su tienda porque era demasiado cara. Creía que tampoco le caía bien, aunque no se le ocurría cuál podía ser la razón. Se decía que la señorita Kelly vendía el mejor jamón de la ciudad y la mejor mantequilla natural, y los productos más frescos, incluida la crema de nata, pero Eilis no recordaba haber entrado nunca en su tienda, tan solo haber mirado dentro al pasar por delante y ver a la dueña en el mostrador.

La señorita Kelly bajó lentamente las escaleras y al llegar al vestíbulo encendió la luz.

—Bueno —dijo, y lo repitió como si fuera un saludo. No sonrió.

Eilis iba a decirle que habían mandado a buscarla y a preguntarle educadamente si llegaba en un buen momento, pero al ver la forma en que la señorita Kelly la miraba de arriba abajo decidió no decir nada. La actitud de la señorita Kelly la indujo a preguntarse si alguien la había ofendido y ella la habría confundido con aquella persona.

—Así que aquí estás —dijo la señorita Kelly.

Eilis vio varios paraguas negros apoyados en el perchero.

—He oído decir que no tienes trabajo pero sí muy buena cabeza para los números.

—¿De verdad?

—Oh, toda la ciudad, todos los que son alguien, vienen a mi tienda, y yo lo oigo todo.

Eilis se preguntó si aquello era una referencia al hecho de que su madre compraba siempre en otra tienda, pero no estaba segura. Las gruesas gafas de la señorita Kelly hacían difícil interpretar la expresión de su rostro.

—Y estamos hasta arriba de trabajo todos los domingos. Lógico, no hay nada más abierto. Viene gente de toda clase, buena, mala y corriente. Y, por norma, abro después de la misa de siete, y desde que acaba la misa de nueve hasta la misa de once esto está abarrotado, no cabe ni un alfiler en la tienda. Mary me ayuda, pero es muy lenta, en el mejor de los casos, así que estoy buscando a alguien espabilado, alguien que conozca a la gente y sea capaz de dar bien la vuelta. Pero solo los domingos, cuidado. El resto de la semana podemos arreglárnoslas solas. Y te han recomendado. He pedido informes sobre ti y serían siete con seis a la semana, eso podría ayudar un poco a tu madre.

La señorita Kelly hablaba, pensó Eilis, como si estuviera describiendo un desaire que le hubieran hecho, apretando los labios con fuerza entre frase y frase.

—Ya no tengo nada más que decir. Puedes empezar el domingo, pero ven mañana a aprenderte todos los precios y para que te enseñemos a usar la balanza y la cortadora. Tendrás que recogerte el pelo y comprarte una buena bata de trabajo en Dan Bolger's o en Burke O'Leary's.

Eilis ya estaba memorizando aquella conversación para repetírsela a su madre y a Rose; deseó que se le ocurriera algo inteligente que decirle a la señorita Kelly sin ser abiertamente maleducada. Sin embargo, se quedó en silencio.

—¿Y bien? —preguntó la señorita Kelly.

Eilis se dio cuenta de que no podía rechazar la oferta. Era mejor que nada y, de momento, no tenía otra cosa.

—Oh, sí, señorita Kelly —dijo—. Empezaré cuando usted quiera.

—El domingo puedes ir a misa de siete. Es lo que hacemos nosotras, y abrimos después.

—Muy bien —dijo Eilis.

—Pues entonces ven mañana. Si estoy ocupada te mandaré a casa, o puedes llenar paquetes de azúcar mientras esperas. Pero si no estoy ocupada, te enseñaré cómo funciona todo.

—Gracias, señorita Kelly —dijo Eilis.

—A tu madre le complacerá que tengas algo. Y a tu hermana —dijo la señorita Kelly—. He oído decir que es muy buena jugando al golf. Y ahora ve a casa como una buena chica. Tú sola encontrarás la salida.

La señorita Kelly dio media vuelta y empezó a subir despacio las escaleras. Eilis se dirigió a su casa sabiendo que su madre se alegraría de que hubiera encontrado una forma de ganar dinero y que Rose pensaría que trabajar tras el mostrador de una tienda de comestibles no era lo bastante bueno para ella. Se preguntó si su hermana se lo diría directamente.

Por el camino se detuvo en casa de su mejor amiga, Nancy Byrne, y allí encontró también a una amiga común, Annette O'Brien. En la planta baja de la casa de los Byrne solo había una habitación que servía de cocina, comedor y salón, y era evidente que Nancy tenía ciertas novedades que contar, algo que daba la impresión de que Annette ya sabía. Nancy aprovechó la llegada de Eilis como excusa para salir a dar un paseo y poder hablar a solas.

—¿Ha pasado algo? —preguntó Eilis una vez en la calle.

—No digas nada hasta que estemos a un kilómetro de esta casa —dijo Nancy—. Mamá sabe que hay algo, pero no se lo pienso contar.

Bajaron por Friary Hill, cruzaron Mill Park Road hasta el río y luego recorrieron el paseo en dirección a Ringwood.

—Salió con George Sheridan —dijo Annette.

—¿Cuándo? —preguntó Eilis.

—El domingo por la noche, en el baile del Athenaeum —dijo Nancy.

—Creía que no ibas a ir.

—Primero no y después sí.

—Bailó con él toda la noche —dijo Annette.

—No, solo los últimos cuatro bailes, y después me acompañó a casa. Pero todo el mundo lo vio. Me sorprende que no te hayas enterado.

—¿Y vas a volver a verle?

—No lo sé —suspiró Nancy—. Puede que solo lo vea en la calle. Ayer pasó en coche por mi lado y tocó la bocina. Si hubiera habido alguna chica más en el baile, me refiero a una de su categoría, habría bailado con ella. Pero no había ninguna. Estaba con Jim Farrell, que se limitó a quedarse allí plantado, mirándonos.

—Si su madre lo descubre, no sé qué dirá —dijo Annette—. Es una mujer horrible. Detesto ir a esa tienda cuando George no está. Mi madre me envió una vez a comprar dos lonchas de beicon y esa vieja me dijo que ella no vendía lonchas a pares.

Entonces Eilis les contó que le habían ofrecido un trabajo de dependienta los domingos en la tienda de la señorita Kelly.

—Espero que le hayas dicho lo que podía hacer con él —dijo Nancy.

—Le he dicho que aceptaba. No pierdo nada. Y significa que podré ir al Athenaeum con vosotras y pagar con mi dinero, y que podré evitar que se aprovechen de vosotras.

—No pasó nada de eso —dijo Nancy—. Fue muy amable.

—¿Vas a volver a verlo? —volvió a preguntar Eilis.

—¿Me acompañarás el domingo por la noche? —le preguntó Nancy a su vez—. Puede que él ni siquiera vaya, pero Annette no puede ir, y yo necesitaré apoyo en caso de que esté y no me invite a bailar o ni siquiera me mire.

—Quizá esté demasiado cansada después de trabajar para la señorita Kelly.

—Pero ¿irás?

—Hace siglos que no voy por allí —dijo Eilis—. Detesto a esos tipos de campo, y los de ciudad son peores. Van medio borrachos y solo buscan llevarte a Tan Yard Lane.

—George no es así —dijo Nancy.

—Es demasiado engreído para acercarse siquiera a Tan Yard Lane —dijo Annette.

—Podemos preguntarle si contempla la posibilidad de vender las lonchas a pares en el futuro —dijo Eilis.

—No le digas nada —dijo Nancy—. ¿De verdad vas a trabajar para la señorita Kelly? Ya tenemos quien corte lonchas.

Durante los dos días siguientes, la señorita Kelly repasó con Eilis todos los productos de la tienda. Cuando Eilis le pidió una hoja de papel para anotar las diferentes clases de té y los tamaños de los paquetes, la señorita Kelly le contestó que apuntar las cosas solo les haría perder tiempo; que era mejor memorizarlo. Los cigarrillos, la mantequilla, el té, el pan, las botellas de leche, los paquetes de galletas, el jamón cocido y la carne en conserva eran, con diferencia, los productos más populares de los domingos, dijo, y después seguían las sardinas y el salmón en lata, los tarros de mandarinas, peras y macedonia, las latas de pasta de pollo y jamón, la crema para untar bocadillos y la salsa para ensalada. Le enseñó cada artículo antes de decirle el precio. Cuando creyó que Eilis se los había aprendido, pasó a otros productos, como los cartones de nata fresca, las botellas de limonada, los tomates, las lechugas, la fruta fresca y las barras de helado.

—Hay gente que viene los domingos a comprar cosas que, con perdón, debería haber comprado entre semana. No hay nada que hacer. —La señorita Kelly apretó los labios con desaprobación mientras enumeraba el jabón, el champú, el papel higiénico y la pasta de dientes y le iba diciendo los precios.

Algunas personas, añadió, incluso compraban azúcar el domingo, o sal, o pimienta, pero no muchas. Y las había también que querían melaza, bicarbonato sódico o harina, pero la mayoría de esos productos se vendían el sábado.

Siempre había niños, siguió la señorita Kelly, que querían barritas de chocolate o caramelo, o bolsitas de polvos efervescentes o gominolas, y hombres que querían cigarrillos sueltos y cerillas, pero Mary se ocuparía de ellos porque no se le daba bien recordar pedidos largos ni precios y a menudo, continuó, más que una ayuda era un estorbo cuando había mucha gente en la tienda.

—No puedo evitar que se quede mirando a la gente con cara de boba sin motivo alguno. Incluso a algunos de los clientes habituales.

Eilis vio que la tienda estaba bien surtida. Tenía muchas clases de té, algunas de ellas muy caras, y todas a precios más altos que en la tienda de comestibles Haye's, en Friary Street, o L&N en Rafter Street, o Sheridan's en Market Square.

—Tendrás que aprender a empaquetar el azúcar y a envolver el pan —dijo la señorita Kelly—. Ah, esa es una de las cosas que Mary hace bien, gracias a Dios.

Durante los días que estuvo haciendo prácticas, a medida que los clientes entraban en la tienda, Eilis se dio cuenta de que la señorita Kelly mostraba diferentes actitudes. A veces no decía absolutamente nada y se limitaba a apretar las mandíbulas y a quedarse tras el mostrador, sugiriendo con su postura que desaprobaba la presencia de aquel cliente en su tienda, y su impaciencia por que dicho cliente se fuera. A otros les sonreía con sequedad y los observaba con sombría contención, cogiendo su dinero como si les estuviera haciendo un inmenso favor. Después había clientes a los que recibía calurosamente y por su nombre; muchos de ellos tenían cuenta en su tienda y por lo tanto no había intercambio de dinero, pero se anotaban las cantidades en un libro mayor al tiempo que ella hacía preguntas sobre la salud, comentarios sobre el tiempo y observaciones acerca de la calidad del jamón o las lonchas de beicon o las variedades de pan que había en el mostrador, desde el pan de hogaza hasta el pan con pato o el pan de pasas.

—Intento enseñar a esta jovencita —le dijo a una clienta a la que parecía valorar más que a los demás, una mujer con la permanente recién hecha a quien Eilis no había visto nunca—. Intento enseñarle y espero que tenga algo más que voluntad, porque Mary, Dios la bendiga, tiene voluntad, pero eso no sirve, no sirve de nada. Espero que sea rápida, espabilada y fiable; pero hoy en día eso no se consigue con cariño o dinero.

Eilis miró a Mary, que estaba inquieta junto a la caja registradora, escuchando atentamente.

—Pero de todo hay en la viña del Señor —dijo la señorita Kelly.

—Oh, tiene usted razón, señorita Kelly —dijo la mujer de la permanente mientras llenaba su bolsa de redecilla con comestibles—. Y no tiene sentido quejarse, ¿verdad? ¿Acaso no necesitamos gente para barrer las calles?

El sábado, con dinero prestado de su madre, Eilis compró una bata de trabajo de color verde oscuro en Dan Bolger's. Por la noche pidió a su madre el despertador. Tenía que levantarse a las seis de la mañana.

Dado que Jack, el hermano que iba antes que ella, había seguido los pasos de sus dos hermanos mayores y se había ido a Birmingham, Eilis se había trasladado a la habitación de los chicos, dejando todo el dormitorio para Rose; su madre lo ordenaba y limpiaba cuidadosamente cada mañana. Como la pensión que recibía la madre era pequeña, dependían de Rose, que trabajaba en las oficinas de Davis' Mills; su sueldo pagaba la mayor parte de los gastos. El dinero para los extras lo mandaban los chicos desde Inglaterra. Rose iba a las rebajas a Dublín dos veces al año; cada enero volvía con un abrigo y un traje y cada agosto con un vestido y rebecas, faldas y blusas, que elegía porque creía que no pasarían de moda, y que después se guardaban hasta el año siguiente. La mayoría de las amigas de Rose eran ahora mujeres casadas, a menudo mujeres maduras con hijos ya crecidos, o esposas cuyos maridos trabajaban en el banco y tenían tiempo para jugar al golf las tardes de verano o en partidos dobles los fines de semana.

A sus treinta años, pensaba Eilis, Rose estaba más elegante cada año, y, aunque había tenido varios novios, seguía soltera; a menudo comentaba que su vida era mucho mejor que la de la mayoría de sus antiguas compañeras de clase, a quienes veía por la calle empujando cochecitos de bebé. Eilis estaba orgullosa de su hermana, de lo mucho que cuidaba su aspecto y de la gran cautela que tenía con respecto a las personas con las que se relacionaba en la ciudad y en el club de golf. Sabía que Rose había intentado encontrarle trabajo en una oficina, y le pagaba los libros ahora que estaba estudiando contabilidad, pero también sabía que, al menos de momento, no había trabajo para nadie en Enniscorthy, por muy preparado que se estuviera.

Eilis no le dijo nada a su hermana de la oferta de trabajo de la señorita Kelly. En cambio, como continuaba las prácticas, memorizaba cada detalle para contárselo después a su madre, que se reía y le hacía repetir algunas anécdotas.

—Esa señorita Kelly —dijo su madre— es tan mala como su madre. Una persona que trabajó allí me comentó que esa mujer era el mismo diablo. Y antes de casarse solo era una criada en Roche's. Y antes Kelly's era una pensión además de una tienda, y si trabajabas para ella, o incluso si te hospedabas allí o comprabas en la tienda, era el diablo en persona. A no ser, claro, que tuvieras mucho dinero o fueras miembro del clero.

—Solo estaré allí hasta que me salga algo mejor —dijo Eilis.

—Es lo que le he dicho a Rose cuando se lo he contado —replicó su madre—. No le hagas caso si te dice algo.

Sin embargo, Rose no hizo comentario alguno con respecto al trabajo de Eilis para la señorita Kelly. Lo que hizo fue regalarle una rebeca color amarillo pálido que apenas se había puesto, insistiendo en que aquel color no le sentaba bien y que a Eilis le quedaría mejor. También le dio un pintalabios. El sábado por la noche salió hasta tarde, por lo que no vio que Eilis se acostó pronto, a pesar de que Nancy y Annette iban al cine, para estar fresca su primer domingo de trabajo en la tienda de la señorita Kelly.

Eilis solo había ido una vez a misa de siete, años atrás fue una mañana de Navidad, cuando su padre vivía y los chicos todavía estaban en casa. Recordaba que ella y su madre habían salido de casa de puntillas antes de que los demás se hubieran despertado siquiera, tras dejar los regalos bajo el árbol en el salón de arriba, y habían vuelto justo después de que los chicos, Rose y su padre se levantaran y empezaran a abrir los paquetes. Recordaba la oscuridad, el frío y la belleza de la ciudad vacía. Ahora, tras salir de casa en cuanto sonó la campanada de llamada de las siete menos veinte, con su bata de trabajo en una bolsa y el pelo recogido en una cola de caballo, recorrió las calles hasta la catedral segura de tener tiempo suficiente.

Recordó que aquella mañana de Navidad, años atrás, casi todos los asientos de la nave central de la catedral estaban ocupados. Las mujeres con una larga mañana en la cocina por delante querían empezar pronto. Pero ahora casi no había nadie. Miró a su alrededor buscando a la señorita Kelly, pero no la vio hasta la comunión; entonces se dio cuenta de que había estado sentada frente a ella todo el rato. La observó mientras recorría el pasillo central con las manos juntas y la mirada baja, seguida de Mary, que llevaba una mantilla negra. Ambas debían de estar en ayunas, pensó, al igual que ella, y se preguntó cuándo desayunarían.

Acabada la misa, Eilis decidió no esperar a la señorita Kelly a la salida de la catedral. Estuvo un rato junto al quiosco mientras desempaquetaban los fardos de periódicos y después esperó delante de la tienda a que llegaran. La señorita Kelly no la saludó ni sonrió al llegar, sino que se dirigió bruscamente a la puerta lateral y les ordenó, a ella y a Mary, que esperaran fuera. Mientras la señorita Kelly abría la puerta principal de la tienda y encendía las luces, Mary fue a la parte trasera y empezó a llevar barras de pan al mostrador. Eilis observó que era el pan del día anterior; los domingos no llevaban pan fresco. Se quedó mirando mientras la señorita Kelly desplegaba una larga y pegajosa tira de papel atrapamoscas de color amarillo y le decía a Mary que se subiera al mostrador, la pegara al techo y retirara la vieja, que estaba repleta de moscas muertas.

—A nadie le gustan las moscas —dijo la señorita Kelly—, en especial los domingos.

Pronto entraron dos o tres personas a comprar cigarrillos. A pesar de que Eilis ya se había puesto la bata de trabajo, la señorita Kelly ordenó a Mary que las atendiera. Cuando los clientes se fueron, la señorita Kelly le dijo a Mary que subiera a preparar té; luego se lo llevó al quiosquero a cambio de lo que Eilis supo que era un ejemplar gratis del *Sunday Press*, que la señorita Kelly dobló y puso a un lado. Eilis se dio cuenta de que ni la señorita Kelly ni Mary tenían nada para comer o beber. La señorita Kelly la hizo pasar a un cuarto trasero.

—Este pan —dijo, señalando la mesa— es el más fresco. Llegó ayer por la tarde directamente desde Stafford's, pero solo es para los clientes especiales. Así que no lo toques bajo ningún concepto. Para la mayoría de la gente, el otro pan ya está bien. Y no tenemos tomates. Los que hay allí no son para nadie salvo que yo dé instrucciones precisas.

Tras la misa de nueve empezaron a llegar las primeras personas. La gente que quería cigarrillos y dulces parecía saber que debía dirigirse a Mary. La señorita Kelly se quedó detrás, su atención dividida entre Eilis y la puerta. Comprobaba todos los precios que Eilis anotaba, la informaba de los precios enérgicamente cuando no los recordaba, anotaba y sumaba las cifras ella misma después de que Eilis lo hubiera hecho, y no le dejaba dar la vuelta a los clientes hasta que le enseñaba a ella lo que le habían dado para pagar. Al mismo tiempo, saludaba a determinados clientes llamándolos por su nombre, los hacía pasar al mostrador e insistía en que Eilis dejara lo que estuviera haciendo para atenderlos.

—Oh, señora Prendergast —dijo—, la chica nueva la atenderá y Mary se lo llevará todo al coche.

—Tengo que acabar esto —contestó Eilis, a quien solo le faltaban unos artículos para completar otro pedido.

—Oh, lo hará Mary —replicó la señorita Kelly.

En ese momento había cinco personas ante el mostrador.

—Ahora me toca a mí —exclamó un hombre cuando la señorita Kelly volvió al mostrador con más pan.

—Estamos muy ocupadas, tendrá que esperar su turno.

—Pero ahora iba yo —dijo el hombre— y ha servido antes a esa mujer.

—¿Y qué es lo que quiere?

El hombre tenía una lista de productos en la mano.

—Ahora le atenderá Eilis —dijo la señorita Kelly—, cuando haya acabado con la señora Murphy.

—También estaba antes que ella —dijo el hombre.

—Me temo que está equivocado —replicó la señorita Kelly—. Eilis, date prisa, este señor está esperando. Nadie dispone de todo el día, así que él es el siguiente, después de la señora Murphy. ¿A cuánto has cobrado este té?

Siguió así hasta casi la una. No hubo pausas ni nada para comer o beber, y Eilis tenía muchísima hambre. No habían atendido a nadie en orden. La señorita Kelly informó a algunos de sus clientes, incluidos dos que saludaron a Eilis con familiaridad porque eran amigos de Rose, de que tenía unos maravillosos tomates frescos. Los pesó ella misma, aparentemente impresionada porque Eilis los conociera, pero a otros clientes, sin embargo, les dijo con firmeza que aquel día no tenía ni un solo tomate. Para los clientes privilegiados sacaba abiertamente, casi con orgullo, pan tierno. Eilis se dio cuenta de que el problema radicaba en que no había otra tienda en la ciudad tan bien surtida como la de la señorita Kelly ni que abriera en domingo. Pero también tuvo la impresión de que la gente iba allí por costumbre y que no le importaba esperar, que les divertía sentirse apretujados en la aglomeración.

Aunque no tenía intención de mencionar su nuevo trabajo en la tienda de la señorita Kelly mientras comían, a no ser que Rose sacara primero el tema, Eilis no pudo contenerse y, en cuanto se sentaron a la mesa, empezó a contar cómo le había ido la mañana.

—Una vez fui a esa tienda —dijo Rose— cuando volvía a casa al salir de misa, y la señorita Kelly atendió a Mary Delahunt delante de mí. Me di la vuelta y me fui. Y olía a algo. No sabría decir a qué. Tiene una pequeña esclava, ¿verdad? La sacó de un convento.

—Su padre era un buen hombre —dijo la madre—, pero no tuvo la menor oportunidad porque su madre era, como te dije,

Eilis, el diablo en persona. Oí decir que una vez que una de sus criadas se quemó, ni siquiera la dejó ir al médico. Ella puso a trabajar a Nelly en la tienda en cuanto empezó a caminar. Nunca ha visto la luz del sol, eso es lo que le pasa.

—¿Nelly Kelly? —preguntó Rose—. ¿Ese es realmente su nombre?

—En la escuela la llamaban de otra manera.

—¿Cómo?

—Todos la llamaban Ortigas Kelly. Las monjas no podían impedírnoslo. Me acuerdo bien de ella; iba uno o dos cursos detrás de mí. Cuando volvía del convento de la Misericordia siempre tenía cinco o seis chicas detrás que la seguían gritándole «Ortigas». No es de extrañar que esté tan loca.

Se hizo un silencio mientras Rose y Eilis asimilaban el comentario.

—No sé si reír o llorar —dijo Rose.

Durante la comida, Eilis descubrió que su forma de imitar la voz de la señorita Kelly hacía reír a su hermana y a su madre. Se preguntó si ella sería la única que recordaba que Jack, su hermano pequeño, solía imitar el sermón de los domingos, a los comentaristas de deportes, los profesores de la escuela y muchos personajes de la ciudad, y que también entonces se reían. No sabía si su madre y Rose se habían dado cuenta también de que era la primera vez que se reían en aquella mesa desde que Jack había seguido a sus hermanos a Birmingham. Le hubiera encantado decir algo sobre él, pero sabía que eso entristecería mucho a su madre. Cuando llegaba una carta suya, se la pasaban en silencio. Así que siguió burlándose de la señorita Kelly, y no paró hasta que pasaron a recoger a Rose para ir a jugar al golf y su madre y ella quitaron la mesa y lavaron los platos.

Aquella noche, a las nueve, Eilis fue a casa de Nancy Byrne consciente de que no se había esmerado lo bastante en arreglarse. Se había lavado el pelo y llevaba un vestido de verano, pero pensó que tenía un aspecto anticuado y estaba resignada a la idea de volver a casa sola si Nancy bailaba más de una vez con George Sheridan. Se alegraba de que Rose no la hubiera visto antes de salir porque la habría obligado a peinarse mejor, a ponerse algo de maquillaje y, en líneas generales, a intentar estar más elegante.

—Bien, la norma es —dijo Nancy— que ni siquiera miraremos a George Sheridan, y puede que venga con todo su grupo del club de rugby o que ni siquiera aparezca. Los domingos por la noche suelen ir a Courtown. Por lo tanto, nosotras estaremos absortas en nuestra conversación. No bailaré con nadie, por si viene y me ve. Si se acerca alguien para invitarnos a bailar, nos levantamos y vamos al aseo de señoras.

Era evidente que Nancy, ayudada por su hermana y su madre, con quienes finalmente había compartido la noticia de que el domingo anterior había bailado con George Sheridan, se había dedicado muy en serio a su aspecto. Había ido a la peluquería el día anterior. Llevaba un vestido azul que Eilis solo le había visto una vez y ahora se estaba maquillando frente al espejo del lavabo, mientras su madre y su hermana entraban y salían obsequiándola con consejos, comentarios y admiración.

Caminaron en silencio por Friary Street hasta Church Street, después por Castle Street hasta el Athenaeum, y finalmente subieron las escaleras del salón. A Eilis no le sorprendió que Nancy estuviera tan nerviosa. Un año antes su novio la había dejado de mala manera; apareció una noche con otra chica en aquel mismo salón y pasó toda la velada con ella, sin darse por enterado de la existencia de Nancy, mientras ella estaba sentada mirando. Más tarde se había ido a Inglaterra y había vuelto una sola vez, en un viaje breve para casarse con la chica de aquella noche. No era solo que George Sheridan fuera apuesto y tuviera coche, sino que además dirigía un próspero negocio en Market Square; un negocio que heredaría íntegramente a la muerte de su madre. Para Nancy, que trabajaba tras el mostrador en Buttle's Barley-Fed Bacon, salir con George Sheridan era un sueño del que no deseaba despertar, pensó Eilis mientras ambas miraban a su alrededor simulando que no buscaban a nadie en particular.

Había varias parejas bailando y algunos hombres de pie junto a la puerta.

—Parece que están en una feria de ganado —dijo Nancy—. Y, Dios mío, cómo detesto la gomina en el pelo.

—Si alguno de ellos se acerca, yo me levanto inmediatamente —dijo Eilis— y tú le dices que tienes que acompañarme al guardarropa.

—Deberíamos llevar gafas gruesas y tener dientes de conejo y habernos dejado el pelo grasiento —dijo Nancy.

El salón se fue llenando, pero ni rastro de George Sheridan. Y aunque los hombres fueron cruzando la sala para invitar a bailar a las mujeres, nadie se acercó a Nancy ni a Eilis.

—Cogeremos fama de quedarnos comiendo pavo —dijo Nancy.

—Podrían llamarnos algo peor —contestó Eilis.

—Oh, sí. Podrían llamarnos el autobús de Courtnacuddy —replicó Nancy.

Aun después de que dejaran de reír y tras dar una vuelta para echar un vistazo por el salón, una de ellas empezaba de nuevo y hacía reír a la otra.

—Debemos de parecer locas —dijo Eilis.

Pero Nancy, a su lado, se había puesto seria de repente. Eilis miró hacia la barra en la que vendían refrescos y vio que George Sheridan, Jim Farrell y un grupo de amigos suyos del club de rugby habían llegado acompañados de varias chicas. El padre de Jim Farrell era el propietario de un bar en Rafter Street.

—Ya está —susurró Nancy—. Me voy a casa.

—Espera, no lo hagas —dijo Eilis—. Cuando acabe este baile iremos al aseo y después decidiremos qué hacemos.

Esperaron y después cruzaron el salón, ahora sin bailarines; Eilis supuso que George Sheridan las habría visto. En el servicio de señoras, le dijo a Nancy que se limitarían a esperar y que saldrían cuando el siguiente baile hubiera empezado. Así lo hicieron y al salir Eilis echó una ojeada hacia el lugar en el que habían visto a George Sheridan y sus amigos, su mirada se cruzó con la de él. Cuando buscaban dónde sentarse, el rostro de Nancy se sonrojó intensamente; era como si las monjas la hubieran echado de clase. Se quedaron sentadas sin hablar mientras el baile continuaba. Todo lo que a Eilis se le ocurría decir era ridículo, así que no dijo nada, pero era consciente de que ambas debían de ofrecer una triste imagen a quien las estuviera observando. Decidió que si Nancy hacía la más leve sugerencia de marcharse tras aquel baile, ella accedería de inmediato. De hecho, anhelaba estar ya fuera de allí; sabía que más adelante encontrarían la forma de reírse de aquello.

Sin embargo, al final del baile, George cruzó el salón, antes de que la música empezara a sonar de nuevo e invitó a Nancy a bailar. Sonrió a Eilis mientras Nancy se levantaba y Eilis le devolvió la sonrisa. Empezaron a bailar; George charlaba relajado; Nancy parecía esforzarse por parecer vivaz. Eilis apartó la mirada para que su amiga no se sintiera incómoda y después bajó la vista, esperando que nadie la invitara a bailar. Si al acabar el baile George le pedía a Nancy el siguiente, pensó, sería más fácil escabullirse discretamente y volver a casa.

Sin embargo, George y Nancy fueron hacia Eilis y le dijeron que iban a la barra a tomar una limonada, y que a George le gustaría invitarla a ella también. Eilis se levantó y cruzó el salón con ellos. Jim Farrell estaba en la barra guardando sitio para George. Junto a él estaban algunos de sus amigos; Eilis conocía a un par de ellos por el nombre, y al resto, de vista. Cuando se estaban acercando, Jim Farrell se volvió y apoyó el codo en la barra. Miró a Nancy y a Eilis de arriba abajo sin saludar ni hablar y después se apartó ligeramente y le dijo algo a George.

La música empezó a sonar de nuevo y algunos de sus amigos salieron a la pista de baile, pero Jim Farrell no se movió. Mientras alargaba a Eilis y a Nancy los vasos rebosantes de limonada, George las presentó formalmente a Jim Farrell, que las saludó con un breve gesto de cabeza pero no les tendió la mano. George dio unos sorbitos a su limonada con aire desconcertado. Le dijo algo a Nancy y ella contestó. Después dio otro sorbo. Eilis se preguntó qué haría a continuación; era evidente que a su amigo no le caían bien ni Nancy ni ella, y que no tenía intención de entablar conversación. Deseó que no la hubieran invitado a acercarse a la barra. Dio un sorbo a la bebida y bajó la vista. Al levantarla, vio que Jim Farrell estaba examinando a Nancy con frialdad; después, al darse cuenta de que Eilis le estaba observando, cambió de postura y se volvió hacia ella con rostro inexpresivo. Eilis vio que llevaba una cara chaqueta deportiva, camisa y corbata.

George dejó el vaso en la barra, se dirigió a Nancy y la invitó a bailar, al tiempo que hacía un gesto a Jim, como sugiriéndole que debía hacer lo mismo. Nancy sonrió a George y después a Eilis y a Jim, dejó el vaso y se encaminó a la pista de baile con George. Parecía aliviada y feliz. Eilis miró a su alrededor y se dio cuenta de que ella y Jim Farrell estaban solos en la barra y que no había espacio en el lado del salón destinado a las señoras. Salvo que fuera de nuevo al aseo o se marchara a casa, estaba atrapada. Durante un instante, pareció que Jim Farrell se inclinaba para invitarla a bailar. Como sentía que no tenía otra opción, estaba dispuesta a aceptar; no quería ser maleducada con el amigo de George. Justo cuando iba a aceptar, Jim Farrell pareció pensarlo mejor, retrocedió y miró a su alrededor casi con arrogancia, ignorándola. No volvió a mirarla, y al terminar el baile Eilis fue a buscar a Nancy y le dijo bajito que se marchaba. Estrechó la mano a George, se excusó diciendo que estaba cansada y después salió del salón con toda la dignidad de la que fue capaz.

Al día siguiente, durante el té, les contó la historia a su madre y a Rose. La noticia de que Nancy hubiera bailado dos domingos seguidos con George Sheridan despertó su interés al principio, pero se animaron mucho más cuando les habló de la rudeza de Jim Farrell.

—No vuelvas a acercarte a ese Athenaeum —dijo Rose.

—Vuestro padre conocía bien a su padre —dijo su madre—. Hace años. Fueron juntos a las carreras algunas veces. Y de vez en cuando vuestro padre iba al bar de los Farrell. Está muy bien. Y su madre es una mujer muy agradable, es una Duggan de Glenbrien. El club de rugby lo debe de haber vuelto así; será triste para sus padres tener un fanfarrón por hijo, porque es hijo único.

—Habla como un fanfarrón y tiene aspecto de fanfarrón —dijo Rose.

—Bueno, sea como fuere, anoche estaba de malhumor —replicó Eilis—. Es lo único que puedo decir. Supongo que pensaba que George debería bailar con alguien de más categoría que Nancy.

—No es excusa —contestó la madre—. Nancy Byrne es una de las chicas más bonitas de la ciudad. George será muy afortunado si la consigue.

—Me pregunto si su madre estaría de acuerdo —dijo Rose.

—Algunos tenderos de esta ciudad —dijo la madre—, especialmente los que compran barato y venden caro, poseen tan solo unos metros de mostrador y tienen que estar allí sentados todo el día esperando clientes. No sé por qué se tienen en tan alto concepto.

Aunque la señorita Kelly solo pagaba a Eilis seis con siete peniques a la semana por trabajar los domingos, enviaba a Mary a buscarla también en otras ocasiones: cuando quiso ir a la peluquería sin cerrar la tienda y cuando les pidió que sacaran todas las latas de los estantes, les quitaran el polvo y las volvieran a colocar en su sitio. En esas ocasiones la señorita Kelly le pagaba dos chelines pero la tenía allí durante horas, y se quejaba de Mary siempre que podía. En cada ocasión, al irse, le daba además una barra de pan, que Eilis sabía que estaba duro, para su madre.

—Debe de pensar que estamos en la miseria —dijo su madre—. ¿Qué se supone que vamos a hacer con una barra de pan duro? Rose se pondrá hecha una furia. La próxima vez que mande a buscarte, no vayas. Dile que estás ocupada.

—Pero no estoy ocupada.

—Ya aparecerá un trabajo como Dios manda. Rezo por ello todos los días.

La madre ralló el pan seco y preparó cerdo relleno. No le dijo a Rose de dónde procedía el pan rallado.

Un día mientras comían, Rose, que llegaba de la oficina a la una y volvía a irse a las dos menos cuarto, comentó que la tarde anterior había jugado al golf con un sacerdote, un tal padre Flood que, años atrás, cuando era joven, había conocido a su padre hacía ya años y a su madre, cuando esta era joven. Había venido desde América para pasar las vacaciones, su primera visita desde que estalló la guerra.

—¿Flood? —preguntó su madre—. Había un montón de Flood cerca de Monageer, pero no recuerdo que ninguno se hiciera sacerdote. No sé qué ha sido de ellos, ahora nunca se los ve por aquí.

—Está Murphy Floods —dijo Eilis.

—No son los mismos —replicó su madre.

—En fin —dijo Rose—, que cuando me dijo que le gustaría hacerte una visita le invité a tomar el té, y va a venir mañana.

—Oh, Dios mío —exclamó su madre—. ¿Qué le gustará tomar a un sacerdote norteamericano con el té? Tendré que comprar jamón dulce.

—La señorita Kelly tiene el mejor jamón dulce —dijo Eilis, riendo.

—Nadie le va a comprar nada a la señorita Kelly —replicó Rose—. El padre Flood comerá lo que le pongamos.

—¿Jamón dulce con tomate y lechuga irá bien? ¿O puede que rosbif? ¿O le gustaría una fritura?

—Cualquier cosa estará bien —dijo Rose—. Con un montón de pan negro y mantequilla.

—Tomaremos el té en el comedor y sacaremos la vajilla buena. Podría comprar un poco de salmón. ¿Le gustará?

—Es un hombre muy agradable —dijo Rose—. Se comerá lo que le pongas.

El padre Flood era alto; su acento era medio irlandés, medio americano. Nada de lo que dijo pudo convencer a la madre de Eilis de que le conocía o conocía a su familia. Su madre, dijo él, era una Rochford.

—No creo que la conociera —dijo la madre—. El único Rochford que conocíamos era el viejo Caracuchillo.

El padre Flood la miró, solemne.

—Caracuchillo era mi tío —dijo.

—¿De verdad? —inquirió la madre. Eilis notó que estaba al borde de la risa nerviosa.

—Aunque, naturalmente, nosotros no le llamábamos así —continuó el padre Flood—. Su verdadero nombre era Seamus.

—Bueno, era un hombre muy agradable —dijo la madre—. Qué malos éramos al llamarle así.

Rose sirvió más té mientras Eilis salía de la habitación discretamente; temía no poder contener la risa si se quedaba.

Al volver, vio que le habían contado al padre Flood lo de su trabajo con la señorita Kelly, se había enterado de cuánto cobraba y había expresado sorpresa al descubrir lo poco que era. Le preguntó por su titulación.

—En Estados Unidos —dijo— habría mucho trabajo para alguien como tú, y bien pagado.

—Eilis había pensando en ir a Inglaterra —dijo la madre—, pero los chicos le dijeron que esperara, que no era un buen momento y que probablemente solo encontraría trabajo en una fábrica.

—En Brooklyn, donde está mi parroquia, habría trabajo de oficina para alguien trabajador, culto y honesto.

—Pero está muy lejos —dijo la madre—. Es la única pega.

—Algunas zonas de Brooklyn —replicó el padre Flood— son como Irlanda. Están repletas de irlandeses.

El sacerdote cruzó las piernas, dio un sorbo al té de la taza de porcelana y no dijo nada durante un rato. El silencio que se hizo le dejó claro a Eilis lo que pensaban los demás. Miró a su madre, quien, deliberadamente, pensó, no le devolvió la mirada sino que la mantuvo fija en el suelo. Rose, que solía ser muy hábil llevando la conversación cuando tenían visitas, tampoco dijo una palabra. Se retorció el anillo y después la pulsera.

—Sería una gran oportunidad, sobre todo para una chica joven —dijo finalmente el padre Flood.

—Podría ser muy peligroso —dijo la madre, con la vista aún fija en el suelo.

—No en mi parroquia —replicó el padre Flood—. Hay mucha gente encantadora. Y numerosos centros sociales, incluso más que en Irlanda. Además, hay trabajo para todo aquel que desee trabajar.

Eilis se sintió como de niña cuando el médico iba a casa; su madre escuchaba con tímido respeto. Era el silencio de Rose lo que le resultaba novedoso; la miró deseando que hiciera alguna pregunta o comentario, pero su hermana parecía sumida en una especie de ensueño. Al observarla, pensó que nunca la había visto tan bonita. Y entonces fue consciente de que habría de recordar aquella habitación, a su hermana, esa escena, como desde la distancia. En medio de aquel silencio se dio cuenta de que, de alguna forma, ya se había acordado tácitamente que Eilis iría a América. Creía que el padre Flood había sido invitado a casa porque Rose sabía que podría planearlo.

Su madre se había opuesto con tanta rotundidad a que se fuera a Inglaterra que aquel descubrimiento fue un shock para ella. Se preguntó si habrían estado tan dispuestas a dejar que aquella conversación tuviera lugar si ella no hubiese aceptado el trabajo en la tienda y no hubiera hablado de la humillación a la que la sometía cada semana la señorita Kelly. Lamentó haberles contado tantas cosas; lo había hecho principalmente porque aquello hacía reír a Rose y a su madre, animaba muchas de las comidas que compartían, hacía que comer juntas volviera a ser más agradable después de la muerte de su padre y de que sus hermanos se hubieran ido. Se dio cuenta de que su madre y Rose no consideraban en absoluto divertido que trabajara para la señorita Kelly, y, cuando el padre Flood pasó de alabar su parroquia en Brooklyn a decir que creía que podría encontrarle un trabajo adecuado allí, no pusieron ningún objeción.

En los días que siguieron no se hizo mención alguna a la visita del padre Flood ni a su propuesta de que se marchara a Brooklyn, y fue el silencio en sí mismo lo que hizo pensar a Eilis que Rose y su madre ya habían hablado del tema y estaban a favor. Ella nunca se había planteado la posibilidad de irse a América. Conocía a muchas personas que se habían ido a Inglaterra y solían regresar en Navidad o en verano. Era parte de la vida de la ciudad. Aunque tenía amigos que recibían regalos en dólares o ropa de América con regularidad, siempre provenían de tías y tíos, gente que había emigrado mucho antes de la guerra. No recordaba que ninguno de ellos hubiera vuelto a la ciudad en vacaciones. Era un largo viaje a través del Atlántico, Eilis lo sabía, al menos una semana en barco, y debía de ser caro. También tenía la sensación, aunque no sabía por qué, de que los chicos y las chicas de la ciudad que se iban a Inglaterra tenían trabajos corrientes con sueldos corrientes, y que la gente que iba a América podía hacerse rica. Intentó descubrir por qué había llegado a creer también que la gente de la ciudad que vivía en Inglaterra añoraba Enniscorthy, pero que los que se iban a América no añoraban su hogar. Al contrario, allí se sentían felices y satisfechos. Se preguntó si eso podía ser verdad.

El padre Flood no volvió a visitarlas; en cambio, escribió una carta a la madre de Eilis desde Brooklyn diciendo que, nada más llegar, había hablado de Eilis a uno de sus parroquianos, un comerciante de origen italiano, y que quería que la señora Lacey supiera que pronto habría un puesto vacante. No sería en una oficina, como había esperado, sino en la planta de ventas de los grandes almacenes que aquel caballero poseía y dirigía. Pero, añadía, le habían asegurado que si Eilis realizaba satisfactoriamente su primer trabajo, tendría muchas posibilidades de ascender y muy buenas perspectivas. Decía también que podría facilitarle la documentación necesaria para obtener el visto bueno de la embajada, lo que en esos momentos no era tan fácil, y que, estaba seguro, podría encontrar un alojamiento adecuado para Eilis cerca de la parroquia, no muy lejos de su lugar de trabajo.

La madre le dio la carta a Eilis una vez la hubo leído. Rose ya se había ido a trabajar. El silencio reinaba en la cocina.

Eilis leyó de nuevo la frase sobre la planta de ventas. Imaginó que se refería a que trabajaría tras un mostrador. El padre Flood no mencionaba cuánto ganaría o cómo podía conseguir el dinero para pagar el pasaje en barco. En cambio, le sugería que se pusiera en contacto con la embajada estadounidense en Dublín y averiguara con precisión qué documentos necesitaría, para poder prepararlos todos antes de partir. Mientras leía y releía la carta, su madre se movía por la cocina dándole la espalda, sin decir nada. Eilis se sentó a la mesa, también sin hablar, preguntándose cuánto tardaría su madre en volverse hacia ella y decirle algo, y decidió esperar sentada, contando cada segundo, sabiendo que su madre en realidad no tenía nada que hacer. Vio que, de hecho, se entretenía con menudencias para no tener que volverse hacia ella.

Finalmente, su madre se volvió y suspiró.

—Ahora guarda la carta a buen recaudo —dijo—. Se la enseñaremos a Rose cuando vuelva.

En pocas semanas, Rose lo había organizado todo; incluso había entablado amistad por teléfono con alguien de la embajada estadounidense en Dublín que le envió los formularios necesarios y una lista de los médicos autorizados para hacer un informe médico sobre la salud general de Eilis, y otra con todo lo que la embajada le pediría, que incluía una detallada oferta de trabajo, para el cual Eilis debía estar especialmente cualificada, un aval de que se harían cargo de ella en el aspecto económico a su llegada y varias cartas de referencia.

El padre Flood escribió una carta oficial avalando a Eilis y garantizando que se ocuparía de su alojamiento y de su bienestar general y económico, y en papel con membrete llegó una carta de Bartocci & Company, Fulton Street, Brooklyn, ofreciéndole un puesto de trabajo indefinido en su tienda principal, en la misma dirección, y mencionando sus conocimientos de contabilidad y experiencia general. Iba firmada por Laura Fortini; la letra, observó Eilis, era clara y bonita, e incluso el propio papel, con su pálido color azul y el dibujo en relieve de un gran edificio sobre el membrete, parecía de más peso, más caro, más prometedor que cualquiera de los que de esa misma clase había visto antes.

Acordaron que entre sus hermanos, en Birmingham, pagarían el billete a Nueva York. Rose le daría dinero para mantenerse hasta que empezara a trabajar. Eilis se lo contó a unos pocos amigos y les rogó que no se lo dijeran a nadie, pero sabía que algunos de los colegas de trabajo de Rose habían oído las llamadas a Dublín. También era consciente de que su madre no sería capaz de guardar la noticia, por lo que pensó que debía contárselo a la señorita Kelly antes de que se enterara por terceros. Lo mejor sería ir entre semana, pensó, cuando no había tanto trabajo.

La encontró tras el mostrador. Mary estaba subida a una escalera apilando paquetes de guisantes marrowfat en los estantes superiores.

—Oh, has venido en el peor momento —dijo la señorita Kelly—. Justo cuando creíamos que tendríamos un poco de tranquilidad. Ahora no hagas nada que distraiga a Mary. —Inclinó la cabeza en dirección a la escalera—. Se caería en cuanto mirara hacia ti.

—Bueno, solo he venido a decir que me marcho a América dentro de un mes, más o menos —dijo—. Voy a trabajar allí, y quería informarla como corresponde.

La señorita Kelly salió de detrás del mostrador.

—¿De verdad? —preguntó.

—Pero vendré todos los domingos hasta que me vaya, por supuesto.

—¿Es que quieres referencias?

—No, en absoluto. Solo he venido a avisarla.

—Bien, qué amable. Así que te veremos cuando vengas de vacaciones, si es que te dignas hablar con nosotros.

—Vendré el domingo —dijo Eilis.

—Ah, no, no te necesitaremos. Si vas a irte, es mejor que te vayas ya.

—Pero podría venir.

—No, no puedes. La gente hablaría mucho de ti y habría mucha distracción y, como sabes, los domingos ya tenemos bastante trabajo.

—Esperaba poder trabajar hasta que me fuera.

—No, aquí no. Así que ahora vete. Tenemos mucho que hacer, más entregas y más cosas que apilar. Y no hay tiempo para charlas.

—Bien, muchas gracias.

—Gracias a ti.

Mientras la señorita Kelly iba hacia el almacén de detrás de la tienda, Eilis miró si Mary se volvía para poder despedirse de ella. Pero como no lo hizo, salió de la tienda en silencio y se fue a casa.

La señorita Kelly era la única persona que había mencionado la posibilidad de volver en vacaciones. No lo había hecho nadie más. Hasta entonces, Eilis había supuesto que viviría en la ciudad toda la vida, como su madre, que conocería a todo el mundo, tendría los mismos amigos y vecinos, la misma rutina diaria en las mismas calles. Esperaba encontrar trabajo en la ciudad y después casarse, dejar el trabajo y tener hijos. Y ahora se sentía como si hubiera sido elegida para algo y no estaba en absoluto preparada, y eso, a pesar del miedo que la invadía, le provocaba un sentimiento, o más bien una serie de sentimientos, que creía debían de ser los que experimentaría cuando se acercara el día de la boda, días en los que todo el mundo la miraría con un brillo en los ojos mientras ella se afanaba con los preparativos, días en los que ella misma estaría en plena ebullición pero procuraría no pensar con demasiada precisión en cómo serían las semanas siguientes, por si perdía el valor.

No hubo un día en el que no ocurriera algo. Los formularios que llegaron de la embajada fueron rellenados y enviados. Eilis fue en tren a la ciudad de Wexford para hacerse lo que le pareció una revisión superficial, ya que el médico quedó aparentemente satisfecho cuando ella le dijo que nadie de su familia había padecido tuberculosis. El padre Flood escribió dando más detalles de dónde viviría cuando llegara y lo cerca que estaría de su lugar de trabajo; llegó su pasaje para Nueva York, en un barco que salía de Liverpool. Rose le dio dinero para ropa y le prometió que le compraría zapatos y un conjunto de ropa interior. La casa, pensó Eilis, estaba alegre de un modo desacostumbrado, casi anormal, y en las comidas que compartían había demasiadas charlas y risas. Le recordó las semanas anteriores a la partida de Jack a Birmingham, cuando hacían lo que fuera para apartar de su mente que iban a perderlo.

Un día, cuando un vecino fue a visitarlas y se sentó con ellas en la cocina a tomar el té, Eilis se dio cuenta de que su madre y Rose hacían lo imposible por ocultar sus sentimientos. El vecino, de forma no premeditada, casi para dar conversación, dijo:

—La echará de menos cuando se vaya, imagino.

—Oh, será terrible cuando se vaya —dijo la madre.

Su rostro tenía una expresión ensombrecida y tensa que Eilis no había visto desde los meses posteriores a la muerte de su padre. Entonces, en los momentos que siguieron, el vecino se quedó visiblemente desconcertado por el tono de voz de la madre, la expresión de la cual se ensombreció aún más, hasta el punto de que la mujer tuvo que levantarse y salir en silencio de la habitación. Eilis sabía que su madre iba a llorar. Se sorprendió al ver que ella, su hija, en lugar de seguirla al vestíbulo o al comedor, se quedaba a charlar tranquilamente con el vecino, con la esperanza de que la madre volviera pronto y pudieran continuar lo que parecía una conversación corriente.

Ni cuando se despertaba por la noche y pensaba en ello, se permitía a sí misma llegar a la conclusión de que no quería ir. Llevó a cabo todos los preparativos y le preocupaba tener que llevar dos maletas de ropa sin ayuda, se aseguró de no perder el bolso de mano que Rose le había regalado y en el que llevaría el pasaporte, las direcciones de Brooklyn en las que viviría y trabajaría y la dirección del padre Flood, por si no iba a recogerla, tal como había prometido hacer. Y dinero. Y su bolsita de maquillaje. Y quizá un abrigo que podía llevar en el brazo, aunque quizá se lo pusiera, pensó, si no hacía demasiado calor. Era posible que a finales de septiembre aún hiciera calor, le habían advertido.

Ya había hecho una maleta y repasaba mentalmente su contenido, esperando no tener que volver a abrirla. Una de aquellas noches, tumbada despierta en la cama, cayó en la cuenta de que la próxima vez que abriera aquella maleta lo haría en una habitación diferente, en un país diferente, y entonces por su mente cruzó involuntariamente el pensamiento de que sería mucho más feliz si la abriera otra persona y que esa persona se quedara la ropa y los zapatos y los usara a diario. Ella preferiría quedarse en su hogar, dormir en aquella habitación, vivir en aquella casa, arreglárselas sin la ropa y los zapatos. Los preparativos que se estaban haciendo, todo el ajetreo y las charlas, estarían mucho mejor si fueran para otra persona, pensó, alguien como ella, alguien de su edad y estatura, que incluso tuviera su aspecto, siempre y cuando ella, la persona que ahora estaba pensando, pudiera despertarse en aquella misma cama cada mañana y hacer su vida durante el día en aquellas calles familiares y volver a la cocina de su casa, con su madre y Rose.

Aunque dejaba que tales pensamientos fluyeran sin cesar, se detenía cuando su mente se acercaba al miedo o al terror real, o peor, al pensamiento de que iba a perder aquel mundo para siempre, que nunca volvería a vivir un día corriente en aquel lugar corriente, que el resto de su vida sería una lucha con lo desconocido. En el piso de abajo, cuando estaban Rose y su madre, hablaba de cuestiones prácticas y seguía resplandeciente.

Una tarde, cuando Rose la invitó a su habitación para que eligiera algunas joyas que llevarse, cayó en la cuenta de algo nuevo que la sorprendió por su fuerza y claridad. Rose tenía ahora treinta años y, puesto que era evidente que su madre no podía vivir sola, no solo por la pequeña pensión de la que disponía sino también porque su vida sería demasiado solitaria sin todos ellos, su marcha, que Rose había organizado con tanta precisión, significaría que su hermana no podría casarse. Tendría que quedarse con su madre, vivir como lo había hecho hasta entonces, seguir trabajando en la oficina de Davis', jugando al golf los fines de semana y las tardes de verano. Se dio cuenta de que al facilitar su marcha, Rose estaba renunciando a cualquier posibilidad real de dejar aquella casa y tener su propio hogar, su propia familia. Mientras se probaba algunos collares, sentada ante el tocador, vio que en el futuro, a medida que su madre fuera envejeciendo y debilitándose, Rose tendría que estar aún más pendiente de ella, subir los empinados escalones con bandejas de comida y limpiar y cocinar cuando su madre no pudiera hacerlo.

Mientras se probaba unos pendientes, se dio cuenta también de que Rose sabía todo eso, sabía que una de las dos se iría, y había decidido dejar que fuera Eilis quien lo hiciera. Al volverse y mirar a su hermana, quiso proponerle que se intercambiaran los papeles, que Rose, tan preparada para la vida, siempre haciendo nuevos amigos, sería más feliz en América, mientras que ella se sentiría contenta de quedarse en casa. Pero Rose tenía un trabajo en la ciudad y ella no, y por tanto para Rose era fácil sacrificarse, puesto que parecía que estaba haciendo otra cosa. En ese momento, cuando Rose le ofrecía unos broches, habría dado cualquier cosa por ser capaz de decirle sin rodeos que no quería irse, que Rose podía marcharse en su lugar, que ella estaría encantada de quedarse y cuidar de su madre, que ya se las arreglarían de alguna forma y que quizá encontraría otro trabajo.

Eilis se preguntó si su madre también pensaba que se iba la hermana equivocada y entendía los motivos de Rose. Imaginó que su madre lo sabía todo. Sabían tanto, pensó, que podían hacer cualquier cosa salvo decir en voz alta lo que pensaban. De camino a su habitación, decidió hacer todo lo posible por ellas simulando en todo momento que se sentía sumamente emocionada ante la gran aventura que estaba a punto de iniciar. Si podía, les haría creer que estaba deseando ir a América y dejar su casa por primera vez. Se prometió a sí misma no dejarles entrever en ningún momento ni en lo más mínimo cómo se sentía, y ocultárselo a sí misma si era necesario, hasta encontrarse lejos.

Ya había demasiada tristeza en la casa, pensó, quizá más, si cabe, de lo que era consciente. Haría cuanto pudiera por no añadir una ración extra. No podía engañar a su madre y a Rose, de eso estaba segura, pero esta le parecía una razón más poderosa todavía para que no hubiera lágrimas antes de su partida. No había lugar para las lágrimas. Lo que debía hacer los días que precedían a su marcha y la mañana de su partida era sonreír, para que la recordaran sonriendo.

Rose se tomó el día libre en el trabajo y acompañó a Eilis hasta Dublín. Fueron a comer juntas al hotel Gresham hasta que llegara el momento de coger el taxi para llevarlas al barco que se dirigía a Liverpool, donde Jack se encontraría con Eilis y pasarían el día juntos antes de que iniciara su largo viaje a Nueva York. Ese día en Dublín, Eilis fue consciente de que ir a trabajar a América no era lo mismo que limitarse a coger un barco para Inglaterra; América podía estar mucho más lejos y tener sistemas y costumbres totalmente desconocidos, pero tenía un glamour que casi lo compensaba todo. Incluso ir a trabajar a una tienda de Brooklyn y alojarse a unas pocas manzanas de allí, todo ello organizado por un sacerdote, tenía algo de romántico, y ella y Rose eran perfectamente conscientes de eso cuando pedían la comida en el Gresham, tras dejar el equipaje en la estación de ferrocarril. Ir a trabajar a una tienda de Birmingham o Liverpool o Coventry o incluso Londres era algo absolutamente gris comparado con aquello.

Rose se había vestido elegante para la ocasión y Eilis se había esforzado por tener el mejor aspecto posible. Rose, con una simple sonrisa al portero del hotel, era al parecer capaz de conseguir que les buscara un taxi en O'Connell Street e insistiera en que ellas esperaran en el vestíbulo. Quien no tuviera billete no podía pasar de determinado punto; Rose, sin embargo, fue una excepción gracias al revisor, que mandó buscar a un colega para que ayudara a las señoras con el equipaje y le dijo que podía quedarse en el barco hasta que faltara media hora para la partida, momento en que él la localizaría, la acompañaría fuera y después buscaría a alguien que cuidara de su hermana durante el viaje a Liverpool. Ni siquiera la gente con billete de primera clase recibía tal atención; Eilis se lo hizo notar a Rose, que sonrió con complicidad y asintió.

—Algunas personas son amables —dijo— y si les hablas adecuadamente pueden serlo incluso más.

Ambas rieron.

—Ese será mi lema en América —dijo Eilis.

A primera hora de la mañana, cuando el barco llegó al puerto, un mozo irlandés la ayudó con el equipaje. Cuando Eilis le dijo que el barco hacia América no salía hasta al cabo de unas horas, él le recomendó llevar las maletas enseguida a una nave en la que trabajaba un amigo suyo, cerca de donde atracaban los transatlánticos; si le daba su nombre al hombre de la oficina, podría librarse del equipaje durante el día. Eilis se vio dándole las gracias en un tono que podría haber usado Rose, un tono cálido y personal pero también ligeramente distante aunque no tímido, un tono que habría utilizado una mujer plenamente segura de sí misma. Era algo que no podría haber hecho en su ciudad ni en ningún lugar en el que alguien de su familia o de sus amigos hubieran podido verla.

En cuanto bajó del barco vio a Jack. No sabía si debía abrazarlo o no. No se habían abrazado nunca. Cuando su hermano extendió la mano para saludarla, ella se detuvo y volvió a mirarlo. Parecía sentirse incómodo hasta que sonrió. Eilis se acercó como para abrazarlo.

—Ya vale —dijo Jack, apartándola suavemente—. La gente va a pensar...

—¿Qué?

—Es fantástico verte —dijo él. Se había sonrojado—. Realmente fantástico.

Cogió las maletas de las manos del guarda y le llamó «colega» al darle las gracias. Por un instante, mientras se volvía, Eilis intentó abrazarlo otra vez, pero él la detuvo.

—Ya basta —dijo—. Rose me ha enviado una lista de instrucciones que incluye una que dice «nada de besos y abrazos». —Rió.

Caminaron a lo largo del ajetreado muelle mientras los barcos cargaban y descargaban. Jack ya había visto atracar el transatlántico en el que viajaría Eilis y, tras dejar las maletas en la nave como estaba dispuesto, fueron a inspeccionarlo. Se alzaba en solitario, enorme y mucho más imponente, blanco y limpio que los cargueros que había a su alrededor.

—Esto te va a llevar a América —dijo Jack—. Es cuestión de tiempo y paciencia.

—¿Tiempo y paciencia?

—Con tiempo y paciencia, hasta un caracol llega a América. ¿No lo habías oído nunca?

—Oh, no seas tonto —dijo ella, sonriéndole y dándole un codazo.

—Papá siempre lo decía —dijo Jack.

—Cuando yo no estaba en la habitación —replicó ella.

—Con tiempo y paciencia, hasta un caracol llega a América —repitió él.

El día era agradable; caminaron en silencio desde los muelles hasta el centro de la ciudad, Eilis deseando estar de vuelta en su dormitorio o incluso en el barco, cruzando el Atlántico. Como no tenía que embarcar hasta las cinco de la tarde, se preguntó qué harían para pasar el día. En cuanto encontraron una cafetería, Jack le preguntó si tenía hambre.

—Un bollo —dijo ella— y quizá una taza de té.

—Pues a disfrutar de tu última taza de té —dijo Jack.

—¿No toman té en América? —preguntó Eilis.

—¿Estás de broma? En América se comen a los niños. Y hablan con la boca llena.

Eilis observó que, al acercarse el camarero, su hermano pedía una mesa casi en tono de disculpa. Se sentaron junto a la ventana.

—Rose ha dicho que tenías que cenar bien, por si la comida del barco no te gustaba.

Después de pedir, Eilis echó un vistazo a la cafetería.

—¿Cómo son?

—¿Quiénes?

—Los ingleses.

—Están bien, son buenas personas —contestó Jack—. Si haces tu trabajo, lo aprecian. A la mayoría de ellos es lo único que les importa. A veces te gritan un poco por la calle, pero solo los sábados por la noche. No tienes que hacerles caso.

—¿Qué gritan?

—Nada apropiado para los oídos de una buena chica que se va a América.

—¡Dímelo!

—No pienso decírtelo.

—¿Palabrotas?

—Sí, pero aprendes a no hacerles caso, y tenemos nuestros propios bares, así que cualquier cosa que pueda pasar es solo de camino a casa. La norma es no responder a los gritos, fingir que no ocurre nada.

—¿Y en el trabajo?

—No, en el trabajo es diferente. Es un almacén de recambios. Traen coches viejos y maquinaria rota de todo el país. Nosotros lo desmontamos todo y lo vendemos por partes, hasta los tornillos y la chatarra.

—¿Qué haces exactamente? Me lo puedes contar todo. —Eilis miró a su hermano y sonrió.

—Estoy a cargo del inventario. En cuanto desguazan un coche, hago una lista de todas las piezas; en los vehículos viejos hay algunas que son muy escasas. Sé dónde se guarda cada una de ellas y si se venden. He ideado un sistema para que todo pueda localizarse fácilmente. Solo tengo un problema.

—¿Cuál?

—Que la mayoría de la gente que trabaja en la empresa cree

que puede quedarse y llevarse a casa cualquier recambio que necesiten sus amigos.

—¿Y qué haces para evitarlo?

—He convencido al jefe de que a las personas que trabajaban para nosotros debíamos dejarles a mitad de precio todo lo que necesiten realmente, y eso significa que lo tenemos todo un poco más controlado, pero siguen llevándose cosas. Si estoy a cargo del inventario es porque me recomendó un amigo del jefe. Yo no robo recambios. No es que sea honesto. Es que sé que me cogerían y por eso no me arriesgo.

Jack parecía inocente y serio al hablar, pensó Eilis, pero también nervioso, como si se sintiera expuesto y le preocupara lo que ella pensara de él y de la vida que llevaba ahora. A ella no se le ocurría nada para que se comportara de un modo más normal, más como era él mismo. Lo único que se le ocurría eran más preguntas.

—¿Ves mucho a Pat y a Martin?

—Pareces la presentadora de un concurso.

—Vuestras cartas son fantásticas, pero nunca dicen lo que queremos saber.

—No hay mucho que contar. Martin viaja demasiado, aun así es posible que se quede definitivamente en el trabajo que tiene. Pero los sábados por la noche quedamos los tres. Primero el bar y después el salón de baile. El sábado por la noche nos adecentamos y nos arreglamos. Es una lástima que no vengas a Birmingham, los sábados por la noche provocarías una estampida.

—Qué mal suena.

—Es una juerga. Te divertirías. Hay más hombres que mujeres.

Pasearon por el centro de la ciudad, lentamente se fueron relajando, incluso se rieron mientras charlaban. Eilis se dio cuenta de que a veces hablaban como adultos responsables —él le contaba historias del trabajo y sobre los fines de semana— y después, de pronto, volvían a ser unos niños o unos jovencitos y se burlaban el uno del otro o hacían bromas. Le resultaba extraño que Rose o su madre no pudieran aparecer en cualquier momento y decirles que se estuvieran quietos y, en ese mismo instante, se dio cuenta de que estaban en una gran ciudad y no debían responder ante nadie ni tenían nada que hacer hasta las cinco de la tarde, momento en que ella tendría que recoger el equipaje y entregar el billete en la puerta de embarque.

—¿Te has planteado alguna vez volver a casa? —le preguntó Eilis a su hermano mientras paseaban sin rumbo por el centro, antes de ir a comer a un restaurante.

—Ah, allí no hay nada para mí —dijo él—. Los primeros meses no conseguía adaptarme y estaba desesperado por volver. Habría hecho cualquier cosa por volver a casa. Pero ahora ya me he acostumbrado, y me gusta tener un salario e independencia. Me gusta eso de que en el trabajo el jefe no me haga preguntas, ni el que tenía en mi antiguo puesto me preguntó nada; los dos me contrataron solo por mi forma de trabajar. Nunca me molestan y, si les sugieres algo, una manera mejor de hacer las cosas, escuchan.

—¿Y cómo son las inglesas? —preguntó Eilis.

—Hay una muy simpática —replicó Jack—. No puedo hablar por las demás. —Empezó a sonrojarse.

—¿Cómo se llama?

—No pienso decirte nada más.

—No se lo diré a mamá.

—Ya he oído eso antes. Ya te he dicho bastante.

—Espero que los sábados por la noche no la lleves a un antro de mala muerte.

—Baila bien. No le importa. Y no es un antro de mala muerte.

—¿Y Pat y Martin también tienen novia?

—A Martin siempre lo dejan plantado.

—¿Y la novia de Pat también es inglesa?

—Estás intentando ver qué sacas. No me extraña que me dijeran que quedara contigo.

—¿También es inglesa?

—Es de Mullingar.

—Si no me dices el nombre de tu novia, se lo contaré a todo el mundo.

—¿Contarles qué?

—Que la llevas a un antro de mala muerte los sábados por la noche.

—No pienso decirte nada más. Eres peor que Rose.

—Probablemente tiene uno de esos finos nombres ingleses. Dios, espera a que mamá se entere. Su hijo favorito.

—No le digas una sola palabra.

Era difícil bajar las maletas por las estrechas escaleras del barco y en el pasillo tuvo que caminar de lado mientras seguía las señales que llevaban a su camarote. Eilis sabía que el barco iba completo y que tendría que compartirlo con otra persona.

La habitación era minúscula y no tenía ventanas, ni siquiera un respiradero; solo había una litera y una puerta que daba a un diminuto cuarto de baño que, como le habían dicho, también era para el camarote que estaba al otro lado. En un cartel ponía que los pasajeros debían quitar el pestillo de la otra puerta cuando no usaran el servicio para que los pasajeros de la habitación contigua pudieran acceder a él.

Eilis puso una de las maletas en el portaequipajes y la otra contra la pared. Se preguntó si debía cambiarse de ropa, o qué debía hacer hasta que sirvieran la cena a los pasajeros de tercera clase una vez zarpara el barco. Rose le había dado dos libros, pero vio que la luz era demasiado débil para leer. Se tumbó en la litera y puso las manos bajo la cabeza, contenta de que la primera parte del viaje hubiera acabado y aún quedara una semana por delante sin nada que hacer. ¡Si el resto fuera así de fácil!

Jack había dicho algo que se le había quedado grabado, porque no era propio de él ser tan vehemente respecto a nada. Que dijera que al principio habría hecho cualquier cosa por volver a casa era extraño. No había comentado nada sobre ello en sus cartas. Se le ocurrió que quizá no le había dicho a nadie, ni siquiera a sus hermanos, cómo se sentía, y pensó en la soledad que debió de haber experimentado. Quizá, pensó, los tres hermanos habían pasado por lo mismo y se ayudaban mutuamente cuando notaban que a uno de ellos le embargaba la añoranza. Se dio cuenta de que si le ocurría a ella, estaría sola, así que anheló estar preparada para todo lo que le pudiera ocurrir o todo lo que pudiera sentir cuando llegara a Brooklyn.

De repente la puerta se abrió y entró una mujer tirando de un gran baúl. Ignoró a Eilis, que se levantó inmediatamente y le preguntó si necesitaba ayuda. La mujer arrastró el baúl hasta la litera e intentó cerrar la puerta tras ella, pero no había bastante espacio.

—Esto es un infierno —dijo con acento inglés mientras intentaba colocar el baúl sobre un costado. Cuando lo consiguió, se quedó en pie en el espacio que quedaba entre las literas y la pared que había junto a Eilis. Apenas había sitio para las dos mujeres. Eilis observó que el baúl casi bloqueaba la puerta—. Tú estás en la litera superior. El número uno significa litera inferior y eso es lo que pone en mi billete —dijo la mujer—. Así que cámbiate de sitio. Me llamo Georgina.

En lugar de examinar su billete, Eilis se presentó.

—Esta habitación es pequeñísima —dijo Georgina—. Aquí no cabe ni una aguja, imagínate un alfiletero.

Eilis tuvo que contener una carcajada y deseó que Rose estuviera allí para poder decirle que estaba a un paso de preguntarle a Georgina si iba hasta Nueva York o tenía previsto bajarse en otro lugar.

—Necesito un pitillo, pero aquí abajo no dejan fumar —dijo Georgina.

Eilis subió por la escalerilla hasta la litera superior.

—Nunca más —dijo Georgina—. Nunca más.

Eilis no se pudo contener.

—¿Nunca más un baúl tan grande o nunca más ir a América?

—Nunca más en tercera clase. Nunca más un baúl. Nunca más volver a Liverpool. Simplemente, nunca más. ¿Contesta eso a tu pregunta?

—Pero ¿te gusta la litera inferior?

—Sí, me gusta. Bueno, tú eres irlandesa, así que vente a fumar un cigarrillo conmigo.

—Lo siento, no fumo.

—Es una suerte para mí. Nada de malos hábitos.

Georgina salió lentamente de la habitación rodeando el baúl.

Más tarde, cuando el motor del barco, que parecía estar considerablemente cerca de su camarote, empezó a rugir con estruendo y el largo pitido de una sirena comenzó a sonar a intervalos regulares, Georgina volvió al camarote a coger su abrigo; tras peinarse en el lavabo, invitó a Eilis a subir a cubierta y ver las luces de Liverpool mientras zarpaban.

—Puede que conozcamos a alguien que nos caiga bien —dijo— y nos invite al salón de primera clase.

Eilis cogió el abrigo y la bufanda y la siguió, rodeando con dificultad el baúl. No entendía cómo Georgina había logrado bajarlo por las escaleras. Hasta que estuvieron en cubierta, bajo la débil luz del atardecer, no pudo ver bien a la mujer con la que compartía camarote. Georgina, pensó, debía de tener entre treinta y cuarenta años, aunque tal vez era mayor. Tenía el cabello rubio brillante y su corte de pelo era como el de las estrellas de cine. Se movía con seguridad y, cuando encendió un cigarrillo y le dio una calada, la forma en que frunció los labios y entrecerró los ojos y dejó escapar el humo por la nariz hizo que pareciera sumamente elegante y dueña de sí misma.

—Míralos —dijo, señalando a un grupo de personas que estaba al otro lado de la barrera también contemplando la ciudad, cada vez más pequeña—. Son los pasajeros de primea clase. Tienen las mejores vistas. Pero sé cómo colarme. Ven conmigo.

—Estoy bien aquí —contestó Eilis—. Además, dentro de un minuto no habrá nada que ver.

Georgina se volvió, la miró y se encogió de hombros.

—Como quieras. Pero por lo que parece y por lo que he oído, va a ser una mala noche, una de las peores. El sobrecargo que me ha bajado el baúl ha dicho que iba a ser una noche espantosa.

Oscureció muy pronto y el viento se hizo más intenso en cubierta. Eilis buscó el comedor de tercera clase y se sentó sola mientras un único camarero preparaba las mesas a su alrededor y se percataba finalmente de que estaba allí; sin siquiera mostrarle un menú, le sirvió el primero, un plato con sopa de rabo de buey, seguido de lo que ella imaginó que era cordero hervido con salsa de carne, patatas y guisantes. Mientras comía miró a su alrededor, pero no vio rastro de Georgina, y le sorprendió el número de mesas vacías. Se preguntó si la mayoría de los camarotes eran de primera y segunda clase, y si los pasajeros de tercera eran tan solo el pequeño grupo de personas que estaban en ese momento en el comedor o que había visto en cubierta. Eso le pareció poco probable, y se preguntó dónde estarían los demás y cómo iban a comer.

Cuando el camarero le llevó la gelatina y las natillas, ya no quedaba nadie en el comedor. Puesto que no había otro restaurante en tercera clase, imaginó que Georgina debía de haberse colado en primera o segunda, aunque no creía que eso fuera fácil. En cualquier caso, y dado que en tercera no había ni salón ni bar, no podía hacer otra cosa que ir al camarote y acostarse. Estaba cansada y esperaba poder dormir.

Ya en el camarote, al ir a lavarse los dientes y la cara antes de meterse en la cama, descubrió que los ocupantes del camarote del otro lado habían cerrado la puerta con pestillo; imaginó que debían de estar utilizando el lavabo, y se quedó esperando a que terminaran y descorrieran el pestillo. Aguzó el oído pero no oyó nada salvo el motor, que pensó que era lo bastante fuerte para sofocar cualquier otro ruido. Al cabo de un rato salió al pasillo e intentó escuchar junto a la puerta del camarote contiguo, pero no oyó nada. Se preguntó si aquella gente se habría ido a dormir y se quedó esperando fuera, con la esperanza de que Georgina volviera. Georgina, pensó, sabría qué hacer, igual que Rose o su madre, o desde luego la señorita Kelly, cuyo rostro cruzó su mente un breve instante. Pero ella no tenía ni idea de qué hacer.

Al cabo de un rato llamó suavemente a la puerta. Al no recibir respuesta, golpeó con los nudillos con fuerza por si no la habían oído. Tampoco hubo respuesta. Dado que el barco iba completo y no había nadie en el comedor, que a esas horas seguro que ya estaba cerrado, supuso que todos los pasajeros debían de estar en los camarotes; algunos seguramente ya dormían. En medio de su preocupación y agitación, se dio cuenta de que no solo necesitaba lavarse los dientes y la cara sino también vaciar la vejiga y los intestinos, y hacerlo rápido, casi con urgencia. Volvió a su habitación e intentó abrir de nuevo la puerta del lavabo, pero seguía cerrada con pestillo.

Salió al pasillo y se dirigió al comedor, sentía cada vez mayor urgencia, pero no encontró ningún retrete. Subió los dos tramos de escaleras que llevaban a cubierta y se encontró con que habían cerrado la puerta con llave. Recorrió un buen número de pasillos para ver si al final de alguno de ellos había un lavabo o un retrete, pero no había nada salvo el sonido de los motores y el movimiento del barco, que empezó a embestir con fuerza hacia delante y la obligó a sujetarse al pasamanos cuidadosamente al bajar las escaleras para no perder el equilibrio.

Ya no podía más y no creía que pudiera aguantar mucho tiempo sin encontrar un lavabo. Hacía un momento había observado que en los dos extremos de su pasillo había un cuartito con un cubo y algunas fregonas y cepillos. Se dio cuenta de que, puesto que no se había encontrado con nadie, con suerte nadie la vería entrar al cuartito de la derecha. Se alegró al ver que en el cubo había un poco de agua. Actuó con rapidez, intentado aliviarse lo más rápido posible y manteniéndose en el interior del habitáculo para que, aun en el caso de que hubiera alguien por el pasillo, solo la viera si pasaba por delante de ella. Después utilizó una bayeta suave para limpiarse y se dirigió de puntillas a su camarote, esperando que Georgina volviera y supiera cómo despertar a los vecinos y hacerles abrir la puerta del lavabo. Se percató de que no podría quejarse a las autoridades del barco por si estas la relacionaban con lo que, estaba segura, descubrirían en el cubo a la mañana siguiente.

Entró en el camarote, se puso el camisón y apagó la luz antes de subir a la litera. Se durmió enseguida. No sabía cuánto rato había dormido, pero al despertarse estaba empapada en sudor. Comprendió enseguida lo que iba mal. Estaba a punto de vomitar. A oscuras, casi se cayó de la litera y no pudo evitar devolver parte de la cena mientras intentaba mantener el equilibrio y encontrar el interruptor para encender la luz al mismo tiempo.

Después de encontrarlo rodeó el baúl de Georgina, fue hacia

la puerta y, en cuanto salió al pasillo, vomitó copiosamente. Se arrodilló; era la única forma de mantener el equilibrio, ya que el barco se balanceaba demasiado. Se dio cuenta de que tenía que echar hasta la primera papilla cuanto antes, antes de que la viera alguno de los pasajeros o las autoridades del barco, pero cada vez que se levantaba pensando que ya había acabado, las náuseas volvían. Mientras regresaba a su camarote, deseosa de taparse con las mantas en la litera superior y esperando que nadie descubriera que había sido ella la causante de aquel estropicio, las náuseas volvieron con más intensidad aún, obligándola a ponerse a gatas y a vomitar un espeso líquido con un repugnante sabor que la hizo temblar de asco al levantar la cabeza.

El movimiento del barco adquirió un ritmo violento que sustituyó la sensación de ser lanzado hacia delante y después empujado hacia atrás que había sentido al despertarse. Ahora parecían avanzar con enorme dificultad, casi como golpeando algo duro y poderoso que intentaba impedir su avance. Un ruido, como si el enorme transatlántico rechinara, parecía a veces más fuerte que el sonido de los propios motores. Pero cuando volvió a su camarote y se reclinó contra la puerta del lavabo oyó otro ruido, tenue hasta que apoyó la oreja contra la puerta, y entonces inconfundible, de alguien vomitando. Prestó atención: oía las arcadas. Golpeó la puerta, enfadada al entender por qué habían corrido el pestillo. Los ocupantes del camarote de al lado debían de saber lo dura que iba a ser la noche y que necesitarían utilizar el retrete constantemente. El ruido del vómito llegaba a intervalos y no había signos de que la puerta que daba a su camarote fuera a abrirse.

Se sintió con fuerzas suficientes para mirar hacia el lugar del camarote en el que había vomitado. Se puso los zapatos y un abrigo sobre el camisón, salió al pasillo y se dirigió al cuartito de la izquierda, donde encontró una bayeta, un cubo y un cepillo. Tuvo cuidado de mirar dónde pisaba y también de no perder el equilibrio. Se preguntó si muchos de los pasajeros de tercera clase sabían cómo iba a ser aquella noche y por eso se habían mantenido alejados del comedor, de la cubierta y de los pasillos, y habían decidido encerrarse en sus camarotes, donde pensaban quedarse hasta que hubiera pasado lo peor. No sabía si aquello sucedía a menudo en los transatlánticos que iban de Liverpool a Nueva York, pero, como entonces recordó que Georgina había dicho que iba a ser una noche terrible, supuso que era peor que de costumbre. Imaginó que estaban cerca de la costa, en algún punto del sur de Irlanda, pero no podía asegurarlo.

Se llevó la bayeta y el cepillo al camarote, con la esperanza de quitar el olor rociando un poco del perfume que Rose le había dado sobre las partes del suelo y las mantas en las que había vomitado. Pero la fregona solo parecía empeorar las cosas y el cepillo no servía de nada. Decidió devolverlos al lugar donde los había encontrado. De repente, cuando dejaba las cosas en el cuartito, volvió a sentir náuseas y no pudo evitar vomitar otra vez en el pasillo. Apenas le quedaba algo que vomitar, tan solo una bilis amarga que dejó en su boca un sabor que la hizo gritar mientras golpeaba la puerta del camarote contiguo al suyo y le daba patadas con fuerza. Pero nadie abrió la puerta, mientras el barco parecía estremecerse y lanzarse hacia delante, y después estremecerse de nuevo.

Eilis no tenía ni idea de a cuántos metros bajo el mar estaba, solo sabía que su camarote se encontraba en las profundidades de la barriga del barco. Cuando empezó a tener arcadas otra vez, se dio cuenta de que jamás sería capaz de decirle a nadie lo enferma que se había sentido. Recordó a su madre de pie ante la puerta, diciendo adiós con la mano mientras el coche partía hacia la estación con ella y Rose en el interior; la expresión de su rostro tensa y preocupada, y solo logró esbozar una sonrisa cuando el coche giraba por Friary Hill. Lo que le estaba ocurriendo, quería creer Eilis, era algo que su madre nunca habría imaginado. Si el movimiento hubiera sido más suave, solo un balanceo adelante y atrás, quizá se habría convencido a sí misma de que era un sueño, o de que no iba a durar mucho, pero cada momento era absolutamente real, totalmente sólido y formaba parte de su estado de vigilia, como lo eran el repugnante sabor de su boca y el chirrido de los motores y el calor, que parecía aumentar a medida que transcurría la noche. Y en medio de todo eso tuvo la sensación de que había hecho algo mal, de que, de alguna forma, era culpa suya que Georgina se hubiera ido a otra parte y que sus vecinos hubiesen cerrado con pestillo la puerta del lavabo, que era culpa suya haber vomitado en el camarote y no haber conseguido limpiar aquel desastre.

Ahora respiraba por la nariz, concentrándose, esforzándose al máximo para no volver a tener arcadas, y reunió toda la fuerza de voluntad que le quedaba para subir la escalerilla hasta la litera de arriba y permanecer tumbada en la oscuridad imaginando que el barco avanzaba, a pesar de que el sonido del temblor se volvía más feroz a medida que el transatlántico parecía golpear olas cada vez más fuertes. Durante unos instantes imaginó que ella era el mar, empujando con dureza para resistirse al peso y la fuerza del barco. Cayó en un sueño ligero y tranquilo.

La despertó una suave mano en la frente. Supo exactamente dónde estaba cuando abrió los ojos.

—¡Oh, pobrecilla! —dijo Georgina.

—No han querido abrir la puerta del lavabo —replicó Eilis, forzando la voz para que le saliera tan débil como le fuera posible.

—¡Esos bastardos! —dijo Georgina—. Algunos lo hacen siempre; el primero que llega la cierra con el pestillo. Ahora verás cómo lo soluciono.

Eilis se incorporó y bajó despacio la escalerilla. El olor a vómito era espantoso. Georgina había sacado de su bolso una lima de uñas y estaba manipulando la puerta del servicio. No le costó mucho abrirla. Eilis la siguió al interior del servicio, donde los pasajeros del otro camarote habían dejado sus artículos de aseo.

—Ahora tenemos que bloquear su puerta porque esta noche aún va a ser peor —dijo Georgina.

Eilis vio que el cerrojo era una simple barrita de metal que podía levantarse fácilmente con una lima de uñas.

—Solo hay una solución —dijo Georgina—. Si meto mi baúl en el servicio no podremos cerrar la puerta y tendremos que sentarnos de lado en el váter, pero ellos no tendrán forma de entrar. Pobre chiquilla.

Georgina volvió a mirarla con simpatía. Iba maquillada y parecía que los estragos de la noche no habían hecho mella en ella.

—¿Qué has cenado? —le preguntó, mientras empezaba a arrastrar el baúl al servicio.

—Creo que era cordero.

—Y guisantes, un montón de guisantes. ¿Y cómo te sientes?

—Jamás me he sentido peor. ¿He dejado el pasillo hecho un desastre?

—Sí, pero todo el barco está hecho un desastre. Incluso la primera clase está hecha un desastre. Empezarán a limpiar por allí, pasarán horas hasta que lleguen aquí abajo. ¿Por qué has cenado tanto?

—No lo sé.

—¿No se lo has oído decir cuando estábamos embarcando? Es la peor tormenta en años. Siempre es malo, especialmente aquí abajo, pero esta tormenta es terrible. Bebe agua, nada más, nada de sólidos. Hará maravillas con tu figura.

—Siento lo del olor.

—Ya vendrán y lo limpiarán todo. Sacaremos el baúl cuando los oigamos venir y lo volveremos a poner en cuanto se vayan. Me han visto en primera clase y me han advertido de que si no me quedo aquí abajo hasta que atraquemos, me arrestarán al otro lado. Así que me temo que vas a tener compañía. Y querida, cuando vomite, sabrás lo que es vomitar. Es lo único que va a haber durante el próximo día más o menos, vómitos, muchos vómitos. Y después me han dicho que entraremos en aguas tranquilas.

—Me encuentro fatal —dijo Eilis.

—Se llama mareo, cariño, y hace que te pongas verde.

—¿Tengo muy mal aspecto?

—Oh, sí, como todos los que estamos en el barco.

Mientras hablaba, llamaron con fuerza desde el otro camarote. Georgina entró en el servicio.

—¡Jodeos! —gritó—. ¿Podéis oírme? ¡Bien! ¡Pues jodeos!

Eilis estaba de pie tras ella, en camisón y con los pies descalzos. Se estaba riendo.

—Ahora tengo que usar yo el retrete —dijo—. Espero que no te importe.

Avanzado el día llegó personal con cubos de agua con desinfectante y fregaron el suelo de los pasillos y las habitaciones. Quitaron las sábanas y las mantas que se habían manchado y pusieron unas limpias, y toallas recién lavadas. Georgina, que había estado vigilando para verlos llegar, metió el baúl en el camarote. Cuando los vecinos, dos ancianas damas norteamericanas a quienes Eilis veía ahora por primera vez, se quejaron a las limpiadoras de que habían bloqueado el servicio, estas se encogieron de hombros y siguieron trabajando. En cuanto se fueron, Georgina y Eilis volvieron a colocar el baúl en el servicio antes de que sus vecinas tuvieran oportunidad de bloquear la puerta desde el otro lado. Cuando estas llamaron a la puerta del servicio y del camarote, Eilis y Georgina se rieron.

—Han perdido su oportunidad. ¡Así aprenderán! —dijo Georgina.

Fue al comedor y volvió con dos jarras de agua.

—Solo hay un camarero —dijo—, así que puedes coger lo que quieras. Esta es tu ración para esta noche. No comas nada y bebe mucho, esa es la clave. No evitará que te encuentres mal, pero no será tan fuerte.

—Da la sensación de que empujen el barco hacia atrás sin parar —dijo Eilis.

—Aquí abajo siempre da esa impresión —contestó Georgina—. No te muevas y reserva las fuerzas, vomita a gusto cuando lo necesites, y mañana estarás como nueva.

—Hablas como si hubieras viajado en este barco un millón de veces.

—Y así es —contestó Georgina—. Voy a casa una vez al año a ver a mi madre. Es mucho sufrimiento para una semana. Cuando ya me he recuperado, tengo que irme. Pero me encanta verlos a todos. No vamos para jóvenes, ninguno de nosotros, así que es agradable pasar una semana juntos.

Tras otra noche de constantes vómitos, Eilis estaba exhausta; el barco parecía martillear el agua. Pero después el mar se calmó. Georgina, que se paseaba por el pasillo con regularidad, se encontró a las mujeres del camarote contiguo y acordó con ellas que nadie obstaculizaría el uso del retrete, sino que intentarían compartirlo en armonía, ahora que la tormenta había pasado. Sacó el baúl de él y advirtió a Eilis, que reconoció tener hambre, que no comiera nada por muy hambrienta que estuviera y que bebiera mucha agua, y que procurara no dormir durante el día por muchas ganas que tuviera. Si podía dormir una noche entera, dijo Georgina, se encontraría mucho mejor.

Eilis no podía creer que tuviera que pasar cuatro noches más en aquel espacio tan reducido, con aquel aire viciado y tan poca luz. Tan solo cuando iba al aseo a lavarse sentía que por unos momentos mitigaba la vaga y persistente sensación de náuseas mezclada con un hambre terrible, y la claustrofobia, que parecía hacerse más intensa cuando Georgina la dejaba sola en el camarote.

Como en casa de su madre solo tenían bañera, nunca se había duchado, y tardó un rato en descubrir cómo conseguir la temperatura correcta sin cerrar el agua del todo. Mientras se enjabonaba y lavaba el pelo, se preguntó si sería agua de mar caliente y, de no ser así, cómo podía el barco cargar tanta agua limpia. Quizá en tanques, pensó, o quizá era agua de lluvia. Fuera como fuese, estar bajo la ducha le proporcionó alivio por primera vez desde que el barco había salido de Liverpool.

La noche anterior al desembarco, Eilis fue al comedor con Georgina, que le dijo que tenía un aspecto lamentable y que si no tenía cuidado la harían quedarse en la isla de Ellis y la pondrían en cuarentena o, como mínimo, tendría que someterse a una revisión médica. De vuelta en el camarote, Eilis le enseñó a Georgina su pasaporte y sus papeles para demostrarle que no tendría problemas para entrar en Estados Unidos. Le contó que iría a recibirla el padre Flood. Georgina le dijo que le sorprendía que tuviera un permiso de trabajo indefinido y no temporal. No creía que en esos momentos fuera fácil conseguir ese documento, ni siquiera con la ayuda de un sacerdote. Obligó a Eilis a abrir la maleta y enseñarle qué ropa tenía con el fin de elegir un conjunto apropiado para desembarcar y asegurarse de que no se ponía algo demasiado arrugado.

—Nada elegante —dijo—. No queremos que parezcas una tarta.

Eligió un vestido blanco con un dibujo de flores rojas que le había regalado Rose, una rebeca sencilla y un echarpe liso. Miró los tres pares de zapatos que Eilis tenía y eligió los más sencillos, insistiendo en que había que lustrarlos.

—Lleva el abrigo en el brazo y mira como si supieras adónde vas, y no te vuelvas a lavar el pelo, con el agua del barco se te ha quedado como una madeja de acero. Vas a tener que cepillártelo unas cuantas horas para darle forma.

Por la mañana, tras disponer que llevaran su baúl a cubierta, Georgina empezó a maquillarse y aconsejó a Eilis que se alisara más el pelo, ahora que ya había acabado con el cepillado, para que pudiera hacerse un moño.

—No parezcas demasiado inocente —dijo—. Cuando te ponga un poco de perfilador de ojos, colorete y rímel, no se atreverán a pararte. Tu maleta es un desastre, pero no podemos hacer nada al respecto.

—¿Qué tiene de malo?

—Es demasiado irlandesa, y ellos paran a los irlandeses.

—¿De verdad?

—Intenta no parecer tan asustada.

—Tengo hambre.

—Todos tenemos hambre. Pero, querida, no tienes que parecer hambrienta. Haz ver que estás llena.

—Y casi nunca llevo maquillaje.

—Bueno, estás a punto de entrar en la tierra de los libres y los valientes. No sé cómo has conseguido ese sello de tu pasaporte. Ese sacerdote debe de conocer a alguien. La única razón por la que podrían pararte es que piensen que tienes tuberculosis, así que no tosas bajo ninguna circunstancia, o si creen que tienes una extraña enfermedad de los ojos que no recuerdo cómo se llama. De modo que mantén los ojos abiertos. A veces solo te paran para mirar los papeles.

Georgina pidió a Eilis que se sentara en la litera inferior, volviera la cara hacia la luz y cerrara los ojos. Durante veinte minutos estuvo trabajando despacio, aplicando una fina capa de maquillaje y después colorete, perfilador y rímel. Le cardó el pelo. Cuando acabó, la mandó al lavabo con un pintalabios y le dijo que se pusiera un poco con suavidad, cerciorándose de que no se pintarrajeaba toda la cara. Cuando Eilis se miró al espejo se quedó sorprendida. Parecía mayor y casi guapa, pensó. Se dijo que le encantaría saberse maquillar bien, tal como sabían hacer Rose y Georgina. Sería mucho más fácil, imaginó, salir con gente que no conocía o que quizá no volvería a ver si siempre tuviera aquel aspecto. La haría sentirse menos nerviosa en un sentido, pensó, pero quizá más en otro, porque sabía que la gente la miraría y podría sacar una imagen equivocada de ella si en Brooklyn se vistiera así todos los días.

SEGUNDA PARTE

Eilis se despertó en plena la noche, tiró la manta al suelo e intentó volver a dormirse cubierta solo con una sábana, pero seguía haciendo demasiado calor. Estaba bañada en sudor. Le habían dicho que probablemente esa era la última semana de calor; pronto bajarían las temperaturas y necesitaría mantas, pero de momento el tiempo seguía bochornoso y húmedo, y todo el mundo caminaba despacio por la calle y con aspecto cansado.

Su habitación estaba en la parte trasera de la casa y el cuarto de baño al final del pasillo. Las tablas del suelo crujían y la puerta, pensaba, estaba hecha de un material ligero y las cañerías hacían ruido, por lo que oía a las demás huéspedes cuando iban al lavabo por la noche o si volvían tarde los fines de semana. No le importaba que la despertaran siempre y cuando todavía fuera de noche y pudiera arrebujarse en la cama sabiendo que le quedaba tiempo para dormitar. Entonces podía apartar de su mente todo pensamiento relacionado con el día que tenía por delante. Pero si se despertaba cuando ya había amanecido, sabía que solo le quedaban una hora o dos, como mucho, antes de que sonara la alarma del reloj y empezara la jornada.

La señora Kehoe, la propietaria de la casa, era de Wexford, y le encantaba hablarle de su ciudad, de las excursiones de los domingos a Curracloe y Rosslare Strand, o de los partidos de *hurling*, de las tiendas de la calle principal de Wexford, o de las personas que recordaba. Al principio Eilis supuso que la señora Kehoe era viuda y le había preguntado por el señor Kehoe y su ciudad natal, pero se encontró ante una triste sonrisa cuando ella le contestó que era de Kilmore Quay, sin añadir más. Más adelante, al comentárselo al padre Flood, este le había dicho que era mejor no hablar mucho del señor Kehoe, que se había ido al Oeste con todo el dinero y había dejado a su mujer con deudas, la casa en Clinton Street y ningún ingreso. Por eso, dijo el padre Flood, la señora Kehoe alquilaba habitaciones en su casa y tenía cinco chicas más como huéspedes, aparte de Eilis.

La señora Kehoe disponía de una sala de estar, un dormitorio y un cuarto de baño propios en la planta baja. También tenía teléfono, pero, le dejó claro a Eilis, no cogía mensajes para ninguna de las huéspedes bajo ninguna circunstancia. Había dos chicas instaladas en el sótano y cuatro en los pisos superiores; unas y otras podían utilizar la gran cocina que había en la planta baja, donde la señora Kehoe les servía la cena cada noche. Podían hacerse té y café cuando quisieran, le dijo, siempre y cuando usaran sus propios tazas y platos, que después tenían que lavar, secar y guardar ellas mismas.

Los domingos la señora Kehoe tenía por norma no aparecer, y les correspondía a las chicas cocinar y dejarlo todo limpio. Iba a misa a primera hora, le dijo a Eilis, y por la tarde iban unas amigas suyas a jugar a una anticuada y seria partida de póquer.

Para la señora Kehoe la partida de póquer, comentó Eilis en una de sus cartas a casa, parecía un deber dominical de otro tipo, que solo llevaba a cabo porque era una norma.

Cada noche, antes de empezar la cena, se ponían en pie solemnemente, unían las manos y la señora Kehoe bendecía la mesa. Cuando estaban sentadas para cenar, no le gustaba que las chicas hablaran entre ellas o lo hicieran sobre temas que ella no conocía, y no alentaba los comentarios sobre novios. Lo que le interesaba era sobre todo la ropa y los zapatos, dónde podía comprarlos, a qué precio y en qué época del año. Los cambios en la moda y las nuevas tendencias eran su tema de conversación cotidiano, a pesar de que ella misma, como comentaba con frecuencia, era demasiado mayor para algunos de los colores y estilos nuevos. Sin embargo, advirtió Eilis, la señora Kehoe vestía de modo impecable y reparaba en cada uno de los artículos que llevaban sus inquilinas. También le encantaba hablar del cuidado de la piel y de sus diferentes tipos y problemas. Iba a la peluquería una vez a la semana, el sábado; siempre pedía que la atendiera la misma peluquera y se pasaba varias horas con ella para que su cabello estuviera perfecto durante el resto de la semana.

En la planta de Eilis, en la habitación de enfrente, se alojaba la señorita McAdam, de Belfast, que trabajaba de secretaria y tenía muy poco que decir sobre moda cuando estaban a la mesa, salvo que el tema de conversación fuera la subida de precios. Era muy estirada, escribió Eilis en una carta a su casa, y como favor especial le había pedido que no dejara sus artículos de aseo esparcidos por el lavabo, como hacían las demás. Las chicas que vivían en el piso superior eran más jóvenes que la señorita McAdam, contó en su carta, y era habitual que la señora Kehoe y la señorita McAdam tuvieran que reprenderlas. Una de ellas, Patty McGuire, había nacido al norte de Nueva York, le contó a Eilis, y ahora trabajaba, al igual que ella, en uno de los grandes almacenes de Brooklyn. Le encantaban los hombres, observó Eilis. La mejor amiga de Patty vivía en el sótano; se llamaba Diana Montini, pero su madre era irlandesa y tenía el cabello pelirrojo. Al igual que Patty, hablaba con acento americano.

Diana se quejaba constantemente de la comida que preparaba la señora Kehoe e insistía en que era demasiado irlandesa. Los viernes y sábados por la noche Patty y ella se pasaban horas arreglándose e iban a algún espectáculo, al cine o a bailar, a cualquier sitio donde hubiera hombres, como había apuntado la señorita McAdam con acritud. Siempre había problemas entre Patty y Sheila Heffernan, que compartían con ella el piso superior, a causa del ruido durante la noche. Sheila, que también era mayor que Patty y Diana, procedía de Skerries y trabajaba de secretaria. Cuando la señora Kehoe le contó a Eilis el motivo del conflicto entre Sheila y Patty, la señorita McAdam, que estaba en la habitación, la interrumpió para decir que ella no veía ninguna diferencia entre ambas, ni en el desorden que dejaban, ni en la costumbre de utilizar su jabón y su champú, e incluso su pasta de dientes, cuando era tan tonta que se los dejaba en el cuarto de baño.

Se quejaba a todas horas, tanto a Patty y a Sheila, como a la señora Kehoe, del ruido que hacían sus zapatos en las escaleras y en el piso superior.

En el sótano, con Diana, vivía la señorita Keegan, de Galway, que apenas hablaba a no ser que la conversación versara sobre

Fianna Fáil y Valera, o sobre el sistema político estadounidense, cosa que rara vez sucedía, ya que la señora Kehoe, dijo, sentía auténtica aversión por cualquier tipo de discusión política.

Los dos primeros fines de semana Patty y Diana le preguntaron a Eilis si quería salir con ellas, pero esta, que aún no había cobrado, prefirió quedarse en la cocina hasta la hora de acostarse, incluso el sábado por la noche. El segundo domingo fue a pasear sola por la tarde, ya que la semana anterior había cometido el error de salir con la señorita McAdam, que no tenía nada bueno que decir de nadie y había arrugado la nariz con desaprobación cada vez que se cruzaban con alguien que ella creía italiano o judío.

—No he venido a América para oír hablar italiano en la calle o ver a gente con sombreros ridículos, gracias —dijo.

En otra carta, Eilis describió el sistema que tenían en casa de la señora Kehoe para lavar la ropa. La señora Kehoe no tenía muchas normas, les contó a su madre y a Rose, pero estas incluían no llevar visitas, no dejar cubiertos, platos o tazas por la casa y no lavar ninguna pieza de ropa dentro de ella. Una vez a la semana, el lunes, una mujer italiana y su hija, que vivían en una calle cercana, iban a recoger la colada. Cada huésped tenía una bolsa, a la que debía adjuntar una lista con su contenido; se la devolvían el miércoles con la colada limpia y el importe anotado abajo, que pagaba la señora Kehoe y reembolsaba de cada huésped al volver del trabajo. Las huéspedes se encontraban la ropa limpia colgada en el armario o doblada en los cajones. Y también sábanas limpias en la cama y toallas recién lavadas. La mujer italiana, escribió Eilis, planchaba muy bien y almidonaba los vestidos y las blusas, cosa que le encantaba.

Tras dormitar un rato, se despertó. Miró el despertador: eran las ocho menos veinte. Si se levantaba enseguida, pensó, llegaría al cuarto de baño antes que Patty y Sheila; sabía que a esas horas la señorita McAdam ya se habría ido a trabajar. Cruzó rápidamente la puerta y el descansillo con su neceser. Se ponía gorro de ducha porque no quería estropearse el peinado; cuando se lo lavaba con el agua de la casa se le rizaba, como le había ocurrido en el barco, y después necesitaba horas para peinárselo. Cuando cobrara, pensó, iría a la peluquería y pediría que se lo cortaran un poco para que fuera más manejable.

Ya abajo, se alegró de estar sola en la cocina. No tenía ganas de hablar, de modo que no se sentó, así podría irse inmediatamente en caso de que llegara alguien. Se preparó té y tostadas. Todavía no había encontrado en ningún sitio pan que le gustara, e incluso el té y la leche tenían un sabor extraño. Tampoco le gustaba la mantequilla, que sabía casi a grasa. Un día, volviendo del trabajo, había visto a una mujer que vendía mermelada en un puesto. La mujer no hablaba inglés; Eilis no creía que fuera italiana y no se imaginaba de dónde procedía, pero la mujer le había sonreído mientras miraba los diferentes tarros de mermelada. Había elegido y pagado uno, creyendo que estaba comprando mermelada de grosella, pero al probarlo en casa de la señora Kehoe no supo reconocer el sabor. No estaba segura de qué era, pero le gustaba porque disimulaba el sabor del pan y la mantequilla, de la misma manera que las tres cucharillas de azúcar conseguían disimular el sabor del té y la leche.

Había gastado algo del dinero de Rose en zapatos. Los primeros que se había comprado parecían cómodos, pero al cabo de unos días habían empezado a apretarle un poco. Los segundos eran planos y sencillos, pero se ajustaban perfectamente; los llevaba en el bolso y se los cambiaba al llegar al trabajo.

Detestaba que Patty y Diana le prestaran tanta atención. Era la chica nueva, y la más joven, y no dejaban de darle consejos ni de hacer críticas o comentarios. Eilis se preguntaba cuánto duraría aquello e intentaba hacerles saber lo poco que apreciaba su interés sonriendo vagamente cuando le hablaban o, en algunas ocasiones, sobre todo por las mañanas, mirándolas con gesto ausente, como si no entendiera una sola palabra de lo que le decían.

Tras desayunar y lavar la taza, el platillo y el plato, y haciendo caso omiso de Patty, que acababa de llegar, Eilis salió silenciosamente de la casa, con tiempo de sobra para llegar al trabajo. Aquella era su tercera semana y, aunque había escrito varias veces a su madre y a Rose y una vez a sus hermanos en Birmingham, aún no había recibido ninguna carta de ellos. Al cruzar la calle se dio cuenta de que cuando llegara a casa, a las seis y media, habrían pasado infinidad de cosas que podría contarles; cada momento parecía proporcionar una nueva perspectiva o una nueva sensación, o un retazo de información. Hasta ese momento el trabajo no le había resultado aburrido, las horas pasaban con bastante rapidez.

Era más tarde, cuando volvía a casa y se tendía en la cama después de cenar, cuando el día que acababa de pasar le parecía uno de los más largos de su vida, mientras lo repasaba momento a momento. Incluso los detalles más insignificantes permanecían en su memoria. Cuando intentaba pensar en otra cosa o dejar la mente en blanco, los acontecimientos del día volvían rápidamente a ella. Por cada día que pasaba, pensó, necesitaba otro día entero para reflexionar sobre lo que había ocurrido y almacenarlo aparte, extraerlo de su interior para que no la mantuviera en vela por la noche o llenara sus sueños con imágenes de lo que realmente había sucedido y otras que no tenían relación con nada conocido, pero que estaban repletas de ráfagas de colores o multitudes de gente, todo ello frenético y rápido.

Le gustaba el aire de la mañana y la quietud de aquellas pocas calles residenciales, calles que solo tenían tiendas en las esquinas, en las que vivía gente, donde había tres o cuatro pisos en cada casa y donde, de camino al trabajo, se cruzaba con mujeres que acompañaban a sus hijos a la escuela. Sin embargo, mientras caminaba, sabía que iba acercándose al mundo real, en el que había calles más anchas y con más tráfico. Cuando llegaba a Atlantic Avenue, Brooklyn empezaba a parecerle un lugar extraño, con tantos espacios vacíos entre edificios y tantas construcciones en ruinas. Y súbitamente, cuando llegaba a Fulton Street, había tanta gente apiñada para cruzar la calle, y en grupos tan compactos, que la primera mañana pensó que había una pelea o un herido y se habían acercado para verlo. La mayoría de las mañanas retrocedía y esperaba un minuto o dos a que la gente se dispersara.

En Bartocci's tenía que fichar, algo muy fácil, y después bajar a su taquilla, en el vestuario de mujeres, y ponerse el uniforme azul que debían llevar las chicas de la planta de ventas. Casi todas las mañanas llegaba antes que la mayoría de sus compañeras. Algunas a menudo no aparecían hasta el último minuto. Eilis sabía que la señorita Fortini, la supervisora, lo desaprobaba. En su primer día, el padre Flood la había acompañado a la oficina central, donde se había entrevistado con Elisabetta Bartocci, la hija del dueño; Eilis pensó que era la mujer mejor vestida que había visto nunca. Escribió a su madre y a Rose hablándoles del llameante traje rojo y la inmaculada blusa, los zapatos rojos de tacón alto, el cabello, perfecto y de un brillante color negro. El carmín de labios era de un rojo vivo y sus ojos los más negros que Eilis había visto jamás.

—Brooklyn cambia día a día —dijo la señorita Bartocci, mientras el padre Flood asentía—. Llega gente nueva y pueden ser judíos, irlandeses, polacos e incluso de color. Nuestros viejos clientes se están trasladando a Long Island y nosotros no podemos seguirles, de manera que necesitamos clientes nuevos todas las semanas. Tratamos a todo el mundo igual. Para nosotros son bienvenidas todas y cada una de las personas que entran en este establecimiento. Todos tienen dinero que gastar. Mantenemos los precios bajos y los buenos modales. Si a la gente le gusta el sitio, vuelve. Tratarás a cada cliente como a un nuevo amigo. ¿De acuerdo?

Eilis asintió.

—Les brindarás una amplia sonrisa irlandesa.

Mientras la señorita Bartocci iba a buscar a la supervisora, el padre Flood le dijo a Eilis que echara un vistazo a la gente que trabajaba en la oficina.

—Muchos de ellos empezaron como tú, en la planta de ventas. Fueron a clases nocturnas y estudiaron, y ahora están en las oficinas. Algunos de ellos son contables de verdad, con título.

—Me gustaría estudiar contabilidad —dijo Eilis—. Ya he hecho un curso básico.

—Aquí será distinto, tienen sistemas diferentes —dijo el padre Flood—. Pero averiguaré si por aquí cerca hay algún sitio donde den cursos y tengan plazas libres. Y aunque no dispongan de plazas libres, veremos si podemos conseguir que abran una. Pero es mejor que no se lo mencionemos a la señorita Bartocci y que, en lo que a ella respecta, de momento te concentres en el trabajo que tienes.

Eilis asintió. La señorita Bartocci volvió enseguida con la señorita Fortini, que contestaba con un «sí» a todo lo que aquella decía sin apenas abrir los labios al hablar. De vez en cuando lanzaba una rápida mirada a su alrededor y después, como si hubiera hecho algo mal, volvía a fijar la vista inmediatamente en el rostro de la señorita Bartocci.

—La señorita Fortini te enseñará a utilizar el sistema de caja, que es bastante fácil una vez lo conoces. Y si tienes algún problema, ve a ella primero, incluso por la cuestión más insignificante. La única forma de que los clientes estén contentos es que el personal también lo esté. Trabajarás de nueve a seis, de lunes a sábado, y tendrás cuarenta y cinco minutos para comer y medio día libre a la semana. Y animamos a nuestro personal a ir a clases nocturnas...

—Estábamos hablando de eso precisamente ahora —la interrumpió el padre Flood.

—Si quieres asistir a clases nocturnas, nosotros pagaremos parte de la matrícula. No toda, cuidado. Y si quieres comprar algo en nuestra tienda, se lo dices a la señorita Fortini, hacemos descuento en la mayoría de los artículos.

La señorita Fortini le preguntó a Eilis si estaba lista para empezar. El padre Flood se marchó y la señorita Bartocci volvió a su mesa y se puso a abrir el correo enérgicamente. Cuando la señorita Fortini llevó a Eilis a la planta de ventas y le enseñó el sistema de caja, ella no quiso decirle que en Bolger's de Rafter Street, en Irlanda, utilizaban exactamente el mismo sistema, que consistía en poner el dinero y la factura en un envase de metal que recorría la tienda mediante un sistema de tubos hasta llegar a la oficina de caja, donde la factura se marcaba como pagada, se metía de nuevo en el envase con la vuelta y se enviaba de regreso. Eilis dejó que la señorita Fortini se lo explicara cuidadosamente, como si no hubiera visto nunca nada igual.

La señorita Fortini avisó a la oficina de caja de que iba a enviar unas cuantas facturas simuladas con cinco dólares cada una. Enseñó a Eilis cómo rellenarla, anotando arriba su propio nombre y la fecha, abajo el artículo comprado con la cantidad a la izquierda y el precio a la derecha. También tenía que apuntar al dorso de la factura, dijo la señorita Fortini, la cantidad de dinero que enviaba, solo para que no hubiera malentendidos. La mayoría de los clientes tendrían que esperar la vuelta, dijo la señorita Fortini. Casi nadie tenía el importe exacto y la mayoría de los artículos, en cualquier caso, costaban equis dólares y noventa y nueve céntimos o una cantidad de céntimos que no era redonda. Si un cliente compraba más de un artículo, le advirtió la señorita Fortini, tendría que hacer ella misma las sumas, pero la oficina de caja siempre las revisaba.

—Si no cometes errores, lo notarán y les caerás bien —añadió.

Eilis observó cómo la señorita Fortini hacía diversas facturas por ella, las enviaba y esperaba que volvieran. Después rellenó ella misma unas cuantas, la primera por un solo artículo, la segunda por varios artículos iguales y la tercera por una complicada mezcla de artículos. La señorita Fortini estuvo observando mientras hacía las sumas.

—Es mejor ir despacio, así no cometerás errores.

Eilis no le dijo que ella nunca cometía errores cuando sumaba si no que fue despacio, como le había advertido, asegurándose de que las cifras eran correctas.

A Eilis le sorprendían varios de los artículos de ropa que se vendían. Algunos sujetadores tenían las copas más puntiagudas que había visto en su vida y la faja alta, que parecía que tuviera huesos de plástico en medio, era nueva para ella. Lo primero que vendió se llamaba corsé, y decidió que, cuando conociera lo suficiente a las demás huéspedes de la señora Kehoe, le pediría a alguna de ellas que le hablara de los artículos de lencería de las mujeres norteamericanas.

El trabajo era fácil. A la señorita Fortini solo le interesaban la puntualidad y la pulcritud y estar segura de que se le comunicaba inmediatamente la más leve queja o duda. No era difícil localizarla, descubrió Eilis, porque siempre estaba observando, y si parecía que tenías la más leve dificultad con un cliente o no sonreías, se daba cuenta enseguida y se dirigía hacia ti señalándote, solo se detenía si te veía ocupada y amable.

Pronto encontró Eilis un lugar donde comer rápido sentada en la barra de modo que le quedaran veinte minutos para explorar las tiendas que había cerca de Fulton Street. Diana, Patty y la señora Kehoe le habían dicho que la mejor tienda de ropa cerca de Bartocci's era Loehmann's, en Bedford Avenue. A la hora de comer la planta baja de Loehmann's estaba más concurrida que Bartocci's, y la ropa parecía más barata; pero al subir al primer piso, Eilis pensó en Rose, porque era la planta más bonita que había visto nunca, parecía más bien un palacio que una tienda, había poca gente comprando y dependientas elegantemente vestidas. Tenía que calcular los precios en libras para hacerse una idea: todo parecía barato. Hacía un esfuerzo por recordar cómo eran algunos vestidos y cuánto valían para mandarle una detallada descripción a Rose, pero se apresuraba mucho, ya que no quería llegar tarde a Bartocci's. Hasta entonces no había tenido problemas con la señorita Fortini y no quería tenerlos cuando llevaba tan poco tiempo trabajando para ella.

Una mañana, a las tres semanas de trabajo, entrando ya en la cuarta, en cuanto llegó al otro lado de Fulton Street y vio los escaparates de Bartocci's supo que algo extraño ocurría. Estaban cubiertos de enormes carteles que rezaban: FABULOSAS REBAJAS EN NAILON. No sabía que tenían previsto poner rebajas, suponía que no lo harían hasta enero. En el vestuario se encontró con la señorita Fortini, a quien expresó su sorpresa.

—El señor Bartocci siempre lo mantiene en secreto. Supervisa personalmente todo el trabajo por la noche. La planta entera es nailon, todo nailon, y la mayor parte de las piezas están a mitad de precio. Tú también puedes comprar cuatro artículos. Y aquí tienes una bolsa para guardar el dinero, porque solo se acepta el importe exacto. Hemos puesto precios redondos, de modo que hoy no hay facturas. Y habrá mucha seguridad. Se armará el mayor alboroto que hayas visto en tu vida, porque incluso las medias de nailon están a mitad de precio. No habrá pausa para comer, os daremos bocadillos y refrescos gratis aquí abajo, pero no vengas por ellos más de dos veces. Yo estaré vigilando. Necesitamos que todo el mundo trabaje.

Media hora antes de abrir ya había cola para entrar. La mayoría de las mujeres querían medias; cogían tres o cuatro pares en su camino hacia el fondo de la tienda, donde había conjuntos de jerséis de nailon en todos los colores y la mayoría de las tallas, todos al menos a la mitad de su precio habitual. El trabajo de las dependientas era seguir a la multitud con bolsas de Bartocci's en una mano y la bolsa del dinero en la otra. Todos los clientes parecían saber que no se daría cambio.

La señorita Fortini y dos empleados de las oficinas vigilaban las puertas, que habían tenido que cerrarse a las diez debido a la oleada de gente. Los que normalmente trabajaban en el departamento de caja llevaban un uniforme especial y también estaban en la planta de ventas. Algunos de ellos estaban en la calle, controlaban que hubiera orden en la cola. La tienda, pensó Eilis, era el lugar más agitado y ajetreado que había visto jamás. La señorita Bartocci caminaba entre la multitud cogiendo las bolsas de dinero y vaciándolas en la enorme bolsa de lona que llevaba.

La mañana fue un auténtico frenesí; Eilis no tuvo ni un segundo de tranquilidad. Todo el mundo hablaba en voz alta y en ciertos momentos recordó, como en un destello, una tarde de octubre caminando con su madre por el paseo de Enniscorthy, el río Slaney helado y repleto, el olor de hojas ardiendo en algún lugar cercano y la luz del día apagándose lenta y suavemente. Aquella imagen no dejó de aparecérsele mientras llenaba la bolsa con billetes y monedas, y mujeres de todo tipo se le acercaban para preguntarle dónde podían encontrar determinadas prendas de ropa o si podían cambiar lo que habían comprado por otro artículo, o simplemente para adquirir lo que llevaban en las manos.

La señorita Fortini no era especialmente alta y aun así era capaz de supervisarlo todo, respondía a todas las preguntas, recogía las prendas que se caían al suelo, doblaba y apilaba artículos con esmero. La mañana había pasado muy rápida, pero en el transcurso de la tarde Eilis se descubrió mirando el reloj y se percató de que miraba la hora cada cinco minutos al tiempo que atendía a lo que se le antojaban centenares de clientes y las existencias de nailon disminuían poco a poco, hasta el punto de que la señorita Fortini le dijo que podía coger lo que necesitara para ella, solo cuatro artículos, y se los llevara abajo. Ya los pagaría después.

Eilis escogió unas medias de nailon para ella, otras que creía que le quedaría bien a la señora Kehoe, unas más para su madre y otras para Rose. Tras llevarlas abajo y guardarlas en su taquilla, se sentó con una de las dependientas y bebió un refresco; después abrió otro y le dio unos sorbitos hasta que pensó que la señorita Fortini notaría su ausencia. Al volver arriba descubrió que solo eran las tres de la tarde y que unos hombres, bajo la supervisión del señor Bartocci, reponían, casi lanzaban en los aparadores, algunos de los artículos de nailon que estaban acabándose. Más tarde, mientras cenaba en casa de la señora Kehoe, descubrió que Patty y Sheila se habían enterado de las rebajas y habían ido corriendo aprovechando la pausa para comer, habían entrado a toda prisa, comprado algunos artículos y salido igualmente a toda prisa, por lo que no habían tenido tiempo de buscarla entre la multitud para saludarla.

La señora Kehoe pareció complacida con las medias y se ofreció a pagarlas, pero Eilis le dijo que eran un regalo. Aquella noche, durante la cena, hablaron de las fabulosas rebajas de nailon de Bartocci's, siempre sin previo aviso, y se quedaron asombradas cuando Eilis les dijo que ni siquiera ella, que trabajaba allí, tenía la menor idea de que iba a haber rebajas.

—Bueno, si alguna vez oyes algo, aunque solo sea un rumor —dijo Diana—, avísanos a todas. Sus medias de nailon son las mejores, no se les hacen carreras con tanta facilidad como a otras. En algunas tiendas venden artículos de muy mala calidad.

—Ya está bien —dijo la señora Kehoe—. Estoy segura de que todas las tiendas hacen lo que pueden.

Con toda aquella excitación y el parloteo sobre las rebajas de nailon, hasta después de cenar Eilis no se dio cuenta de que había tres cartas para ella. Cada día, en cuanto volvía del trabajo, revisaba la mesilla de la cocina en la que la señora Kehoe dejaba el correo. No podía creerse que aquella noche se hubiera olvidado de hacerlo. Se tomó una taza de té con las demás, sosteniendo nerviosamente las cartas en la mano y sintiendo que su corazón latía más deprisa cuando pensaba en ellas, deseaba ir a su habitación, abrirlas y leer las noticias que llegaban de casa.

Supo por la letra que las cartas eran de su madre, de Rose y de Jack. Decidió leer primero la de su madre y dejar la de Rose para el final. La carta de su madre era corta y no contaba nada nuevo, solo era una lista de las personas que habían preguntado por ella y detalles sobre dónde y cuándo se había encontrado con ellas. La carta de Jack era muy similar, pero con alusiones a lo que ella le había contado de la travesía, y que apenas había mencionado en las cartas a su madre y Rose. La letra de Rose era muy bonita y clara, como de costumbre. Le hablaba del golf y del trabajo, de lo tranquila y aburrida que estaba la ciudad y lo afortunada que era Eilis de vivir en la gran urbe. En la posdata le decía que quizá alguna vez le apeteciera escribirle aparte sobre cuestiones privadas o temas que podían preocupar excesivamente a su madre. Le proponía que utilizara la dirección del trabajo para tales cartas.

Las cartas decían poco; apenas contenían nada personal ni que reflejara la voz de quien las escribía. Aun así, mientras las releía una y otra vez, olvidó por unos instantes dónde se encontraba e imaginó a su madre en la cocina cogiendo su bloc de cartas Basildon Bond y los sobres, y disponiéndose a escribir una carta correcta y sin tachaduras. Rose, en cambio, pensó, debía de haberla escrito en el comedor en el papel de carta que se había llevado del trabajo, y había utilizado un sobre blanco más largo y elegante que el de su madre. Imaginó que Rose, al acabar, había dejado su carta en la mesa del vestíbulo y que por la mañana su madre había ido con ambas cartas a correos, puesto que tenía que comprar sellos especiales para América. No podía imaginar dónde habría escrito Jack su carta, que era más breve que las otras dos, su tono era casi tímido, como si no quisiera decir demasiado por escrito.

Se tumbó en la cama, con las cartas junto a ella. Se dio cuenta de que durante las últimas semanas no había pensado realmente en su casa. La imagen de la ciudad había acudido a su mente como en destellos, como en la tarde de las rebajas, y por supuesto había pensado en su madre y en Rose, pero su vida en Enniscorthy, la vida que había perdido y nunca recuperaría, la mantenía alejada de su mente. Cada día volvía a aquella pequeña habitación en aquella casa repleta de sonidos y repasaba todas las novedades que se habían producido. Ahora todo aquello no parecía nada comparado con la imagen que tenía de su hogar, de su propia habitación, la casa en Friary Street, lo que comía allí, la ropa que llevaba, lo tranquilo que era todo.

Todo volvió a ella como una terrible carga y, por un instante, sintió que iba a llorar. Era como si un dolor en el pecho quisiera que las lágrimas corrieran por sus mejillas a pesar del enorme esfuerzo que hacía por contenerlas. No cedió ante ello, fuera lo que fuese. Siguió pensando, intentando averiguar qué causaba aquel nuevo sentimiento que era como abatimiento, lo mismo que había sentido al morir su padre y ver cerrar el ataúd, el sentimiento de que su padre no volvería a ver el mundo nunca más y que ella no volvería a hablar con él.

Allí no era nadie. No se trataba tan solo de que no tuviera amigos ni familia, sino más bien de que era un fantasma en aquella habitación, en las calles que recorría de camino al trabajo, en la planta de ventas. Nada significaba nada. Las habitaciones de la casa de Friary Street le pertenecían, pensó; cuando caminaba por ellas estaba realmente allí. En el pueblo, cuando iba a la tienda o a la escuela de formación profesional, el aire, la luz, el suelo, todo era sólido y formaba parte de ella, aun cuando no se encontrara con nadie conocido. Nada aquí era parte de ella. Todo era falso, vacío, pensó. Cerró los ojos e intentó concentrarse, como había hecho innumerables veces en su vida, en algo que le hiciera ilusión, pero no había nada. Nada en absoluto. Ni siquiera el domingo. Nada salvo, quizá, dormir, y ni siquiera estaba segura de que le apeteciera hacerlo. En cualquier caso, todavía no podía dormir porque aún no eran las nueve. No podía hacer nada. Era como si la hubieran dejado encerrada.

Por la mañana, no estaba tan segura de haber dormido como de haber tenido una serie de vívidos sueños, que dejó que flotaran para no tener que abrir los ojos y ver la habitación. Uno de los sueños era sobre el juzgado que había en la cima de Friary Hill, en Enniscorthy. Recordó el terror de los vecinos el día que se reunía el tribunal, no por los casos de robo, embriaguez o alteración del orden público que habían salido en los periódicos, sino porque a veces el tribunal ordenaba que a algunos chicos se les pusiera bajo tutela, fueran internados en orfanatos, instituciones de aprendizaje o casas de acogida porque dejaban de ir a clase, o causaban problemas, o porque había dificultades con sus padres. En ocasiones podían verse inconsolables madres gritando, chillando a las puertas del juzgado porque se llevaban a sus hijos. Pero en su sueño no había mujeres gritando, tan solo un grupo de niños silenciosos, Eilis entre ellos, en una cola, conscientes de que pronto se los llevarían por orden del juez.

Lo que le resultaba extraño ahora que estaba despierta era que parecía estar deseando que se la llevaran, y que eso no le producía temor. Lo que temía, en cambio, era ver a su madre frente al juzgado. En su sueño encontraba una forma de evitar esa escena. La sacaban de la cola, se la llevaban por una puerta lateral y después partía en un largo viaje en coche que duró hasta que se despertó.

Eilis se levantó y fue al servicio sin hacer ruido; decidió desayunar en uno de los bares de Fulton Street, como había visto hacer a otras personas de camino al trabajo. Una vez vestida y lista, salió de la casa de puntillas. No quería encontrarse con nadie. Solo eran las siete y media. Se sentaría en algún sitio durante una hora, pensó, se tomaría un café y un bocadillo e iría a trabajar pronto.

A medida que iba caminando, empezó a temer el día. Después, sentada en la barra de una cafetería mirando el menú, volvieron a su mente retazos de un sueño que al despertarse solo recordaba en parte. Estaba volando, como en un globo, sobre un mar en calma en un plácido día. Abajo veía los acantilados de Cush Gap y la blanda arena de Ballyconnigar. El viento la empujaba hacia Blackwater, después hacia Ballagh, luego Monageer y finalmente Vinegar Hill y Enniscorthy. Estaba tan inmersa en el recuerdo de aquel sueño que el camarero le preguntó si se encontraba bien.

—Estoy bien —dijo ella.

—Parece usted triste —replicó él.

Eilis negó con la cabeza, intentó sonreír y pidió un café y un bocadillo.

—Anímese —dijo él en voz más alta—. Vamos, anímese. No ocurrirá. Regálenos una sonrisa.

Algunos de los clientes que estaban en la barra la miraron. Eilis supo que no podría contener las lágrimas. Sin esperar lo que había pedido, salió corriendo de la cafetería antes de que alguien pudiera decirle algo más.

Durante el día tuvo la impresión de que la señorita Fortini la observaba más de lo habitual, y eso la hizo plenamente consciente de su aspecto cuando no estaba atendiendo a un cliente. Intentó mirar hacia la puerta, las ventanas delanteras y la calle, intentó parecer ocupada, pero se dio cuenta de que, si no se contenía, entraría fácilmente en una especie de trance, pensando una y otra vez en las mismas cosas, en todo lo que había perdido, y preguntándose cómo podría afrontar la cena en casa con las demás y la larga noche sola en una habitación que nada tenía que ver con ella. Entonces se percató de que la señorita Fortini la miraba desde el otro lado de la tienda e intentó de nuevo parecer alegre y solícita con los clientes, como si fuera un día como cualquier otro.

La cena no resultó tan difícil como había imaginado, ya que tanto Patty como Diana se habían comprado unos zapatos nuevos y la señora Kehoe, antes de dar su plena aprobación, quería ver con qué traje o vestido se los pondrían y qué complementos llevarían. Antes y después de la cena, la cocina se convirtió en una especie de pasarela de modas, las señoritas McAdam y Keegan contenían su aprobación cada vez que Patty o Diana entraban en la habitación con los zapatos puestos y un conjunto y bolso diferentes.

Después de ver los zapatos de Diana con el vestido supuestamente a juego, la señora Kehoe no estaba segura de que fueran lo bastante elegantes.

—No son ni carne ni pescado —dijo—. No puedes ponértelos en el trabajo ni quedarían elegantes para salir de noche. No entiendo por qué los has comprado, a no ser que estuvieran de rebajas.

Diana se mostró cariacontecida al reconocer que no estaban de rebajas.

—Oh, entonces —dijo la señora Kehoe— lo único que puedo decir es que espero que conserves la factura.

—Bueno, a mí me gustan bastante —dijo la señorita McAdam.

—A mí también —añadió Sheila Heffernan.

—Pero ¿cuándo te los pondrías? —preguntó la señora Kehoe.

—Simplemente, a mí me gustan —dijo la señorita McAdam, encogiéndose de hombros.

Eilis se escabulló en silencio, contenta de que nadie hubiera notado que no había dicho palabra en toda la cena. Se preguntó si podía salir a la calle, hacer algo para no tener que enfrentarse al sepulcro de su habitación y todos los pensamientos que acudirían a su mente cuando estuviera tendida en la cama, y los sueños que tendría cuando se durmiera. Se quedó de pie en el vestíbulo y después se volvió hacia las escaleras, consciente de que también temía el exterior y de que, aunque no hubiera sido así, tampoco tenía idea de adónde ir a esas horas de la noche. Detestaba aquella casa, pensó, sus olores, sus ruidos, sus colores. Al subir las escaleras, ya estaba llorando. Sabía que mientras las demás estuvieran abajo, en la cocina, hablando sobre sus fondos de armario, podría llorar tan alto como quisiera sin que la oyeran.

Aquella fue la peor noche de su vida. Solo cuando amaneció recordó algo que Jack le había dicho en Liverpool, antes de embarcar, un momento que ahora le parecía que había ocurrido años atrás. Jack había dicho que al principio había sido duro estar lejos, pero no había ido más allá, y ella no le había preguntado cómo había sido realmente. Su forma de ser era tan cálida y jovial, tan parecida a la de su padre, que nunca se habría quejado. Eilis se planteó la posibilidad de escribirle y preguntarle si él también se había sentido así, como si lo hubieran encerrado y estuviera atrapado en un lugar en el que no había nada. Era como el infierno, pensó, porque no podía verle el final ni el de los sentimientos que traía consigo, pero era un tormento extraño, estaba todo en su mente, era como cuando llega la noche y sabes que jamás volverás a ver nada a la luz del día. Eilis no sabía qué iba a hacer. Lo que sí sabía era que Jack estaba demasiado lejos para ayudarla.

Ninguno de ellos podía ayudarla. Los había perdido a todos. No lo sabrían; no escribiría hablando de aquello en una carta. Y eso le hizo comprender que ahora nunca la conocerían. Quizá, pensó, ninguno de ellos había llegado a conocerla nunca, porque de no haber sido así, habrían pensado en lo que significaría esa experiencia para ella.

Permaneció tendida en la cama mientras amanecía; no creía que pudiera soportar una noche más como aquella. Durante unos instantes se resignó silenciosamente a la idea de que nada iba a cambiar, pero no sabía qué consecuencias tendría ni qué forma adquirirían. Una vez más, se levantó temprano, salió de la casa sin hacer ruido y caminó por las calles durante una hora antes de tomar una taza de café. Notó el frío en el aire por primera vez; le pareció que el tiempo había cambiado. Pero ahora apenas le importaba el tiempo que hacía. Encontró una cafetería en la que podía sentarse de espaldas a la gente, de modo que nadie haría comentarios sobre la expresión de su rostro.

Cuando se hubo tomado el café y el bollo y consiguió llamar

la atención de la camarera para pagar la cuenta, vio que apenas tenía tiempo de llegar al trabajo. Si no se daba prisa, llegaría tarde por primera vez. Había una multitud de gente en las calles y le costaba abrirse camino. En un momento dado se preguntó si la gente no le estaría entorpeciendo el paso deliberadamente. Los semáforos tardaban una eternidad en cambiar. Al llegar a Fulton Street, fue aún peor; era como si una horda estuviera saliendo de un partido de fútbol. Incluso caminar a paso normal resultaba difícil. Llegó a Bartocci's justo un minuto antes de la hora. No sabía cómo podría pasar todo el día en la tienda intentado mostrarse atenta y servicial. En cuanto subió a la planta con su uniforme de trabajo se cruzó con la mirada de la señorita Fortini, que parecía desaprobadora, pero un cliente desvió su atención. Atendido el cliente, Eilis procuró no volver a mirar a la señorita Fortini. Le dio la espalda mientras pudo.

—No tienes buen aspecto —dijo la señorita Fortini cuando se acercó a ella.

Eilis sintió que los ojos se le llenaban de lágrimas.

—¿Por que no vas abajo y te tomas un vaso de agua? Yo iré enseguida —dijo la señorita Fortini. Su voz era amable, pero no sonreía.

Eilis asintió. Cayó en la cuenta de que aún no le habían pagado; todavía vivía del dinero que le había dado Rose. En caso de que la despidieran, no sabía si le pagarían. De no hacerlo, se quedaría sin dinero en poco tiempo. Sería difícil, pensó, encontrar otro trabajo, y aunque lo encontrara tendrían que pagarle al final de la primera semana, porque de lo contrario no podría abonarle el alquiler a la señora Kehoe.

Una vez abajo, fue al lavabo y se lavó la cara. Se contempló en el espejo durante unos instantes y se arregló el pelo. Después esperó a la señorita Fortini en la habitación del personal.

—Ahora tienes que decirme qué te pasa —dijo la señorita Fortini mientras entraba en la habitación y cerraba la puerta tras ella—. Veo que hay algo que no va bien y pronto se darán cuenta los clientes y tendremos problemas.

Eilis negó con la cabeza.

—No sé qué me pasa.

—¿Estás en ese momento del mes? —preguntó la señorita Fortini.

Eilis volvió a negar con la cabeza.

—Eilis. —La señorita Fortini pronunció su nombre de forma extraña, poniendo demasiado énfasis en la segunda sílaba—. ¿Por qué estás disgustada? —Se quedó frente a ella, esperando—. ¿Quieres que llame a la señorita Bartocci? —preguntó.

—No.

—¿Entonces?

—No sé qué me pasa.

—¿Estás triste?

—Sí.

—¿Constantemente?

—Sí.

—¿Desearías estar con tu familia, en casa?

—Sí.

—¿Tienes familia aquí?

—No.

—¿A nadie?

—A nadie.

—¿Cuándo has empezado a sentirte triste? La semana pasada estabas contenta.

—He recibido algunas cartas.

—¿Malas noticias?

—No, no.

—¿Solo las cartas? ¿Habías salido de Irlanda alguna vez?

—No.

—¿Lejos de tu padre y tu madre?

—Mi padre murió.

—¿Y tu madre?

—Nunca he estado lejos de ella.

La señorita Fortini la miró, pero no sonrió.

—Tendré que hablar con la señorita Bartocci y el sacerdote con el que viniste.

—No, por favor.

—No te causarán problemas. Pero no puedes trabajar aquí si estás triste. Y es comprensible que lo estés si es la primera vez que te alejas de tu madre. Pero esta tristeza no durará eternamente, así que haremos lo que podamos por ti.

La señorita Fortini le dijo que se sentara, le sirvió otro vaso de agua y salió de la habitación. Mientras esperaba, Eilis tuvo claro que no iban a despedirla. Se sintió casi orgullosa de cómo había manejado a la señorita Fortini, dejando que le hiciera todas las preguntas y contando poco, lo suficiente para no parecer hosca o desagradecida. Se sintió casi fuerte mientras reflexionaba sobre lo que acababa de ocurrir y decidió que, entrara quien entrase en ese momento en la habitación, aunque fuera el propio señor Bartocci, sería capaz de suscitar su simpatía. No era como si no ocurriera nada malo; su pesar, fuera cual fuese, seguía ahí. Pero no podía decirles que la tienda y los clientes le daban pavor y que detestaba la casa de la señora Kehoe y que nadie podía hacer nada por ella. Aun así, tendría que conservar su trabajo. Creía que había logrado mucho y eso le daba una sensación de satisfacción que parecía fundirse con su tristeza, o flotar sobre su superficie, haciéndole olvidar, al menos de momento, lo peor.

Al cabo de un rato la señorita Fortini volvió con un bocadillo de una cafetería cercana a Bartocci's. Le dijo que había hablado con la señorita Bartocci y le había asegurado que era un problema sencillo, que no había ocurrido antes y que seguramente no volvería a ocurrir. Pero la señorita Bartocci había tratado del tema con su padre, que era un buen amigo del padre Flood, y él había telefoneado al sacerdote y dejado un mensaje a su casera.

—El señor Bartocci ha dicho que te quedes aquí abajo hasta que hable con el padre Flood y me ha pedido que te trajera un bocadillo. Eres una chica afortunada. A veces se muestra amable la primera vez. Pero yo no volvería a contrariarlo. Nadie contraría dos veces al señor Bartocci.

—Yo no le he contrariado —dijo Eilis, tranquila.

—Oh, sí, lo has hecho, querida. Apareciendo en ese estado en el trabajo y con esa expresión en la cara. Oh, has contrariado al señor Bartocci, y es algo que no olvidará.

En el transcurso del día algunas vendedoras de la planta bajaron a ver a Eilis y la observaba con curiosidad, algunas le preguntaban si estaba bien, otras simulaban que iban a buscar algo a su taquilla. Allí sentada, Eilis pensó que, a no ser que quisiera perder el trabajo, tendría que tomar la decisión de librarse de lo que la alteraba.

La señorita Fortini no volvió a aparecer, pero hacia las cuatro el padre Flood abrió la puerta.

—Me han dicho que tienes problemas —dijo.

Eilis intentó sonreír.

—Es culpa mía —dijo él—. Me decían que te iba muy bien, y la señora Kehoe afirma que eres la chica más encantadora de todas, así que pensé que no querrías que fisgoneara.

—Estaba bien hasta que recibí las cartas de casa —dijo Eilis.

—¿Sabes lo que te pasa? —le preguntó el padre Flood.

—¿Qué quiere decir?

—Eso tiene un nombre.

—¿Qué es lo que tiene un nombre? —Eilis pensó que iba a mencionar una dolencia femenina e íntima.

—Sientes nostalgia, eso es todo. Todo el mundo la siente. Pero pasará. A algunos se les pasa antes que a otros. No hay nada más duro que eso. Y lo que hay que hacer es tener a alguien con quien hablar y mantenerse ocupado.

—Estoy ocupada.

—Eilis, espero que no te importe si te matriculo en unas clases nocturnas. ¿Recuerdas que hablamos de contabilidad y gestión contable? Serían dos o tres noches a la semana, pero te mantendrían ocupada y podrías conseguir un buen título.

—¿No está ya muy entrado el curso para matricularse? Unas chicas dijeron que había que hacer la solicitud en primavera.

—Brooklyn es un lugar curioso —dijo el padre Flood—. Siempre y cuando la persona encargada no sea noruega, y en una escuela profesional eso es poco probable, puedo mover los hilos en la mayoría de los sitios. Los judíos son los mejores, les encanta hacer favores. Da gracias a Dios de que los judíos crean en el poder de la sotana. Primero probaremos en la mejor escuela preparatoria de Brooklyn, o sea, el Brooklyn College. Me encanta romper las normas. Así que ahora me acercaré hasta allí, y Franco dice que te vayas a casa, pero mañana por la mañana ven puntual y con una gran sonrisa. Más tarde me pasaré por casa de mamá Kehoe.

Eilis casi se rió en voz alta cuando el padre Flood dijo mamá Kehoe. Su acento había sido, por primera vez, puro Enniscorthy. Comprendió que Franco era el señor Bartocci, y le llamó la atención la familiaridad con que se había referido a él. En cuanto el padre Flood se fue, Eilis cogió su abrigo y se escabulló de la tienda con discreción. Estaba segura de que la señorita Fortini la había visto pasar, pero no se volvió; caminó rápidamente por Fulton Street y después hacia casa de la señora Kehoe.

Cuando abrió con su llave, se encontró a la señora Kehoe esperándola.

—Ahora ve a la sala de estar —dijo la señora Kehoe—. Voy a hacer té para las dos.

La sala de estar, que daba a la parte delantera de la casa, era sorprendentemente bonita, con alfombras antiguas, muebles sólidos y de aspecto cómodo, y algunos cuadros oscuros en marcos dorados. La puerta doble daba a un dormitorio y, como una de las hojas estaba abierta, Eilis pudo ver que estaba decorado con el mismo estilo sólido y lujoso. Contempló la antigua mesa de comedor redonda e imaginó que era allí donde se jugaban las partidas de póquer los domingos por la noche. A su madre, pensó, le encantaría aquella habitación. Vio un viejo gramófono y una radio en una esquina, y observó que las borlas del tapete y de las cortinas hacían juego. Empezó a tomar nota de todos los detalles, pensando, por primera vez en muchos días, cómo podría incluirlos en la carta a su madre y a Rose. Escribiría en cuanto fuera a su habitación después de cenar, pensó, y no diría nada sobre cómo había pasado los dos últimos días. Intentaría dejarlos atrás. No importaba lo que soñara, no importaba lo mal que se sintiera, sabía que no tenía otra opción que apartar los pensamientos tristes de su mente rápidamente. Tendría que seguir con su trabajo durante el día e irse a dormir por la noche. Sería como cubrir la mesa con un mantel o correr las cortinas de una ventana; puede que el pesar disminuyera a medida que pasara el tiempo, como Jack había dado a entender, como el padre Flood había dicho. Fuera como fuese, eso era lo que tenía que hacer. La señora Kehoe apareció con las tazas para el té dispuestas en una bandeja, Eilis apretó los puños mostrando su determinación de volver a empezar.

Después de la cena llegó el padre Flood y Eilis fue llamada de nuevo a las habitaciones privadas de la señora Kehoe. El padre Flood, sonriendo, se dirigió hacia la chimenea en cuanto Eilis entró, como si quisiera calentarse las manos, a pesar de que no había fuego. Se frotó las manos y se volvió hacia ella.

—Ahora les dejaré a los dos solos —dijo la señora Kehoe—. Si me necesitan, estoy en la cocina.

—No hay que subestimar el poder de la Santa Iglesia Apostólica y Romana —dijo el padre Flood—. La primera persona con quien me he encontrado ha sido una amable secretaria italiana y católica que me ha dicho qué cursos estaban completos y qué cursos estaban realmente completos, y lo más importante de todo, me ha dicho lo que no debía pedir. Le he contado toda la historia. He logrado que se deshiciera en lágrimas.

—Me alegro de que le parezca divertido —dijo Eilis.

—Oh, anímate. Te he matriculado en las clases nocturnas de contabilidad e introducción a la gestión contable. Les he hablado de lo brillante que eres. La primera chica irlandesa matriculada allí. Está lleno de judíos y de rusos y de esos noruegos de los que te he hablado, y les gustaría tener más italianos, pero están demasiado ocupados haciendo dinero. El hombre judío que dirige el centro parecía que no hubiera visto un sacerdote en su vida. Al verme, se cuadró como si estuviéramos en el ejército. Brooklyn College, solo lo mejor. He pagado la matrícula del primer semestre. Las clases son los lunes, los martes y los miércoles, de siete a diez, y los jueves, de siete a nueve. Si asistes dos años y pasas todos los exámenes, no habrá oficina en Nueva York que te rechace.

—¿Tendré tiempo? —preguntó Eilis.

—Por supuesto. Y empiezas el próximo lunes. Te conseguiré los libros. Aquí tengo la lista. Puedes dedicar el tiempo libre a estudiar.

A Eilis le pareció extraño su buen humor; era como si representara un papel. Intentó sonreír.

—¿Está seguro de que esto es correcto?

—Está hecho.

—¿Le ha pedido Rose que lo hiciera? ¿Por eso lo hace?

—Lo hago por el Señor —replicó él.

—Dígame de verdad por qué lo hace.

El padre Flood la miró atentamente y guardó silencio unos instantes. Ella le devolvió, tranquila, la mirada, dejando claro que quería una respuesta.

—Me pareció increíble que una chica como tú no tuviera un buen trabajo en Irlanda. Cuando tu hermana mencionó que estabas sin trabajo, le dije que te ayudaría a venir aquí. Eso es todo. Y necesitamos chicas irlandesas en Brooklyn.

—¿Valdría cualquier chica irlandesa? —preguntó Eilis.

—No seas arisca. Me has preguntado por qué lo hago.

—Le estoy muy agradecida —dijo Eilis. Había utilizado un tono de voz que había oído a su madre, muy seco y formal. Sabía que el padre Flood no podría decir si pensaba realmente lo que decía.

—Serás una gran gestora —dijo él—. Pero primero, contable. Y no más lagrimas. ¿Trato hecho?

—No más lágrimas —dijo Eilis con suavidad.

Cuando Eilis volvió del trabajo la tarde siguiente, el padre Flood le había dejado un montón de libros así como un libro mayor, cuadernos y bolígrafos. También había acordado con la señora Kehoe que los tres primeros días de la semana podría llevarse comida preparada, sin coste adicional.

—Solo será jamón o una loncha de lengua con un poco de ensalada y pan moreno. Tendrás que tomar el té por el camino, en algún sitio —dijo la señora Kehoe—. Y le he dicho al padre Flood que, dado que ya tendré mi recompensa en el cielo, lo he resuelto todo tan bien, gracias, que él me debe un favor y quisiera que me lo devolviera aquí en la tierra. Y a no mucho tardar. Sabes que ya era hora de que alguien le hablara claro.

—El padre Flood es muy amable —dijo Eilis.

—Es amable con quien también lo es —contestó la señora Kehoe—. Pero detesto los sacerdotes que se frotan las manos y sonríen. Los sacerdotes italianos lo hacen mucho, y no me gusta. Quisiera que fuera más digno. Eso es todo lo que tengo que decir del padre Flood.

Algunos libros eran fáciles. Uno o dos parecían tan básicos que Eilis se preguntó si servirían en la escuela. Pero el primer capítulo que leyó del libro de derecho mercantil era completamente nuevo para ella y no veía qué relación podía tener con la contabilidad. Lo encontró difícil, con muchas referencias a sentencias de tribunales. Deseó que no fuera una parte importante del curso.

Poco a poco se adaptó al horario del Brooklyn College, las sesiones de tres horas con pausas de diez minutos, la extraña forma en la que se explicaba todo desde los principios más básicos, incluyendo el sencillo acto de anotar en un libro mayor corriente todo el dinero que entraba en una cuenta y todo el dinero que salía, y la fecha y el nombre de la persona que hacía el ingreso, el reintegro o el cheque. Aquello era fácil, al igual que los tipos de cuentas que se podían tener en un banco y las diversas clases de tipos de interés. Pero en lo referente a las cuentas anuales, el sistema era diferente al que ella había aprendido e incluía muchos más factores y muchos más datos complejos, como los impuestos municipales, estatales y federales.

Le hubiera gustado poder diferenciar a los judíos de los italianos. Algunos judíos llevaban kipás y había bastantes con gafas, más que italianos. Pero muchos estudiantes eran de piel morena y ojos castaños y en su mayoría jóvenes de aspecto serio y diligente. Había pocas mujeres en su clase y ningún irlandés, ni siquiera un inglés. Todos parecían conocerse e iban en grupo, pero eran educados con ella y procuraban dejarle sitio y hacían que se sintiera cómoda, aunque ninguno se ofreció a acompañarla a casa. Nadie le preguntó nada sobre ella ni se sentó más de una vez a su lado. Las clases tenían muchos más alumnos que las de su escuela en Irlanda, y Eilis se preguntó si esa era la razón por la que los profesores iban tan despacio.

El profesor de derecho, que daba clase los miércoles después de la pausa, era sin duda judío; Eilis creía que Rosenblum era un apellido judío, pero, además, el profesor hacía bromas sobre su origen y hablaba con un acento extranjero que Eilis imaginó que no era italiano. Hablaba con grandilocuencia y les pedía constantemente que imaginaran que eran los presidentes de una gran corporación, mayor que la de Henry Ford, que era demandada por otra corporación o por el gobierno federal. Después les señalaba casos reales en los que se exponían los puntos que él había comentado. Conocía los nombres de los abogados que presentaban los casos y su historial, el talante de los jueces que emitían sentencia y los futuros jueces de los tribunales de apelación.

Eilis entendía sin dificultad el acento del señor Rosenblum y le podía seguir incluso cuando cometía errores gramaticales o sintácticos o utilizaba palabras incorrectas. Al igual que los demás estudiantes, tomaba apuntes mientras él hablaba, pero en los libros de derecho mercantil básico casi nunca encontraba los casos que él había comentado. Cuando escribía a casa sobre el Brooklyn College, intentaba explicar a su madre y a Rose algunos de los chistes que contaba el señor Rosenblum, en los que siempre aparecían un polaco y un italiano; era más fácil describir el ambiente que creaba, las ganas que tenían los estudiantes de que llegara el miércoles tras la pausa, y lo fáciles y emocionantes que hacía que parecieran los litigios del sector mercantil. Pero le preocupaban las preguntas del examen que pondría el señor Rosenblum. Un día, después de clase, se lo preguntó a uno de sus compañeros, un joven con gafas y cabello rizado, de aspecto simpático aunque formal.

—Quizá lo mejor sea preguntarle qué libro utiliza —le dijo el joven, que por un momento parecía preocupado.

—No creo que utilice ningún libro —replicó Eilis.

—¿Eres inglesa?

—No, irlandesa.

—Oh, irlandesa —dijo él, asintiendo y sonriendo—. Bueno, nos vemos la semana que viene. Quizá podamos preguntárselo entonces.

La temperatura fue bajando y algunas mañanas, cuando soplaba el viento, hacía un frío glacial. Eilis se había leído el libro de derecho dos veces y había tomado apuntes; también se había comprado otro libro que había recomendado el señor Rosenblum y que tenía en su mesilla de noche, junto al despertador, que sonaba cada mañana a las siete y cincuenta y cinco, justo cuando Sheila Heffernan empezaba a ducharse en el cuarto de baño que había al otro lado del descansillo. Lo que más le gustaba de Estados Unidos, pensaba esas mañanas, era que allí tenían encendida la calefacción toda la noche. Se lo contó a su madre y a Rose, y a Jack y los chicos. El ambiente es cálido, les dijo, incluso las mañanas de invierno, y al salir de la cama no temías que se te congelaran los pies al ponerlos en el suelo. Y si te despertabas en plena noche y el viento soplaba en el exterior, podías arrebujarte feliz en la cama caliente. Su madre le contestó preguntándose cómo podía permitirse la señora Kehoe tener encendida la calefacción toda la noche, y Eilis le contestó que no solo lo hacía la señora Kehoe, que no era extravagante en absoluto, sino todo el mundo, que en Estados Unidos todos tenían la calefacción encendida toda la noche.

Cuando Eilis empezó a comprar los regalos de Navidad para su madre y Rose, para Jack, Pat y Martin, averiguó con cuánto margen tenía que enviarlos para que llegaran a tiempo y también hizo cábalas sobre cómo sería el día de Navidad en la cocina de la señora Kehoe; se preguntó si todas las huéspedes intercambiarían regalos. A finales de noviembre recibió una carta formal del padre Flood preguntándole si el día de Navidad, como favor personal, podría trabajar en el local de la parroquia sirviendo comidas a personas que no tenían otro lugar adonde ir. Sabía, decía él, que sería un gran sacrificio para Eilis.

Ella le escribió a vuelta de correo haciéndole saber que, si no tenía que trabajar, estaría a su disposición durante todo el período navideño, incluido el día de Navidad, en cualquier momento que la necesitara. Le dijo a la señora Kehoe que no celebraría la Navidad en casa porque lo pasaría trabajando para el padre Flood.

—Bueno, me gustaría que llevaras contigo a algunas de las otras chicas —dijo la señora Kehoe—. No voy a nombrar a nadie ni nada de eso, pero es el único día del año en el que me gusta tener un poco de tranquilidad. De hecho, puede que acabe presentándome ante ti y el padre Flood como alguien necesitado de ayuda. Solo por tener un poco de tranquilidad.

—Estoy segura de que sería bienvenida, señora Kehoe —dijo Eilis. Entonces, al darse cuenta de lo ofensivo que podía sonar aquel comentario, añadió enseguida, mientras la señora Kehoe la miraba fijamente—: Pero, por supuesto, la necesitarán aquí. Y es agradable pasar la Navidad en casa.

—A decir verdad, la temo —replicó la señora Kehoe—. Y si no fuera por mis convicciones religiosas, la ignoraría, como hacen los judíos. En algunas zonas de Brooklyn podría ser cualquier día de la semana. Siempre he creído que esa es la razón por la que hace un frío lacerante el día de Navidad, para recordártelo. Te echaremos de menos durante la comida. Tenía ganas de que hubiera alguien con cara de Wexford.

Un día, al cruzar State Street de camino al trabajo, Eilis vio a un hombre que vendía relojes. Llegaba antes de la hora, así que tenía tiempo de mirar su puesto. No entendía nada de relojes, pero le parecieron muy baratos. Llevaba suficiente dinero en el bolso para comprar uno para cada hermano. Aun cuando ya tuvieran —y sabía que Martin llevaba el de su padre— les resultarían útiles si los viejos se rompían o había que repararlos, y eran de Estados Unidos, lo que podía tener su importancia en Birmingham; además, sería fácil empaquetarlos y saldría barato enviarlos. Durante un descanso para comer, en Loehmann's vio unas bonitas rebecas de angora que costaban más de lo que tenía pensado gastar, pero al día siguiente volvió y compró una para su madre y otra para Rose, las envolvió junto a las medias de nailon que había adquirido en las rebajas y se las envió a Irlanda.

Poco a poco empezaron a aparecer adornos navideños en las tiendas y calles de Brooklyn. Un viernes por la noche, tras la cena, cuando la señora Kehoe salió de la cocina, la señorita McAdam se preguntó cuándo pondría su casera los adornos.

—El año pasado esperó al último minuto y eso le quitó toda la gracia —dijo.

Patty y Diana iban a estar cerca de Central Park, dijeron, con la hermana de Patty y sus hijos, y tendrían unas verdaderas navidades, con regalos y visitas a Santa Claus. La señorita Keegan dijo que no eran navidades de verdad si no estaba en casa, en Irlanda, y que ella estaría triste todo el día y no tenía sentido pretender que no iba a ser así.

—¿Sabéis qué? —intervino Sheila Heffernan—. El pavo americano no sabe a nada, hasta el que tomamos el día de Acción de Gracias sabía a serrín. No fue culpa de la señora Kehoe, es así en todo Estados Unidos.

—¿En todo Estados Unidos? —preguntó Diana—. ¿En todas partes? —Ella y Patty se echaron a reír.

—Sea como fuere, será todo muy tranquilo —dijo Sheila con intención, mirando en su dirección—. No habrá tanta charla insustancial.

—Oh, yo no estaría tan segura —dijo Patty—. Puede que bajemos por la chimenea para llenarte el calcetín cuando menos te lo esperes, Sheila.

Patty y Diana rieron de nuevo.

Eilis no les dijo lo que iba a hacer en Navidad; pero a la semana siguiente, durante un desayuno, quedó claro que la señora Kehoe se lo había contado.

—Oh, Dios mío —dijo Sheila—, recogen a cualquier viejo de la calle. Nunca se sabe lo que pueden tener.

—Me han contado cómo es —dijo la señorita Keegan—. Les ponen sombreros ridículos a los indigentes y les dan botellas de cerveza.

—Eres una santa, Eilis —dijo Patty—. Una santa viviente.

En el trabajo, la señorita Fortini le preguntó si la semana antes de Navidad podría quedarse hasta tarde y Eilis no tuvo inconveniente, puesto que la escuela había cerrado dos semanas por vacaciones. También accedió a trabajar hasta el último minuto el día de Nochebuena, ya que algunas chicas de la planta querían salir antes para coger el tren o el autobús y desplazarse al lugar donde vivían sus familias.

El día de Nochebuena fue directamente de Bartocci's a la sala parroquial, tal como habían quedado, para que le dieran las instrucciones para el día siguiente. Había un camión aparcado fuera del que estaban descargando unas mesas largas y bancos, y llevándolos adentro. Antes de la misa había oído que el padre Flood pedía a unas mujeres manteles prestados, que les devolvería pasadas las navidades y al acabar el sermón había pedido a la gente que donara cubiertos, vasos, tazas y platos. También había dejado claro que el día de Navidad la sala parroquial estaría abierta desde las once de la mañana hasta las nueve de la noche y que todo aquel que entrara, cualquiera que fuera su credo o país de origen, sería bienvenido en nombre del Señor; también aquellos que no necesitaran comida ni bebida podían pasarse por allí a cualquier hora para sumarse a la alegría del día, aunque no, añadió, entre las doce y media y las tres, por favor, ya que en ese momento se serviría la comida de Navidad. Anunció, asimismo, que, a partir de mediados de enero, los viernes por la noche organizaría un baile en la sala parroquial, con música en vivo pero sin bebidas alcohólicas, para aumentar los fondos de la parroquia, y que le gustaría que todo el mundo hiciera correr la voz.

Eilis hubo de abrirse paso entre los hombres que colocaban las mesas y los bancos en filas ordenadas y las mujeres que colgaban los adornos de Navidad en el techo, para ver al padre Flood.

—¿Podrías contar los cubiertos de plata para estar seguros de que habrá suficiente? —dijo—. De no ser así, tendremos que salir a buscar más por todos los caminos de Dios.

—¿A cuánta gente espera?

—El año pasado vinieron doscientos. Cruzan los puentes, algunos vienen de Queens y Long Island.

—¿Y todos son irlandeses?

—Sí, son los que quedaron después de construir túneles, puentes y autopistas. A algunos solo los veo una vez al año. Dios sabe de qué viven.

—¿Por qué no vuelven a su tierra?

—Algunos llevan aquí cincuenta años y han perdido el contacto con todo el mundo —dijo el padre Flood—. Un año conseguí las direcciones de origen de algunos de ellos, los que pensaba que necesitaban más ayuda, y escribí por ellos a Irlanda. En la mayoría de los casos no hubo respuesta, pero recibí una desagradable carta de la cuñada de un pobre diablo diciendo que la granja, o la propiedad, o lo que fuese, no le pertenecía, y que ni se le pasara por la cabeza poner un pie en ella; que lo haría trizas en la misma entrada. Lo recuerdo bien. Eso es lo que dijo.

Eilis fue a la misa del gallo con la señora Kehoe y la señorita Keegan, y de camino a casa descubrió que la señora Kehoe era una de las parroquianas que iba a hacer pavo asado con patatas y jamón cocido para el padre Flood, con quien había quedado que mandaría a buscarlo todo a las doce.

—Es como en la guerra —dijo la señora Kehoe—. Como alimentar al ejército. Tiene que ir todo como un reloj. He comprado un pavo, el más grande que había, lo dejaré seis horas en el horno y trincharé un poco para nosotros antes de dárselo. La señorita McAdam, la señorita Heffernan y la señorita Keegan, aquí presente, y yo misma comeremos aquí en cuanto hayamos entregado el pavo. Y si sobra algo, lo guardaremos para ti, Eilis.

Hacia las nueve de la mañana Eilis ya estaba en la parroquia pelando verduras en la gran cocina de la parte trasera. Había otras mujeres allí a las que jamás había visto, todas mayores que ella, algunas con un ligero acento americano, pero todas de origen irlandés. La mayoría de ellas solo ayudarían un rato, le dijeron, porque tenían que ir a sus casas a dar de comer a sus familias. Enseguida le quedó claro que había dos mujeres al mando. Cuando llegó el padre Flood, les presentó a Eilis.

—Son las señoritas Murphy de Arklow —dijo—. Aunque no se lo tendremos en cuenta —añadió.

Las dos señoritas Murphy rieron. Eran altas, de aspecto jovial y rondaban los cincuenta años.

—Nosotras tres —dijo una de ellas— nos quedaremos todo el día. Las demás ayudantes irán yendo y viniendo.

—Somos las que no tenemos familia —dijo la otra señorita Murphy, sonriendo.

—Les daremos de comer en turnos de veinte —dijo su hermana.

—Cada una de nosotras preparará sesenta y cinco comidas, puede que incluso más, en tres turnos. Yo estaré en la cocina del padre Flood y vosotras dos en la parroquia. En cuanto llegue un pavo, o cuando estén listos los que preparemos nosotras arriba, el padre Flood se hará cargo de ellos y del jamón y los trinchará. Este horno es solo para mantener la comida caliente. Durante una hora la gente nos traerá pavos, jamón y patatas asadas, y de lo que se trata es de tener la verdura hecha y caliente y lista para servirla.

—Mejor sería decir pasable y lista —la interrumpió la otra señorita Murphy.

—Pero tenemos mucha sopa y cerveza a su disposición mientras esperan. Son todos muy amables.

—No les molesta esperar, y si les molesta no lo dicen.

—¿Son todos hombres? —preguntó Eilis.

—Vienen algunas parejas porque ella es demasiado mayor para cocinar o porque están muy solos, o por lo que sea, pero el resto son hombres —dijo la señorita Murphy—. Y les encanta la compañía y la comida irlandesa, ya sabes, el relleno como debe ser, las patatas asadas y las coles de Bruselas bien hervidas.

Sonrió a Eilis, negó con la cabeza y suspiró.

En cuanto acabó la misa de diez, empezó a entrar la gente. El padre Flood había dispuesto una de las mesas con vasos y botellas de limonada y dulces para los niños. Obligaba a todo el mundo, incluidas las mujeres bien peinadas, a ponerse sombreros de papel. Por eso entre la multitud apenas se distinguía a los hombres que iban llegando para pasar el día de Navidad en la sala parroquial. Solo más tarde, hacia el mediodía, cuando las visitas empezaron a irse, quedó claro quiénes eran, algunos estaban sentados solos con una botella de cerveza, otros en corrillo, y muchos obstinadamente callados con sus gorras puestas en lugar de los sombreros de papel.

Las señoritas Murphy estaban ansiosas por que los hombres que habían llegado primero se sentaran a una o dos de las largas mesas y formaran un grupo lo suficientemente numeroso para servirles enseguida la sopa y así poder lavar los platos y utilizarlos para el siguiente grupo. Cuando Eilis, siguiendo instrucciones, salió para animar a los hombres a sentarse a la mesa que estaba más cerca de la cocina, vio entrar a un hombre alto y ligeramente cargado de espaldas; llevaba la gorra calada hasta los ojos, un viejo abrigo marrón y un pañuelo al cuello. Eilis se detuvo un instante y lo miró fijamente.

El hombre se quedó inmóvil en cuanto cerró la puerta principal tras él, y la forma en que observó el local, estudiando la escena con timidez y una especie de ligero deleite, hizo que, por un instante, Eilis estuviera segura de que su padre había aparecido ante ella. Al ver que se desabrochaba, vacilante, el abrigo y se desataba el pañuelo, sintió que debía acercarse a él. Era su forma de estar, de dominar poco a poco la estancia, de buscar casi con timidez el lugar en el que estaría más cómodo y a gusto, o de mirar a su alrededor atentamente por si veía a alguien conocido. Cuando se dio cuenta de que no podía ser su padre, de que estaba soñando, el hombre se quitó el sombrero y vio que no se parecía a él. Miró a su alrededor, incómoda, esperando que nadie se hubiera fijado en ella. No le podía contar a nadie, pensó, que había imaginado por un instante que había visto a su padre quien, recordó enseguida, hacía cuatro años que había muerto.

Aunque la primera mesa todavía no estaba completa, se volvió y regresó a la cocina; verificó el número de platos para el primer turno, aunque sabía que era el correcto, y después levantó la tapa de una enorme cacerola para ver si las coles de Bruselas estaban hirviendo, aunque sabía que el agua todavía no estaba lo bastante caliente. Cuando una de las señoritas Murphy le preguntó si la mesa más cercana estaba completa y todos los hombres tenían un vaso de cerveza, Eilis se volvió y dijo que había hecho todo lo posible por reunir a los hombres en las mesas, pero que quizá a ella le harían más caso. Intentó sonreír, esperando que la señorita Murphy no notara nada extraño.

Las dos horas siguientes estuvo muy ocupada llenando platos de comida y llevándolos a la sala de dos en dos. El padre Flood cortaba el pavo y el jamón a medida que llegaban y ponía relleno y patatas asadas en los boles. Durante un rato, una de las señoritas Murphy se dedicó exclusivamente a lavar, secar, limpiar y hacer espacio mientras su hermana y Eilis servían la comida a los hombres, asegurándose de no olvidar nada —pavo, jamón, relleno, patatas asadas y coles de Bruselas— y de que con las prisas no daban a nadie raciones demasiado abundantes o demasiado escasas.

—Hay un montón de comida, así que no te preocupes —gritó el padre Flood—, pero no pongas más de tres patatas por cabeza, y no te pases con el relleno.

Cuando tuvieron suficiente carne trinchada, el padre Flood salió y se encargó él mismo de abrir más botellas de cerveza.

Al principio los hombres le parecieron andrajosos, y notó cierto olor corporal en muchos de ellos. Les veía sentarse y beber cerveza, esperando a que llegara la sopa o la comida, y le costaba creer que hubiera tantos, algunos tan viejos y con un aspecto tan pobre, aunque incluso los jóvenes tenían mal los dientes y parecían agotados. Muchos seguían fumando, incluso al llegar la sopa. Eilis hizo todo lo posible por ser amable.

Sin embargo, pronto observó un cambio en ellos, a medida que empezaron a hablar entre sí o a saludarse a gritos de una punta a otra de la mesa, o a iniciar intensas conversaciones en voz baja. Al principio le habían recordado a los hombres que se sentaban en el puente de Enniscorthy o se reunían en la plaza de Arnold's Cross o en el Louse Bank, junto a Slaney, o a los hombres del albergue, o a los de la ciudad que bebían demasiado. Pero cuando se puso a servirles y ellos a volverse para darle las gracias, empezaron a parecerse más a su padre y sus hermanos en la forma de hablar y sonreír, la rudeza de sus rostros suavizada por la timidez; lo que antes parecía terquedad o dureza, era ahora extrañamente tierno. Cuando sirvió al hombre que había confundido con su padre, le miró atentamente, asombrada de lo poco que se parecía a él en realidad, como si todo hubiera sido un efecto de la luz o un producto de su imaginación. También se sorprendió al descubrir que estaba hablando en irlandés al hombre que estaba a su lado.

—Es el milagro de los pavos y el jamón —dijo la señorita Murphy al padre Flood, cuando las mesas se llenaron de grandes platos con segundas raciones.

—Estilo Brooklyn —dijo su hermana.

—Me alegro de que ahora haya bizcocho de licor —añadió—, y no pudin de ciruelas, y de que no tengamos que preocuparnos de mantenerlo caliente.

—¿No pensabas que se quitarían la gorra durante la comida? —preguntó su hermana—. ¿Es que no saben que están en Estados Unidos?

—Aquí no tenemos normas —dijo el padre Flood—. Y pueden fumar y beber cuanto quieran. Lo más importante es que consigamos que vuelvan todos sanos y salvos a sus casas. Siempre hay algunos demasiado indispuestos para regresar a casa.

—Demasiado borrachos —dijo una de las señoritas Murphy.

—Ah, el día de Navidad lo llamamos «estar indispuesto», y tengo camas preparadas en casa —dijo el padre Flood.

—Ahora vamos a comer —dijo la señorita Murphy—. Prepararé la mesa, y he mantenido caliente un buen plato de comida para cada uno de nosotros.

—Bien, me preguntaba si nosotros comeríamos también —dijo Eilis.

—Pobre Eilis, está muerta de hambre. ¿No la ves?

—¿No deberíamos servir primero el bizcocho de licor? —preguntó Eilis.

—No, esperaremos —dijo el padre Flood—. Eso alargará el día.

Cuando retiraron los platos de bizcocho, la sala era un torbellino de humo y animada charla. Los hombres estaban sentados en grupos, junto a uno o dos que estaban de pie; otros iban de un grupo a otro, algunos con botellas de whisky en bolsas de papel marrón que se iban pasando de unos a otros. Cuando acabaron de limpiar la cocina y llenar los contenedores de basura, el padre Flood las invitó a pasar a la sala y unirse a los hombres para tomar un refresco. Habían llegado algunas visitas, incluidas varias mujeres, y al sentarse con un vaso de jerez en la mano, Eilis pensó que aquella podría ser cualquier sala parroquial de Irlanda en una noche de concierto o de boda, después de que los jóvenes se hubieran ido a cualquier otro sitio para bailar o acodarse en la barra.

Al cabo de un rato vio que dos hombres habían sacado unos violines y otro un pequeño acordeón; habían encontrado un rincón y estaban tocando mientras otros les escuchaban, de pie a su alrededor. El padre Flood recorría el local con una libreta, apuntando nombres y direcciones, y asintiendo cuando los hombres le hablaban. Al cabo de un rato dio unas palmadas y pidió silencio, pero necesitó unos minutos para captar la atención de todo el mundo.

—No quiero interrumpir el desarrollo de los acontecimientos —dijo—, pero nos gustaría dar las gracias a una agradable joven de Enniscorthy y a dos agradables señoras de Arklow por su duro día de trabajo.

La gente aplaudió.

—Y, a modo de agradecimiento, tenemos un gran cantante en este local y estamos encantados de volver a verle este año.

El padre Flood señaló al hombre que Eilis había confundido con su padre. Estaba sentado lejos de ella y del padre Flood, pero cuando oyó su nombre se levantó y se dirigió lentamente hacia ellos. Se apoyó contra la pared para que todo el mundo pudiera verle.

—Ese hombre —susurró la señorita Murphy a Eilis— tiene discos grabados.

Cuando Eilis levantó la vista, el hombre estaba señalándola. Al parecer, quería que fuera con él. Por un momento, creyó que quería que cantara y negó con la cabeza, pero él siguió haciéndole señas y la gente empezó a volverse y a mirarla; Eilis sintió que no tenía otra opción que levantarse y acercarse. No imaginaba por qué quería que fuera. Cuando estuvo junto a él, se dio cuenta de lo mal que tenía los dientes.

El hombre no la saludó ni hizo gesto alguno de bienvenida. Tan solo cerró los ojos, tendió el brazo y la cogió de la mano. La piel de la palma de su mano era suave. Después aferró con fuerza la mano de Eilis y comenzó a moverla tenuemente en círculos al tiempo que empezaba a cantar. Su voz era sonora, fuerte y nasal; el irlandés en el que cantó, pensó Eilis, debía de ser de Connemara, porque le recordaba a un profesor de Galway, del convento de la Misericordia, que tenía el mismo acento. Pronunciaba las palabras lenta y cuidadosamente, intensificando la furia, la ferocidad, en su forma de tratar la melodía. Sin embargo, Eilis no las entendió hasta que llegó al estribillo —*Má bhíonn tú liom, a stóirín mo chroí*— y él la miró con orgullo, casi posesivamente, mientras entonaba esos versos. Todo el mundo lo observaba en silencio. Las estrofas tenían cinco o seis versos; el hombre entonaba las palabras con una inocencia y un encanto tan puros que en ocasiones, cuando cerraba los ojos y apoyaba su robusto cuerpo contra la pared, no parecía un hombre viejo; la fuerza de su voz y la confianza de su actuación se habían apoderado de la sala. Y cada vez que llegaba al estribillo miraba a Eilis, dejando que la melodía se hiciera más suave atenuando el ritmo, inclinando la cabeza, logrando expresar aún con mayor intensidad que no se había limitado a aprender la canción sino que sentía lo que decía. Eilis sabía cuánto sentiría aquel hombre, y cuánto sentiría ella misma, que la canción acabara, que tras el último estribillo el cantante tuviera que saludar al público y volver a su sitio y ceder su lugar a otro, y también ella volvería a su sitio y se sentaría.

A medida que fue transcurriendo la noche, algunos hombres se durmieron y a otros hubo que ayudarlos a ir al lavabo. Las dos señoritas Murphy hicieron té y sirvieron bizcocho de Navidad. Cuando acabaron las canciones, los hombres recogieron sus abrigos y dieron las gracias al padre Flood, a las señoritas Murphy y a Eilis, deseándoles una feliz Navidad antes de adentrarse en la noche.

Cuando la mayoría de los hombres se hubieron ido y los pocos que quedaban estaban muy borrachos, el padre Flood le dijo a Eilis que podía irse si quería, que pediría a las señoritas Murphy que la acompañaran a casa de la señora Kehoe. Eilis dijo que no, que estaba acostumbrada a ir a casa sola y que seguro que sería una noche tranquila. Estrechó las manos de las señoritas Murphy y del padre Flood y, antes de salir a las oscuras calles vacías de Brooklyn, les deseó feliz Navidad. Iría directamente a su habitación, pensó, sin pasar por la cocina. Quería tumbarse en la cama y pensar en todo lo que había ocurrido antes de dormirse.

TERCERA PARTE

Eilis supo lo que era el intenso y lacerante frío de las mañanas de enero al ir al trabajo. No importaba que anduviera deprisa, siempre llegaba a Bartocci's con los pies helados, incluso después de comprarse unos calcetines gruesos. En las calles todo el mundo iba tapado como si temiera mostrarse, con gruesos abrigos, pañuelos, sombreros, guantes y botas. Eilis observó que al caminar se cubrían incluso la boca y la nariz con echarpes de lana o bufandas. Lo único que se les veía eran los ojos, y su expresión parecía sobresaltada por el frío, desesperada a causa del viento y las gélidas temperaturas. Cuando acababan las clases nocturnas, los estudiantes se apiñaban en el vestíbulo de la escuela, y se ponían una capa de ropa sobre otra para defenderse de la fría noche. Era, pensó, como prepararse para una extraña función, todo el mundo poniéndose trajes con gesto lento y deliberado, y una mirada de profunda determinación en el rostro. Parecía imposible imaginar que hubo un momento en el que no hacía frío y podía caminar por aquellas calles pensando en otras cosas, en lugar del cálido vestíbulo en casa de la señora Kehoe, el calor de la cocina o de su habitación.

Una noche, cuando se disponía a subir para acostarse, vio a la señora Kehoe frente a la puerta de su sala de estar, merodeando entre las sombras como si temiera que la vieran. La señora Kehoe le hizo una seña sin hablar, le indicó que pasara a la habitación y después cerró la puerta con cuidado. Ni al cruzar la estancia y sentarse en un sillón junto a la lumbre tras indicarle a Eilis que hiciera lo mismo en el sillón de enfrente, dijo nada. La expresión de su rostro era grave e hizo un gesto con la mano hacia abajo para insinuarle que, en caso de que fuera a hablar, lo hiciera en voz baja.

—Bien —dijo, mirando la lumbre que brillaba en la chimenea al poner un tronco y después otro sobre las llamas—. Ni una palabra de que has estado aquí. ¿Prometido?

Eilis asintió.

—La verdad es que la señorita Keegan se va ir y, por lo que a mí respecta, cuanto antes lo haga, mejor. Le he hecho prometer que no le dirá una palabra a nadie. Es muy del oeste de Irlanda y ellos son mejor que nosotros en lo de guardar secretos. A ella le parece bien porque no tendrá que despedirse. El lunes se irá y quiero que tú ocupes su habitación del sótano. No es húmedo, así que no me mires así.

—No la estoy mirando —dijo Eilis.

—Bien, pues no.

La señora Kehoe observó las llamas unos instantes y luego el suelo.

—Es la mejor habitación de la casa, la más grande, la más cálida, la más tranquila y la mejor orientada. Y no quiero discusiones al respecto. Te la quedarás tú, y ya está. Así que si empaquetas tus cosas el domingo, el lunes, mientras estás en el trabajo, mandaré que las trasladen, y asunto concluido. Necesitarás una llave porque tendrás tu propia entrada, que compartirás con la señorita Montini, pero, por supuesto, si la pierdes podrás usar las escaleras que van del sótano a este piso, así que no pongas esa cara de preocupación.

—¿Y a las otras chicas no les molestará que me quede esa habitación? —preguntó Eilis.

—Sí que les molestará —dijo la señora Kehoe, sonriéndole. Después contempló la lumbre, asintiendo con satisfacción. Levantó la cabeza y miró a Eilis con resolución. Eilis necesitó unos instantes para entender que era una señal de la señora Kehoe para indicarle que debía irse. Se levantó en silencio mientras ella repetía el gesto con la mano derecha para dejarle claro que no debía hacer ruido.

Mientras subía a su habitación, Eilis pensó que la del sótano podía ser, en efecto, húmeda y pequeña. Hasta ese momento no había oído decir a nadie que fuera la mejor habitación de la casa. Se preguntó si todo aquel secretismo no sería una simple forma de colocarla allí sin darle ocasión de ver adónde la destinaba ni de protestar. Se dio cuenta de que tendría que esperar hasta que volviera de clase el lunes por la noche.

En los días siguientes empezó a temer el traslado y a sentirse incómoda con la idea de que la señora Kehoe sacara sus maletas mientras ella no estaba en la casa y las pusiera en un lugar del que la señorita Keegan salía cada día con un aspecto que no parecía indicar que fuera la mejor habitación de la casa. Se dio cuenta de que no podría recurrir al padre Flood si la habitación estaba destartalada o era oscura y húmeda. Ya había recurrido lo suficiente a su comprensión y sabía que la señora Kehoe era plenamente consciente de ello.

El domingo, al hacer las maletas y dejarlas junto a la cama después de haber descubierto que había acumulado más pertenencias de las que podía meter en ellas, lo que después la obligó a bajar a pedir discretamente unas bolsas a la señora Kehoe, tuvo la sensación de que se había aprovechado de ella y empezó a embargarle la terrible añoranza que había sufrido con anterioridad. Aquella noche no pudo dormir.

Por la mañana corría un viento lacerante que Eilis no conocía. Parecía soplar ferozmente en todas direcciones; era gélido, la gente caminaba con la cabeza baja, y algunos daban saltitos mientras esperaban para cruzar la calle. La idea de que en Irlanda nadie supiera que Estados Unidos era el lugar más frío de la tierra y sus gentes las más profundamente desgraciadas en mañanas como aquellas casi le hizo sonreír. No se lo creerían si lo contara en una carta. En Bartocci's, la gente se pasó el día rugiendo a todo aquel que dejara la puerta abierta un segundo más de lo necesario y se vendió ropa interior de lana gruesa a buen ritmo, incluso más del habitual.

Por la noche, mientras tomaba apuntes en clase, tuvo que hacer tal esfuerzo para mantenerse despierta que no dedicó un solo pensamiento a lo que se encontraría cuando volviera a casa de la señora Kehoe; al bajar del tranvía decidió que le daba igual cómo fuera su habitación, siempre que estuviera caldeada y dispusiera de una cama en la que poder dormir. La noche era tranquila, el viento había amainado, y la sequedad y la dura intensidad con la que el aire gélido le punzaba los dedos de los pies y de las manos y le hería la piel de la cara la impulsaba a rezar para que aquella caminata acabara pronto, aunque supiera que solo estaba a medio camino.

Nada más abrir la puerta principal, la señora Kehoe apareció en la entrada y se llevó un dedo a los labios. Le indicó a Eilis que esperara, volvió al poco rato y, tras comprobar que no venía nadie de la cocina, le dio una llave; después la invitó a adentrarse de nuevo en la noche y cerró la puerta principal suavemente tras ella. Eilis bajó los escalones que llevaban al sótano. Cuando abrió la puerta, la señora Kehoe ya estaba esperándola.

—No hagas ruido —susurró.

Abrió la puerta que daba a la habitación delantera del sótano, la que acababa de desocupar la señorita Keegan. La lámpara de pie de la esquina y la de la mesilla de noche ya estaban encendidas y estas, unidas al techo bajo, las oscuras cortinas de terciopelo, la colcha bellamente estampada y las alfombras, daban un aire lujoso a la estancia, como en una pintura o una fotografía antigua. Eilis vio una mecedora en una esquina de la habitación y troncos en la chimenea con papel debajo, esperando a ser encendidos. La habitación era el doble de grande que su anterior dormitorio; también tenía una mesa en la que podía estudiar y una butaca al otro lado de la chimenea, frente a la mecedora. No tenía nada del funcional, casi espartano, ambiente del cuarto en el que había dormido hasta entonces. Supo que todas sus compañeras habrían querido esa habitación.

—Si alguna de ellas te pregunta, limítate a decirles que están pintando tu habitación —dijo la señora Kehoe mientras abría un gran armario empotrado, de madera teñida de rojo oscuro, para mostrarle dónde estaban sus maletas y las bolsas.

Por la forma en que la señora Kehoe la observó, su mirada orgullosa pero al mismo tiempo casi dulce y triste, Eilis pensó que quizá aquella habitación la había hecho antes de que el señor Kehoe se marchara. Y al mirar la cama doble se preguntó si aquel había sido el dormitorio de la pareja. Se preguntó también si ya entonces habían alquilado las habitaciones de los pisos superiores.

—El cuarto de baño está al final del pasillo —dijo la señora Kehoe. Se quedó en la oscura habitación, inquieta, como si intentara recobrar la calma—. Y no le digas nada a nadie —añadió—. Si sigues esta norma al pie de la letra, nunca sales malparado.

—La habitación es preciosa —dijo Eilis.

—Y puedes encender la chimenea —dijo la señora Kehoe—. La señorita Keegan solo la encendía los domingos porque consumía madera. No sé por qué.

—¿Las otras no se pondrán furiosas? —preguntó Eilis.

—Es mi casa, así que se pueden poner tan furiosas como quieran, cuanto más, mejor.

—Pero…

—Eres la única que tiene modales.

Eilis sintió que el tono de la señora Kehoe, que intentaba sonreír, llenaba la habitación de tristeza. Creía que la señora Kehoe le estaba dando demasiado sin conocerla lo suficiente, y también acababa de decir demasiado. No quería que la señora Kehoe intimara con ella o acabara dependiendo de ella de un modo u otro. Permaneció en silencio unos instantes, a pesar de que sabía que aquello podía ser una muestra de ingratitud. Asintió casi con formalidad a la señora Kehoe.

—¿Cuándo sabrán las demás que me quedo aquí definitivamente? —preguntó al final.

—A su debido tiempo. En cualquier caso, no es asunto suyo.

Cuando Eilis comprendió las implicaciones de lo que había hecho la señora Kehoe y los problemas que seguramente le iba a causar con sus compañeras, casi deseó que la hubieran dejado en paz en su vieja habitación.

—Espero que no me culpen.

—No les prestes atención. No creo que ni tú ni yo tengamos que perder una noche de sueño por ellas.

Eilis se irguió, como si intentara parecer más alta, y miró con frialdad a la señora Kehoe. Le había quedado claro que el último comentario de su casera iba unido a la firme idea de que Eilis y ella mantenían distancias con las demás huéspedes y que estaban dispuestas a darles a entender que habían conspirado sobre aquel asunto. Eilis creía que aquello era mucho suponer por parte de la señora Kehoe, pero también que la decisión de darle a ella, la recién llegada, la mejor habitación de la casa, no solo provocaría amargura y problemas entre Patty, Diana, la señorita McAdam, Sheila Heffernan y ella, sino que además implicaría que, llegado el momento, la propia señora Kehoe se sentiría con libertad para pedirle algo a cambio por el favor que le había hecho.

Eilis se dio cuenta de que podía hacerlo si necesitaba algo con urgencia o para dar pie a una mayor familiaridad en su relación, una especie de amistad o vínculo más personal. Aún en la habitación, Eilis se descubrió casi enfadada con la señora Kehoe, y quizá ese sentimiento, mezclado con el cansancio, le dio valor.

—Siempre es mejor ser honesto —dijo, imitando a Rose cuando sentía que atacaban su dignidad o su sentido del decoro—, quiero decir, con todo el mundo —añadió.

—Cuando hayas vivido tanto como yo —replicó la señora Kehoe— descubrirás que eso solo funciona algunas veces.

Eilis miró a su casera, sin arredrarse ante la lacerante agresividad con la que esta le devolvió la mirada. Estaba decidida a no volver a hablar, dijera lo que dijese la señora Kehoe. Sintió que la mujer dirigía su vieja irritación contra ella como si la hubiera traicionado más allá de lo permisible, hasta que se dio cuenta de que darle la habitación, aquel acto de generosidad, había liberado algo en la señora Kehoe, algún profundo resentimiento contra el mundo, que ahora estaba situando cuidadosamente en su lugar.

—El baño, como he dicho, está al final del pasillo —dijo finalmente—. Aquí está la llave.

Dejó la llave en la mesilla de noche y salió de la habitación, cerrando la puerta con fuerza para que todo el mundo lo oyera.

Eilis se preguntó si las demás la creerían alguna vez si les dijera que ella no había pedido la habitación. Evitó la cocina a la hora del desayuno y, cuando se encontró a Diana frente a la puerta del cuarto de baño dos mañanas después, pasó a toda prisa junto a ella sin decir palabra. Pero sabía que cuando llegara el fin de semana le resultaría imposible eludir el tema ante las demás. Por eso, el viernes por la noche, cuando la señora Kehoe se hubo ido y la señorita McAdam le dijo que quería hablar a solas con ella, no se sorprendió. Se quedó en la cocina bajo la atenta mirada de la señorita McAdam, como si fuera una prisionera en libertad condicional que pudiera fugarse, hasta que las demás se fueron.

—Supongo que has oído lo que ha ocurrido —le dijo la señorita McAdam. Eilis intentó parecer impasible—. Será mejor que te sientes.

La señorita McAdam fue hacia el fogón cuando el agua empezó a hervir y llenó la tetera antes de seguir hablando.

—¿Sabes por qué se ha ido la señorita Keegan? —preguntó.

—¿Por qué debería saberlo?

—¿Así que no lo sabes? Ya me lo imaginaba. Bien, la Kehoe lo sabe y todas las demás también.

—¿Adónde se ha ido la señorita Keegan? ¿Tiene problemas?

—A Long Island. Y por buenas razones.

—¿Qué ha pasado?

—La siguieron hasta casa. —Los ojos de la señorita McAdam parecían brillar de excitación mientras hablaba. Sirvió el té despacio.

—¿La siguieron?

—No solo una noche sino dos, o quizá más, por lo que sé.

—¿Quieres decir que la siguieron hasta aquí?

—Eso es exactamente lo que quiero decir.

La señorita McAdam sorbió el té sin dejar de mirar fijamente a Eilis.

—¿Quién la seguía?

—Un hombre.

Mientras Eilis ponía leche y azúcar en el té, recordó algo que su madre siempre decía.

—Pero seguro que si un hombre huyera con la señorita Keegan, la dejaría en cuanto llegara a la primera farola y pudiera verla con claridad.

—Pero no era un hombre corriente.

—¿Qué quieres decir?

—La última vez que la siguió, se exhibió ante ella. Era un hombre de clase.

—¿Quién te ha dicho eso?

—La señorita Keegan habló en privado conmigo y con la señorita Heffernan antes de irse. La siguieron hasta la misma puerta de casa. Y mientras bajaba los escalones, el hombre se exhibió.

—¿Avisó a la policía?

—Desde luego que avisó, y después hizo las maletas. Cree que sabe dónde vive ese hombre. Ya la había seguido antes.

—¿Le ha contado todo eso a la policía?

—Sí, pero la policía no puede hacer nada si ella no puede identificarlo, y ella no puede. Así que ha hecho las maletas y se ha ido a vivir a Long Island con su hermano y su esposa. Y después, para empeorar las cosas, la Kehoe quería trasladarme abajo, a la habitación de la señorita Keegan. Empezó con eso de que era la mejor habitación de la casa. La puse en su sitio. Y la señorita Heffernan se encuentra en una situación terrible. Y Diana se ha negado a quedarse sola en el sótano. Así que te ha metido a ti ahí abajo porque ninguna de las demás quería ir.

Eilis se fijó en lo satisfecha de sí misma que parecía la señorita McAdam. Mientras la miraba sorber su té, se le ocurrió que aquella podía ser su forma de vengarse de ella y la señora Kehoe por lo de la habitación. Por otra parte, consideró que también podía ser verdad. La señora Kehoe podía haberla utilizado, puesto que era la única inquilina que parecía no saber por qué se había ido la señorita Keegan. Pero después pensó que la señora Kehoe no podía estar segura de que no fuera a averiguarlo antes de trasladarse. Cuanto más observaba a la señorita McAdam, más se convencía de que si no se estaba inventando la historia del exhibicionista, la estaba exagerando. Se preguntó si las otras chicas la habían animado a hacerlo o si lo hacía por su cuenta.

—Es una habitación preciosa —dijo Eilis.

—Puede que sea bonita —replicó la señorita McAdam—. Y, sabes, todas queríamos esa habitación cuando la consiguió la señorita Keegan, tanto más para impedir que la Kehoe fisgonee cada vez que entras por la puerta. Pero ahora no quisiera estar ahí abajo, a la vista de todo el mundo. Quizá no debería decir más.

—Di lo que quieras.

—Bueno, teniendo en cuenta que vuelves a casa sola por la noche, pareces muy tranquila.

—Si alguien se exhibe ante mí, serás la primera en saberlo.

—Si sigo aquí —dijo la señorita McAdam—. Puede que acabemos todas en Long Island.

Los días que siguieron, Eilis no pudo llegar a una conclusión acerca de lo que había dicho la señorita McAdam. Cuando comía en la cocina con el resto de las chicas, pasaba de creer que todas ellas habían conspirado para atemorizarla, para vengarse de que la hubieran instalado a ella en la habitación de la señorita Keegan, a creer que la señora Kehoe la había trasladado allí no por favoritismo sino porque creía que sería la última en protestar.

Observaba sus rostros cuando se dirigían a ella, pero no le quedó nada claro. Quería dejar abierta la posibilidad de que todo el mundo tuviera motivos bienintencionados, pero era poco probable, pensó, que la señora Kehoe le hubiera dado la habitación por mera generosidad, y también lo era que a la señorita McAdam y las demás chicas no les molestara eso y no hubieran querido sino advertirla acerca del hombre que había seguido a la señorita Keegan, para que fuera con cuidado. Deseó tener una verdadera amiga entre sus compañeras, con quien poder hablar. Y después se preguntó si el problema era ella, que veía malicia donde no la había. Si se despertaba por la noche o le sobraba tiempo en el trabajo, le daba vueltas al asunto una y otra vez, culpando a la señora Kehoe primero y a la señorita McAdam y las demás chicas después, y luego culpándose a sí misma, sin llegar a ninguna conclusión, salvo que lo mejor sería dejar de pensar en ello.

El domingo siguiente, el padre Flood anunció que la sala parroquial estaba lista para organizar un baile semanal con el fin de recoger fondos para hacer obras de caridad, que había conseguido el Arpa de Pat Sullivan y la Orquesta Shamrock, y que pedía a los parroquianos que hicieran correr la noticia de que el primer baile se celebraría el último viernes de enero y a partir de entonces cada viernes hasta nuevo aviso.

Cuando aquella noche la señora Kehoe dejó la partida de póquer y entró en la cocina y se sentó a la mesa, las chicas estaban hablando del tema.

—Espero que el padre Flood sepa lo que está haciendo —dijo—. Después de la guerra organizaron bailes en esa mismísima sala parroquial y tuvieron que cerrarla por escándalo público. Algunos italianos empezaron a ir a buscar chicas irlandesas.

—Bueno, no veo nada malo en ello —dijo Diana—. Mi padre es italiano y creo que conoció a mi madre en un baile.

—Estoy segura de que él es muy buen hombre —replicó la señora Kehoe—. Pero después de la guerra algunos italianos eran muy atrevidos.

—Parecen encantadores —dijo Patty.

—Puede que así sea —dijo la señora Kehoe—, y estoy segura de que algunos son encantadores y todo eso pero, por lo que he oído, hay que ir con gran cuidado con muchos de ellos. Pero basta ya de italianos. Será mejor que cambiemos de tema.

—Espero que no pongan música irlandesa —dijo Patty.

—La banda de Pat Sullivan es muy buena —dijo Sheila Heffernan—. Saben tocarlo todo, desde música irlandesa hasta valses y foxtrots y melodías americanas.

—Me alegro por ellos —dijo Patty—, siempre y cuando me pueda quedar sentada cuando llegue la música gaélica. Dios, tendrían que abolirla. ¡A estas alturas!

—Si no tienes suerte —dijo la señorita McAdam—, te quedarás sentada toda la noche, a no ser, claro, cuando llegue el momento en que las damas saquen a bailar.

—Basta ya de hablar de bailes —dijo la señora Kehoe—. No debería haber venido a la cocina. Simplemente, tened cuidado. Es lo único que digo. Tenéis toda la vida por delante.

En los días siguientes, a medida que se acercaba la noche del baile, la casa se dividió en dos facciones; la primera, constituida por Patty y Diana, quería que Eilis fuera con ellas a un restaurante donde se reunirían con gente que también iría al baile; pero las otras —la señorita McAdam y Sheila Heffernan— insistían en que el restaurante en cuestión era en realidad una taberna y que los que se encontraban allí no siempre estaban sobrios, ni siquiera eran siempre gente decente. Querían que Eilis fuera con ellas directamente de casa de la señora Kehoe a la sala parroquial, solo con el fin de apoyar una buena causa, y marcharse en cuanto pudieran sin ser descorteses.

—Una de las cosas que no echo de menos de Irlanda es el mercado de ganado de los viernes y los sábados por la tarde, y prefiero quedarme soltera a que me atosiguen unos tipos medio borrachos y con el pelo engominado.

—Donde yo vivía —dijo la señorita McAdam— no salíamos nunca y ninguna de nosotras se sentía peor por eso.

—¿Y cómo conocíais chicos? —preguntó Diana.

—Mírala —intervino Patty—. No ha conocido a un chico en su vida.

—Bueno, cuando lo haga —replicó la señorita McAdam—, no será en una taberna.

Al final Eilis esperó en casa con la señorita McAdam y Sheila Heffernan, y no salieron hacia la sala parroquial hasta pasadas las diez. Observó que ambas llevaban zapatos de tacón alto en el bolso para ponérselos cuando llegaran. Vio que ambas se habían cardado el pelo y aplicado maquillaje y pintalabios. Al verlas, temió parecer sosa a su lado; tener que pasar el resto de la noche en su compañía, por corta que fuera su estancia en el local, hizo que se sintiera incómoda. Las dos parecían haberse esmerado mucho, mientras que ella solo se había aseado y se había puesto el único vestido bueno que tenía y unas medias nuevas de nailon. Mientras caminaban hacia la parroquia en la fría noche decidió que se fijaría en lo que llevaban las demás mujeres en el baile, para estar segura la próxima vez de que no iba demasiado sencilla.

Al llegar no sintió más que temor, y deseó haber encontrado una excusa para quedarse en casa. Patty y Diana se habían reído mucho antes de irse, corriendo escaleras arriba y abajo, obligando a las demás a admirarlas mientras iban de piso en piso, e incluso habían llamado a la puerta de la señora Kehoe antes de salir para que las viera. Eilis se había alegrado de no haber ido con ellas, pero ahora, envuelta en el tenso y extraño silencio que se hizo entre la señorita McAdam y Sheila Heffernan al entrar en el salón, percibió su nerviosismo y sintió pena por ellas; también lamentó tener que quedarse en su compañía toda la velada e irse cuando ellas así lo quisieran.

La sala estaba casi vacía; pagaron la entrada y fueron al aseo de señoras, donde la señorita McAdam y Sheila Heffernan se observaron en el espejo y se aplicaron más maquillaje y pintalabios, y también ofrecieron a Eilis pintalabios y rímel. Mientras se miraban las tres en el espejo, Eilis se dio cuenta de que su pelo tenía un aspecto horrible. Aunque no fuera nunca más a un baile, pensó, tendría que hacer algo al respecto. El vestido, que Rose le había ayudado a comprar, también parecía horrible. Dado que había ahorrado algo de dinero, pensó, debía comprarse ropa nueva, aunque sabía que no le resultaría fácil hacerlo sola y que sus dos compañeras le serían de tan poca utilidad como Patty y Diana. Las dos primeras tenían un estilo demasiado formal y estirado, y las otras dos demasiado moderno y llamativo. Decidió que, una vez acabados los exámenes de mayo, se dedicaría a ver tiendas y precios e intentaría encontrar el tipo de ropa americana que le sentaba mejor.

Entraron de nuevo en la sala y cruzaron el desnudo parquet para sentarse en los bancos del lado opuesto. Tras pasar junto a algunas parejas de mediana edad que bailaban al son de la música, vieron al padre Flood, que fue hacia ellas y les estrechó la mano.

—Esperamos que haya mucha gente —dijo—. Pero nunca vienen cuando quieres que lo hagan.

—Oh, sabemos dónde están —dijo la señorita McAdam—. Tomándose unas copas de más.

—Ah, bueno, es viernes por la noche.

—Espero que no vengan borrachos —dijo la señorita McAdam.

—Oh, tenemos hombres en la puerta que saben lo que han de hacer. Y esperamos que sea una noche tranquila.

—Si abriera un bar, haría una fortuna —dijo Sheila Heffernan.

—No creas que no lo he pensado —replicó el padre Flood, frotándose las manos y riendo mientras cruzaba la pista de baile para dirigirse hacia la entrada principal.

Eilis observó a los músicos. Había un hombre que parecía muy abatido y melancólico tocando un vals lento con el acordeón, un hombre joven a la batería y, al fondo, un hombre de mediana edad al contrabajo. Vio algunos instrumentos de metal en el escenario y un micrófono dispuesto para un cantante, así que imaginó que habría más músicos cuando la sala se llenara.

Sheila Heffernan llevó limonadas para todas y dieron unos

sorbitos a las bebidas sentadas en el banco, mientras la sala iba llenándose. Sin embargo, Patty y Diana y su grupo seguían sin dar señales de vida.

—Seguramente han encontrado un sitio mejor donde bailar —dijo Sheila.

—Sería esperar demasiado de ellas que apoyaran a su propia parroquia —añadió la señorita McAdam.

—Y he oído que algunos salones de baile en el lado del puente que da a Manhattan pueden ser muy peligrosos —dijo Sheila Heffernan.

—Sabéis, cuanto antes acabe esto y esté en casa, en mi cama caliente, más contenta estaré —dijo la señorita McAdam.

Al principio Eilis no vio a Patty y Diana, sino a un grupo de gente joven que había entrado con mucho bullicio en el local. Algunos de los hombres llevaban trajes de colores vistosos y el pelo engominado hacia atrás. Había uno o dos visiblemente apuestos, como estrellas de cine. Mientras los recién llegados examinaban el local, con la mirada brillante, entusiasmados, resplandecientes y llenos de expectación, Eilis se imaginó lo que pensarían de ella y sus dos compañeras. Y entonces vio a Diana y Patty entre ellos, ambas con un aspecto radiante, todo en ellas perfecto, incluidas sus cálidas sonrisas.

En ese momento hubiera dado cualquier cosa por estar con ellas, por ir vestida como ellas, por ser sofisticada y estar demasiado distraída con las bromas y las sonrisas de los que la rodeaban para mirar a los demás con la misma vehemente intensidad con que ella los estaba mirando. Le daba miedo volverse y mirar a la señorita McAdam y Sheila Heffernan; sabía que seguramente compartían sus sentimientos, pero también era consciente de que harían todo lo posible por simular una profunda desaprobación por los recién llegados. No podía dirigir la mirada hacia sus dos compañeras, temerosa de ver en sus rostros algo de su propio y embobado malestar, su propia sensación de incapacidad para fingir que se estaban divirtiendo.

Ya no volvieron a tocar melodías irlandesas. El acordeonista cogió el saxofón y empezó a tocar canciones lentas, que la mayoría de los bailarines parecían reconocer. Ahora la sala estaba llena. Los bailarines se movían lentamente y, por su forma de responder a la música, le parecieron más elegantes que en Irlanda. Cuando la música se volvió más lenta, se sorprendió de lo juntos que bailaban algunos de ellos; varias mujeres estaban casi enroscadas a sus parejas. Vio a Diana y Patty moverse con confianza y habilidad, y observó que Diana cerraba los ojos al pasar junto a ellas, como si quisiera concentrarse mejor en la música, en el alto hombre con quien bailaba y en el placer que le procuraba aquella noche. Cuando se hubo alejado, la señorita McAdam dijo que creía que era hora de irse.

Al abrirse paso por el local para recoger los abrigos, Eilis hubiera deseado que esperaran a que acabara el baile para que no las vieran irse tan pronto. De camino a casa, en silencio, no sabía cómo se sentía. Las melodías que había tocado la banda eran muy dulces y bonitas. Y a sus ojos, las parejas que bailaban vestían a la moda y muy bien. Sabía que era algo que ella nunca sería capaz de hacer.

—Esa Diana tendría que avergonzarse de sí misma —dijo la señorita McAdam—. Solo Dios sabe a qué hora volverá.

—¿Aquel chico era su novio? —preguntó Eilis.

—Quién sabe —dijo Sheila Heffernan—. Tiene uno para cada día de la semana y dos para los domingos.

—Parecía encantador —dijo Eilis—. Y bailaba muy bien.

Ninguna de sus dos compañeras respondió. La señorita Mc-Adam aceleró el paso y obligó a las otras dos a seguirle el ritmo. Eilis se alegraba de haber dicho aquello a pesar de que era evidente que las había molestado. Se preguntó si se le ocurriría algo más fuerte que decir para que no la invitaran a ir con ellas al baile la semana siguiente. Y, en cambio, decidió comprarse algo, aunque solo fuera un par de zapatos nuevos, para sentirse más parecida a las chicas que había visto bailar. Por un instante pensó en pedir consejo a Patty y Diana sobre ropa y maquillaje, pero después llegó a la conclusión de que eso sería ir demasiado lejos. Al llegar a casa, la señorita McAdam y Sheila Heffernan apenas le desearon las buenas noches y entonces pensó que, pasara lo que pasase, nunca volvería a ir al baile con ellas.

El lunes, en el trabajo, la señorita Fortini la estaba esperando. Cuando les pidió, a ella y a la señorita Delano, otra vendedora, que la siguieran al despacho de la señorita Bartocci, pensó que había hecho algo mal. Al entrar ellas en la estancia, la señorita Bartocci estaba seria y les indicó que se sentaran frente a ella.

—Va a haber un gran cambio en la tienda —dijo— porque se está produciendo un cambio fuera de la tienda. La gente de color se está trasladando a Brooklyn, cada vez en mayor número.

Eilis las observó a todas y no supo decir si aquello les parecía bueno para el negocio o una mala noticia.

—Recibiremos en la tienda a clientas que serán mujeres de color. Y empezaremos con las medias de nailon. Esta será la primera tienda de la calle que venda medias rojizas a buen precio, y pronto añadiremos los colores sepia y café.

—Menudos colores —dijo la señorita Fortini.

—Las mujeres de color quieren medias rojizas y nosotros vamos a vendérselas, y vosotras dos vais a ser amables con todo el mundo que entre en la tienda, sea blanco o de color.

—Ambas son siempre muy amables —dijo la señorita Fortini—, pero estaré observando en cuanto aparezca el primer anuncio en el escaparate.

—Puede que perdamos clientes —la interrumpió la señorita Bartocci—, pero vamos a vender a quien quiera comprar, y al mejor precio.

—Aunque las medias rojizas estarán en un lugar aparte, alejado de las medias normales —dijo la señorita Fortini—. Al menos al principio. Y vosotras dos estaréis en ese mostrador, señoritas Lacey y Delano; vuestro trabajo será actuar como si eso no tuviera nada de especial.

—Vamos a anunciarlo en el escaparate esta misma mañana —añadió la señorita Bartocci—. Y vosotras estaréis ahí y sonreiréis. ¿De acuerdo?

Eilis y su compañera intercambiaron una mirada y asintieron.

—Es probable que hoy no tengáis mucho trabajo —dijo la señorita Bartocci—, pero vamos a repartir folletos en los lugares adecuados y a finales de semana, si hay suerte, no tendréis un momento de respiro.

La señorita Fortini las acompañó de nuevo a la planta de

ventas donde, a la izquierda, en una larga mesa, unos hombres estaban apilando paquetes de medias de nailon casi rojas.

—¿Por qué nos han elegido a nosotras? —le preguntó la señorita Delano a Eilis.

—Deben de pensar que somos agradables —le respondió.

—Tú eres irlandesa, eso te hace diferente.

—¿Y tú?

—Yo soy de Brooklyn.

—Bueno, a lo mejor eres agradable.

—A lo mejor es que es fácil tratarme a patadas. Espera a que mi padre se entere de esto.

Eilis observó que tenía las cejas perfectamente depiladas. Se la imaginó frente al espejo durante horas con unas pinzas.

Se pasaron todo el día de pie ante el mostrador, charlando en voz baja, pero nadie se acercó a mirar las medias rojizas de nailon. Hasta que al día siguiente vio a dos mujeres maduras de color entrar en la tienda y ser recibidas por la señorita Fortini, que las dirigió hacia ella y la señorita Delano. Se sorprendió a sí misma observando a ambas mujeres y entonces, cuando se controló, miró a su alrededor y vio que todo el mundo las estaba mirando. Al volver a mirarlas, se dio cuenta de que las dos mujeres iban elegantemente vestidas, ambas con abrigos de lana color crema, y estaban charlando entre ellas con despreocupación como si su llegada a la tienda no tuviera nada de extraño.

Observó que la señorita Delano dio un paso atrás cuando se acercaron, pero ella se quedó donde estaba y las dos mujeres examinaron las medias de nailon y las diferentes tallas. Se fijó en sus uñas pintadas y sus rostros; estaba lista para sonreír si la miraban.

Pero ellas no levantaron la vista de las medias ni una sola vez, y ni siquiera se dirigieron la mirada cuando eligieron unos cuantos pares y se los dieron. Eilis vio que la señorita Fortini la observaba desde el otro extremo de la tienda mientras ella sumaba lo que debían y se lo mostraba. Al entregarle el dinero, se percató de lo blanca que era la palma de la mano de la mujer. Cogió el dinero con toda diligencia, lo metió en el tubo y lo envió al departamento de caja.

Mientras esperaba a que llegaran el recibo y la vuelta, las dos clientas siguieron hablando entre sí como si allí no hubiera nadie más. Pese al hecho de que eran de mediana edad, pensó que eran sofisticadas y de aspecto muy cuidado, con el cabello perfecto, la ropa bonita. No podía decir si llevaban maquillaje; olió a perfume, pero no identificó la fragancia. Cuando les entregó la vuelta y las medias de nailon cuidadosamente envueltas en papel marrón les dio las gracias, pero ellas no contestaron; se limitaron a coger el dinero, el recibo y el paquete, y con elegancia se dirigieron a la salida.

Durante la semana fueron más y, cada vez que entraban, Eilis percibía un cambio en el ambiente de la tienda, un silencio, una alerta; nadie parecía moverse cuando ellas lo hacían, por si se cruzaban en su camino; las demás vendedoras bajaban la vista y parecían muy ocupadas; después levantaban la vista en dirección al mostrador en el que estaban apiladas las medias rojizas y volvían a bajar la vista. Sin embargo, la señorita Fortini nunca apartaba la vista del mostrador. Cada vez que llegaban clientas, la señorita Delano retrocedía y dejaba que Eilis las atendiera, pero si llegaba un nuevo grupo de clientas se acercaba, como si hubiera algún acuerdo entre ellas. Ni una única vez entró una mujer de color sola en la tienda, y la mayoría de las que entraban no miraban a Eilis ni se dirigían a ella directamente.

Las pocas que le hablaban lo hacían en un tono tan elaboradamente cortés que ella se sentía incómoda y tímida. Cuando llegaron los nuevos colores en sepia y café, su cometido consistía en indicar a las clientas que aquellos tonos eran más suaves, pero la mayoría la ignoraban. Al final del día se sentía agotada y encontraba las clases nocturnas casi relajantes, aliviada por que hubiera algo que apartara de su mente la violenta tensión que había en la tienda y que envolvía de un modo especial su mostrador. Deseó que no la hubieran elegido para atender precisamente ese mostrador y se preguntó si, con el tiempo, la trasladarían a otra zona de la tienda.

A Eilis le encantaba su habitación, le gustaba dejar los libros en la mesa frente a la ventana cuando llegaba por la noche y después ponerse el pijama y la bata que se había comprado en las rebajas y sus cálidas zapatillas, y, antes de meterse en la cama, pasarse una hora o más, revisando los apuntes de clase y después releer los libros de contabilidad y gestión contable que había comprado. El único problema pendiente eran las clases de derecho. Disfrutaba observando los gestos del señor Rosenblum y su forma de hablar; a veces reproducía un caso completo, describiendo vívidamente las partes en litigio aunque se tratara de compañías. Pero ni ella ni ninguno de los estudiantes con los que había hablado sabían qué se esperaba de ellos, de qué forma podía aquello aparecer como pregunta en un examen. Dado que el señor Rosenblum sabía tanto, se preguntó si esperaría que ellos conocieran con el mismo detalle los casos y sus implicaciones, los precedentes, los veredictos, los prejuicios y particularidades de cada juez.

Eso le preocupaba lo suficiente para decidirse a explicarle exactamente cuál era su problema. Al igual que hablaba rápido en sus clases, pasando de un caso a otro, o de lo que una determinada ley podía significar en teoría al modo en que se había aplicado hasta entonces, el señor Rosenblum desaparecía en cuanto acababa la clase, como si tuviera una reunión urgente. Eilis decidió sentarse en primera fila y dirigirse a él en cuanto acabara de hablar, pero cuando llegó el momento se puso nerviosa. Confiaba en que no lo considerara una crítica; también le preocupaba no entender su forma de hablar. Nunca había conocido a nadie como él. Le recordaba a los camareros de algunos cafés de Fulton Street, que no tenían paciencia y querían que se decidiera inmediatamente y después siempre tenían alguna pregunta, hubiera pedido lo que hubiese pedido, si lo quería grande o pequeño, o si lo quería caliente o con mostaza. En Bartocci's había aprendido a ser valiente y resuelta con los clientes, pero cuando la clienta era ella, sabía que era demasiado lenta y vacilante.

Tendría que abordar al señor Rosenblum. Parecía tan inteligente y sabía tanto que, mientras se dirigía a la tarima, siguió pensando en cómo reaccionaría ante una sencilla pregunta. Sin embargo, cuando hubo captado su atención, advirtió que, sin excesivo esfuerzo, había adoptado una actitud casi serena, carente de vacilación.

—¿Hay algún libro que me pueda ayudar en esta parte del curso? —preguntó.

El señor Rosenblum pareció perplejo y no contestó.

—Sus clases son interesantes —dijo Eilis—, pero me preocupa el examen.

—¿Te gustan? —Ahora el señor Rosenblum parecía más joven que cuando enseñaba derecho a los estudiantes.

—Sí —replicó ella, y sonrió. Le sorprendió no tartamudear. Creía que ni siquiera se había sonrojado.

—¿Eres inglesa? —preguntó él.

—No, irlandesa.

—De la lejana Irlanda —dijo él, como hablando para sí mismo.

—Me preguntaba si podría recomendarme algún libro de texto o un manual con el que preparar el examen.

—Pareces preocupada.

—No sé si los apuntes que tomo o los libros que tengo son suficientes.

—¿Quieres leer algo más?

—Me gustaría tener un libro con el que poder estudiar.

El señor Rosenblum recorrió la clase con la mirada, que se vaciaba rápidamente. Parecía estar pensando intensamente, como si la pregunta le desconcertara.

—Hay algunos libros bastante buenos de derecho mercantil básico.

Eilis supuso que iba a darle los títulos de los libros, pero el profesor se detuvo unos instantes.

—¿Crees que voy demasiado rápido?

—No. Es solo que no estoy segura de que mis apuntes basten para el examen.

El señor Rosenblum abrió su cartera y sacó una libreta.

—¿Eres la única estudiante irlandesa?

—Creo que sí.

Eilis le observó mientras anotaba algunos títulos en una hoja de papel.

—Hay una librería especializada en derecho en la calle Veintitrés Oeste —dijo—. En Manhattan. Tendrás que ir allí a comprarlos.

—¿Y los libros servirán para el examen?

—Desde luego. Si te sabes las nociones básicas de derecho mercantil y responsabilidad civil, pasarás los exámenes.

—¿La librería está abierta todos los días?

—Creo que sí. Tendrás que ir hasta allí para comprobarlo, pero creo que sí.

Cuando Eilis asintió e intentó sonreír, el profesor pareció aún más preocupado.

—Pero ¿puedes seguir las clases?

—Por supuesto —dijo ella—. Sí, por supuesto.

El señor Rosenblum metió la libreta en su cartera y se volvió con brusquedad.

—Gracias —dijo Eilis, pero él no replicó, sino que salió al vestíbulo rápidamente. El portero estaba esperando para cerrar con llave cuando ella abrió la puerta del aula. No quedaba nadie más.

Eilis preguntó a Diana y Patty por la calle Veintitrés Oeste y les mostró la dirección completa. Ellas le explicaron que oeste significaba al oeste de la Quinta Avenida y que el número que le habían dado indicaba que la tienda estaba entre la Sexta y la Séptima Avenidas. Le mostraron un plano, extendiéndolo sobre la mesa de la cocina, asombradas de que Eilis no hubiera estado nunca en Manhattan.

—Es un barrio maravilloso —dijo Diana.

—La Quinta Avenida es el lugar más divino —dijo Patty—. Daría lo que fuera por vivir allí. Me encantaría casarme con un hombre rico que tuviera una mansión en la Quinta Avenida.

—O incluso un hombre pobre —añadió Diana—, siempre y cuando tuviera una mansión.

Le explicaron cómo llegar en metro hasta la Veintitrés Oeste, y Eilis decidió que iría el siguiente medio día libre que tuviera.

Cuando se empezó a hablar del viernes por la noche, Eilis no se atrevió a preguntar a la señorita McAdam ni a Sheila Heffernan si iban a ir al baile de la parroquia; también sabía que sería demasiado desleal ir con Patty y Diana, y quizá también demasiado caro, puesto que primero iban a un restaurante y además tendría que comprarse ropa nueva para estar a su altura.

El viernes por la noche, al salir del trabajo, fue a cenar con un pañuelo en la mano y advirtió a las demás que no se le acercaran demasiado para no contagiarse. Durante la cena se sonó ruidosamente y se sorbió la nariz lo mejor que supo varias veces. No le importaba si se lo creían o no; tener un resfriado, pensó, sería la mejor excusa para no tener que ir al baile. Sabía también que eso animaría a la señora Kehoe a hablar sobre los achaques del invierno, uno de los temas preferidos de la casera.

—Los sabañones —dijo—, tienes que tener mucho cuidado con los sabañones. Cuando tenía tu edad, me mataban.

—Yo diría que en esa tienda —dijo la señorita McAdam a Eilis— se puede coger cualquier infección.

—También las puedes coger en una oficina —replicó la señora Kehoe, mirando a Eilis con intención para dar a entender que sabía que la señorita McAdam intentaba menospreciarla porque trabajaba en una tienda.

—Pero nunca sabes con quién...

—Ya basta, señorita McAdam —la interrumpió la señora Kehoe—. Quizá lo mejor será que nos acostemos pronto, con el frío que hace.

—Solo iba a decir que he oído que en Bartocci's atienden a mujeres de color —dijo la señorita McAdam.

Durante unos instantes, nadie dijo nada.

—Yo también lo he oído —dijo Sheila Heffernan en voz baja, al cabo de un rato.

Eilis bajó la vista al plato.

—Bueno, puede que no nos gusten, pero los hombres negros lucharon en la guerra de ultramar, ¿no es así? —dijo la señora Kehoe—. Y murieron igual que nuestros hombres. Siempre lo digo. A nadie le importó su color cuando los necesitaron.

—Pero a mí no me gustaría... —empezó la señorita McAdam.

—Ya sabemos lo que no te gustaría —la interrumpió la señora Kehoe.

—No me gustaría tener que atenderlos en una tienda —insistió la señorita McAdam.

—Dios, a mí tampoco —dijo Patty.

—Y su dinero, ¿no te gustaría? —preguntó la señora Kehoe.

—Son muy amables —dijo Eilis—. Y algunas llevan ropa muy bonita.

—¿Así que es verdad? —inquirió Sheila Heffernan—. Pensaba que era una broma. Bueno, pues ya está. Pasaré por delante de Bartocci's, de acuerdo, pero por la otra acera.

De repente, Eilis se sintió valiente.

—Se lo diré al señor Bartocci. Se llevará un gran disgusto, Sheila. Tú y tu amiga sois famosas por vuestro estilo, especialmente por las carreras en las medias y las viejas y emperifolladas rebecas que lleváis.

—Ya está bien —dijo la señora Kehoe—. Me gustaría acabar de cenar en paz.

Se hizo un silencio. Patty dejó de reírse a carcajadas, y Sheila ya se había ido de la cocina, pero la señorita McAdam, muy pálida, se quedó mirando fijamente a Eilis.

Eilis no vio diferencia alguna entre Manhattan y Brooklyn cuando fue allí el jueves siguiente por la tarde, salvo que el frío, al salir del metro, parecía más lacerante y seco, y el viento más intenso. No estaba segura de qué había esperado exactamente, pero desde luego glamour, tiendas más sofisticadas y gente mejor vestida, y la impresión de que las cosas no estaban tan desvencijadas ni eran tan deprimentes como a veces le parecían en Brooklyn.

Le hacía ilusión escribir a su madre y a Rose sobre su primera visita a Manhattan, pero ahora se daba cuenta de que también les tendría que contar la llegada de clientes de color a Bartocci's y a la discusión con sus compañeras de piso sobre ese tema y no quería mencionarlo en una carta, para evitar que se preocuparan o que pensaran que no era capaz de cuidar de sí misma. Tampoco quería escribirles cartas que pudieran deprimirlas. Así que mientras caminaba por una calle que parecía interminable, con tiendas lóbregas y gente de aspecto pobre, advirtió que aquello no le serviría como novedad que contar en la siguiente carta, a no ser, pensó, que bromeara sobre ello y les hiciera creer que, a pesar de todo lo que había oído, Manhattan no era mejor que Brooklyn, y ella no se perdía nada por no vivir allí y no tener previsto volver.

Encontró la tienda con facilidad y, al entrar, se quedó maravillada por la cantidad de libros de derecho que había y el tamaño y peso de algunos de ellos. Se preguntó si en Irlanda había tantas librerías especializadas en derecho y si los abogados de Enniscorthy se habían sumergido en libros como aquellos cuando eran estudiantes. Sabía que sería un buen tema sobre el que escribir a Rose porque jugaba al golf con la esposa de un abogado.

Primero deambuló por la tienda, leyendo los títulos de las estanterías, y reparó en que algunos de los libros eran viejos, y quizá de segunda mano. No le costó imaginarse allí al señor Rosenblum, hojeando libros, con uno o dos grandes ejemplares abiertos ante él, o subido a la escalera para llegar a los estantes más altos. Eilis habló de él varias veces en sus cartas, y Rose le había escrito para preguntar si estaba casado. No había sido fácil explicarle que le veía tan imbuido de conocimientos, tan sumergido en los detalles de la asignatura y sus entresijos, y tan serio, que le resultaba imposible imaginárselo con esposa e hijos. En su carta, Rose había vuelto a decirle que si tenía algo personal que comentar, algo que no quería que su madre supiera, podía escribirle a la oficina y le aseguraba que nadie leería la carta.

Eilis sonrió para sus adentros al pensar que todo lo que tenía que contar era su primer baile y que se había sentido libre de contárselo a su madre, aunque mencionándolo solo de pasada y a modo de broma. No tenía nada personal que confiarle a Rose.

Al rato de merodear entre los volúmenes supo que no tenía esperanza alguna de encontrar los tres libros que buscaba, de manera que cuando se le acercó un hombre mayor desde el mostrador, se limitó a darle la lista y a decirle que aquellos eran los libros que quería. El hombre, que llevaba unas gafas de cristales gruesos, tuvo que levantarla hasta la altura de los ojos para leerla. Le echó una mirada de reojo.

—¿Es su letra?

—No, la de mi profesor. Me ha recomendado estos libros.

—¿Estudia derecho?

—No. Pero es solo una asignatura.

—¿Cómo se llama su profesor?

—Señor Rosenblum.

—¿Joshua Rosenblum?

—No sé su nombre de pila.

—¿Qué está estudiando?

—Voy a clases nocturnas en el Brooklyn College.

—Es Joshua Rosenblum. Conozco su letra.

Escudriñó de nuevo la hoja de papel y los títulos.

—Es un hombre inteligente —dijo.

—Sí, es muy bueno —contestó ella.

—Se lo imagina… —empezó el hombre, pero volvió hacia el mostrador antes de acabar la frase. Estaba agitado. Eilis le siguió lentamente.

—Entonces, ¿quiere estos libros? —dijo él, casi con agresividad.

—Sí.

—¿Joshua Rosenblum? —preguntó el hombre—. ¿Puede imaginarse un país donde quisieran matarlo?

Eilis retrocedió, pero no contestó.

—Y bien, ¿se lo imagina?

—¿Qué quiere decir? —preguntó ella.

—Los alemanes mataron a toda su familia, a todos, pero a él lo sacamos, al menos hicimos eso, sacamos a Joshua Rosenblum.

—¿Quiere decir durante la guerra?

El hombre no contestó. Recorrió la tienda y encontró una pequeña escalerilla a la que se subió para coger un libro. Al bajar se volvió hacia ella airado.

—¿Puede imaginar un país que hiciera eso? Tendrían que borrarlo de la faz de la tierra.

El hombre la miró con amargura.

—¿En la guerra? —preguntó ella de nuevo.

—En el Holocausto, en el *churben*.

—Pero ¿fue durante la guerra?

—Sí, durante la guerra —replicó el hombre, con una expresión en su rostro repentinamente amable.

Buscó los otros dos libros con una mirada de resignación, casi de obstinación; al volver al mostrador y preparar la factura, su aspecto era distante y severo. Eilis no le hizo ninguna pregunta al darle el dinero. Él envolvió los libros y le dio la vuelta. Eilis tuvo la sensación de que él deseaba que se fuera de la tienda, y que no podía hacer nada para que el hombre le dijera algo más.

A Eilis le encantó desenvolver los libros y ponerlos en la mesa junto a los apuntes y los libros de gestión contable y contabilidad. Al abrir el primero y hojearlo, enseguida lo encontró difícil, y le preocupó no haber comprado un diccionario para consultar las palabras complicadas. Estuvo leyendo la introducción hasta la hora de cenar, pero al llegar al final no tenía una idea más clara de lo que era la «jurisprudencia» que se mencionaba al principio.

Aquella noche, en la cena, al advertir que la señorita McAdam y Sheila Heffernan seguían sin dirigirle la palabra, pensó en preguntar a Patty y Diana si podía ir al baile con ellas la noche siguiente o quedar antes en algún sitio. Era consciente de que no le apetecía ir, pero sabía que el padre Flood la echaría en falta y, dado que sería la segunda semana que faltaba, preguntaría por ella. Aquella noche había otra chica cenando, Dolores Grace, que ocupaba la antigua habitación de Eilis. Era pelirroja y pecosa y procedía de Cavan, según salió a relucir, pero permaneció callada la mayor parte del tiempo y daba la impresión de que la incomodaba estar con ellas a la mesa. Eilis se enteró de que era su tercera noche y no la había visto las noches anteriores porque estaba en clase.

Después de cenar, cuando se disponía a comprobar si comprendía mejor los otros libros que había comprado, llamaron a la puerta de su habitación. Era Diana, acompañada de la señorita McAdam, y le pareció extraño verlas a las dos juntas. Se quedó junto a la puerta, sin invitarlas a entrar.

—Tenemos que hablar contigo —susurró Diana.

—¿Y ahora qué pasa? —preguntó Eilis, casi con impaciencia.

—Es por esa Dolores —intervino la señorita McAdam—. Es una criada.

Diana se echó a reír y tuvo que taparse la boca con la mano.

—Limpia casas —dijo la señorita McAdam—. Hace la limpieza en casa de la señora Kehoe para pagar parte del alquiler. Y no queremos que se siente a la mesa con nosotras.

Diana dejó escapar una especie de risita chillona.

—Es horrible. ¡Es de lo peor!

—¿Qué queréis que haga? —preguntó Eilis.

—Niégate a comer con ella cuando lo hagamos nosotras. A ti la señora Kehoe te escucha —dijo la señorita McAdam.

—¿Y dónde queréis que coma?

—Lo que es por mí, en la calle —replicó la señorita McAdam.

—No la queremos —dijo Diana—. Si se supiera...

—... que en esta casa vive gente como ella... —continuó la señorita McAdam.

Eilis sintió el fuerte impulso de cerrarles la puerta en las narices y volver a sus libros.

—Solo queremos que lo sepas —dijo Diana.

—Es una criada de Cavan —dijo la señorita McAdam, y Diana se echó a reír de nuevo—. No sé qué te hace tanta gracia —añadió, volviéndose hacia ella.

—Oh, Dios. Lo siento. Es que es horrible. Ningún tipo decente querrá saber nada de nosotras.

Eilis las miró como si fueran unas clientas fastidiosas en Bartocci's, y ella, la señorita Fortini. Ambas trabajaban en una oficina, por lo que se preguntó si a su llegada también habían hablado así de ella porque trabajaba en una tienda. Cerró la puerta en sus narices con firmeza.

A la mañana siguiente, salió a la calle directamente desde el sótano, la señora Kehoe dio unos golpecitos en la ventana. Con gestos le indicó que esperara y al verla salir apareció en la puerta principal.

—Me preguntaba si podrías hacerme un favor especial —le dijo.

—Desde luego, señora Kehoe —replicó Eilis. Era lo que su madre le había enseñado que debía decir cuando alguien le pedía un favor.

—¿Podrías llevar a Dolores al baile de la parroquia esta noche? Se muere de ganas de ir.

Eilis vaciló. Deseó haber previsto que se lo pediría para tener preparada una respuesta.

—De acuerdo —se descubrió diciendo.

—Bien, fantástico. Le diré que se arregle para la noche —dijo la señora Kehoe.

Eilis deseó que se le ocurriera pronto una excusa, alguna razón para no ir, pero la semana anterior había pretextado un resfriado y sabía que algún día tendría que ir, aunque solo fuera un rato.

—No sé cuánto tiempo me quedaré —dijo.

—No hay problema —replicó la señora Kehoe—. Tampoco ella querrá quedarse mucho rato.

Más tarde, al volver del trabajo, cuando Eilis iba al piso de arriba se encontró a Dolores Grace sola en la cocina, limpiando, y quedó con ella en que pasaría a buscarla a las diez.

Durante la cena no se habló del baile de la parroquia; por el ambiente y por la forma en que la señorita McAdam fruncía los labios y parecía abiertamente irritada cada vez que la señora Kehoe hablaba, y por el hecho de que Dolores no pronunció palabra en toda la cena, Eilis supuso que había salido algo a relucir. También comprendió, por la forma en que la señorita McAdam y Diana evitaban su mirada, que sabían que Dolores iría al baile con ella. Esperó que no creyeran que ella se había ofrecido y se preguntó si podría hacerles saber que se había visto obligada a hacerlo.

A las diez subió a buscar a Dolores, y su aspecto la sobresaltó. Llevaba una chaqueta de cuero barata, de estilo masculino, una blusa blanca con volantes, una falda también blanca y medias casi negras. El rojo del pintalabios resultaba chillón, comparado con su pecoso rostro y su vistoso cabello. Parecía la esposa de un tratante de caballos de Enniscorthy en día de feria. Eilis casi huyó al sótano al verla, pero se contuvo y sonrió mientras Dolores le decía que tenía que subir a coger el abrigo de invierno y el sombrero. Eilis no sabía cómo se comportaría en el baile, con la señorita McAdam y Sheila Heffernan evitándola, por un lado, y Patty y Diana llegando con todos sus amigos, por otro.

—¿Hay tipos que están bien ahí? —preguntó Dolores mientras salían a la calle.

—No tengo ni idea —replicó Eilis con frialdad—. Solo voy porque lo organiza el padre Flood.

—Oh, Dios, ¿y se pasa ahí toda la noche? Será como si estuviera en casa.

Eilis no contestó e intentó caminar con dignidad, como si fuera con Rose a misa de siete a la catedral de Enniscorthy. Cada vez que Dolores le preguntaba algo, contestaba en voz baja y escuetamente. Lo mejor, pensó, habría sido caminar en silencio hasta la parroquia, pero no podía ignorarla por completo; sin embargo, al detenerse a la espera de que cambiara el semáforo, descubrió que apretaba los puños de pura irritación cada vez que su compañera abría la boca.

Eilis había imaginado que, en la sala, la señorita McAdam y Sheila Heffernan se sentarían lejos de ellas, después de dejar los abrigos en el guardarropa, y que buscarían un lugar para observar a los bailarines. Pero ocurrió todo lo contrario, sus dos compañeras de alojamiento se situaron cerca de ellas, precisamente para dejar bien claro que no tenían intención de hablar ni relacionarse con ellas en absoluto. Eilis observó que Dolores paseaba rápidamente la vista por el local, frunciendo el ceño con atención.

—Dios, aquí no hay nadie —dijo.

Eilis miró hacia delante, simulando que no la había oído.

—Me encantaría conocer a un tío, ¿a ti no? —preguntó Dolores, dándole un codazo—. Me pregunto cómo serán los tíos norteamericanos.

Eilis la miró inexpresiva.

—Yo diría que son diferentes —añadió Dolores.

Eilis respondió apartándose de ella ligeramente.

—Son unas zorras horribles, las otras —prosiguió Dolores—. Eso es lo que ha dicho la jefa. Zorras. La única que no es una zorra eres tú.

Eilis dirigió la mirada hacia la banda y después hacia la señorita McAdam y Sheila Heffernan. La señorita McAdam sostuvo su mirada y sonrió con aire de superioridad y desdén.

Patty y Diana llegaron con un grupo aún mayor que en la ocasión anterior. Todo el mundo pareció fijarse en ellos. Patty llevaba el cabello peinado hacia atrás y recogido en un moño, y un perfil de ojos muy grueso. Le daba un aspecto muy severo y radical. Eilis se dio cuenta de que Diana fingía no verla. La llegada de aquel grupo fue como una señal para los músicos, que hasta ese momento habían tocado viejos valses con un piano y un par de contrabajos, empezaran a tocar unas melodías que Eilis sabía por las chicas del trabajo que se llamaban swing y estaban muy de moda. Al cambiar la música, parte del grupo de Patty y Diana empezó a aplaudir y a lanzar vítores, y, cuando la mirada de Eilis se cruzó con la de Patty, esta le hizo una seña para que se acercara. Fue un gesto casi imperceptible pero inconfundible y Patty siguió mirando hacia ella casi con impaciencia. De repente, Eilis decidió levantarse y acercarse al grupo, sonriéndoles a todos con confianza como si fueran viejos amigos. Mantuvo la espalda erguida e intentó parecer completamente dueña de sí misma.

—Me alegro mucho de verte —le dijo en voz baja a Patty.

—Me parece que sé a qué te refieres —replicó Patty.

Cuando Patty le propuso que fueran al baño, Eilis asintió y la siguió.

—No sé qué hacías sentada ahí —dijo Patty—, pero desde luego no parecías feliz.

Se ofreció a enseñarle cómo ponerse el perfilador negro y la sombra de ojos, y estuvieron un rato frente al espejo, ignorando a las mujeres que entraban y salían. Con algunas horquillas que llevaba en el bolso, le peinó el cabello hacia arriba.

—Ahora pareces una bailarina clásica —dijo.

—No, no lo parezco —replicó Eilis.

—Bueno, al menos ya no da la impresión de que llegas de ordeñar vacas.

—¿Tenía ese aspecto?

—Solo un poco. Vacas limpias y bonitas —dijo Patty.

Cuando finalmente regresaron, la sala estaba abarrotada y la música era rápida y ruidosa, y había muchas parejas bailando. Eilis estuvo pendiente de adónde miraba y hacia dónde iba. No sabía si Dolores se había quedado sentada donde la había dejado. No tenía intención de volver allí ni de que sus miradas se cruzaran. Se quedó con Patty y sus amigos, entre ellos un joven con el pelo muy engominado y acento americano que intentó explicarle los pasos de baile entre el ruido de la música. El joven no la invitó a bailar, parecía preferir quedarse con el grupo; miraba a sus amigos de vez en cuando mientras le enseñaba los pasos y cómo moverse al ritmo de las melodías del swing, cuya rapidez iba en aumento a medida que el público respondía.

Eilis empezó a notar que un joven la miraba. Sonreía con calidez, regocijado ante sus esfuerzos por aprender los pasos de baile. No era mucho más alto que ella, pero parecía fuerte y tenía el cabello rubio y los ojos azules. Se balanceaba al ritmo de la música y parecía encontrar divertido lo que ocurría. Estaba solo, y cuando Eilis se volvió un momento y sus miradas se cruzaron, le sorprendió la expresión de su rostro, que en absoluto denotaba vergüenza por el hecho de seguir mirándola. Eilis estaba segura de que no formaba parte del grupo de Patty y Diana; su ropa era demasiado corriente y no vestía con elegancia. El ritmo de la música se intensificó todavía más, todo el mundo empezó a lanzar vítores y el hombre que había intentado enseñarle los pasos de baile le dijo algo, pero ella no lo entendió. Al volverse hacia él, comprendió que le estaba diciendo que bailarían juntos más tarde, cuando el ritmo no fuera tan rápido. Ella asintió y sonrió, y se dirigió hacia Patty, que seguía rodeada de amigos.

Cuando cesó la música algunas parejas se separaron, otras fueron a la barra a tomar un refresco y unas pocas se quedaron en la pista de baile. Eilis vio que el hombre que le había enseñado los pasos se disponía a bailar con Patty, y se le ocurrió que esta le habría pedido que le prestara atención, a lo que él habría accedido solo por amabilidad. Cuando Diana pasó rozándola, dejando claro que no le dirigía la palabra, el joven que la había mirado se acercó.

—¿Estás con ese chico que te estaba enseñando los pasos? —le preguntó. Eilis se fijó en su acento americano y en la blancura de sus dientes.

—No —contestó.

—Entonces, ¿puedo bailar contigo?

—No estoy segura de saberme los pasos.

—Nadie se los sabe. El truco está en fingir que te los sabes.

La música empezó a sonar de nuevo y ellos se unieron a los bailarines. Los ojos de su acompañante, pensó Eilis, eran demasiado grandes para su cara, pero cuando le sonrió parecía tan feliz, que eso dejó de importarle. Bailaba bien pero sin ostentación y no intentó impresionarla ni demostrar que lo hacía mejor que ella, y eso le gustó. Lo observó tan detenidamente como le fue posible porque estaba segura de que si dejaba vagar la mirada por la sala encontraría a Dolores donde la había dejado, esperando a que volviera.

Cuando acabó el primer baile y la música dejó de sonar, él le dijo que se llamaba Tony y le preguntó si podía invitarla a un refresco. Eilis sabía que eso significaba que tendría que bailar con él la siguiente pieza y, como era posible que Dolores ya se hubiera ido a casa o hubiera encontrado alguien con quien bailar, aceptó. Al pasar junto a Diana y Patty, vio que ambas miraban a Tony de arriba abajo con ojos escrutadores. Patty hizo un gesto como dando a entender que no estaba a su altura. Diana se limitó a mirar hacia otro lado.

El siguiente baile era lento. A Eilis le preocupaba acercarse demasiado a él, aunque era difícil no hacerlo porque había muchas parejas en la pista. Por primera vez le prestó atención y notó que también él intentaba no acercarse demasiado, se preguntó si estaba siendo considerado o si eso significaba que no le gustaba demasiado. Al final del baile, pensó, le daría las gracias, iría al baño, recogería su abrigo y se iría a casa. Si Dolores se quejaba de ella a la señora Kehoe, le podría decir que no se había sentido bien y que había tenido que volver a casa pronto.

Tony sabía moverse al ritmo de la música sin hacer el ridículo ni hacerla quedar a ella en ridículo. Al deslizarse por la pista al son de una melancólica melodía al saxofón, se dio cuenta de que nadie les prestaba atención. Sintió el calor que emanaba de él, y cuando intentó decirle algo notó un sabor dulce en su aliento. Volvió a mirarle un instante. Iba cuidadosamente afeitado y llevaba el pelo muy corto. Su piel parecía suave. Cuando él la pilló mirándolo, frunció los labios regocijado y eso hizo que sus ojos parecieran aún más grandes. Cuando sonaba la última canción, que para Eilis fue con diferencia la más romántica, él acercó su cuerpo al de ella. Lo hizo con tacto y lentitud; Eilis sintió su presión y su fuerza contra ella quien, a su vez, se acercó a él, y ambos se envolvieron mutuamente durante los últimos minutos del baile.

Cuando se volvieron para aplaudir a la banda, Tony no buscó la mirada de Eilis sino que se quedó junto a ella, como si ya fuera algo inevitable y estuviera decidido que bailarían juntos la siguiente pieza. Había demasiado ruido a su alrededor para oír qué le decía cuando se dirigió a ella, pero parecía un comentario amistoso, por lo que Eilis respondió asintiendo y sonriendo. Él pareció contentó y eso le gustó. La música que empezó a sonar era aún más lenta y su melodía era muy bella. Eilis cerró los ojos y dejó que él le rozara la mejilla con la suya. Apenas bailaban, solo se mecían al ritmo de la música, como hacía la mayoría de las parejas.

Eilis se preguntó quién era el joven con el que estaba bailando, de dónde era. No le parecía irlandés; era demasiado transparente y afable, y su mirada demasiado abierta. Pero no estaba segura. No tenía nada de la atildada pose de los amigos de Patty y Diana. También resultaba difícil imaginar a qué se dedicaba. Mientras se besuqueaban en la pista de baile, no sabía si algún día tendría la oportunidad de preguntárselo.

Al final del baile, el hombre que tocaba el saxofón cogió el micrófono y, con acento irlandés, explicó que la mejor parte de la noche estaba por llegar, que de hecho estaba a punto de empezar porque iban a tocar algunas melodías gaélicas, como habían hecho las semanas anteriores. Pedían a los que conocían los pasos que salieran primero a la pista y, añadió entre vítores y silbidos, esperaba que no todos fueran de County Clare. Cuando diera la señal, dijo, todo el mundo podría unirse al baile y disfrutarían del todos contra todos de las semanas anteriores.

—¿Eres de County Clare? —le preguntó su acompañante a Eilis.

—No.

—Te vi la primera semana, pero no te quedaste hasta el final, así que te perdiste el todos contra todos, y la semana pasada no viniste.

—¿Cómo lo sabes?

—Porque te busqué y no te vi.

De repente, empezó a sonar una melodía; cuando Eilis miró al escenario, vio que la banda se había transformado. Los dos saxofonistas se habían convertido en un banjo y un acordeonista, y había dos violinistas y una mujer tocando un piano vertical. El batería era el mismo. Algunos bailarines se dirigieron al centro de la pista y se convirtieron en el centro de atención al ejecutar una serie de complejos pasos con una inmensa seguridad y velocidad. No tardaron en unírseles otros bailarines, igualmente diestros, al son de los vítores y las ovaciones del público. La música aceleró el ritmo, el acordeonista dirigía todos los instrumentos y los danzarines taconeaban ruidosamente el suelo de madera con los zapatos.

Cuando el acordeonista anunció que iban a tocar «The Siege of Ennis», salieron más danzarines a la pista y el baile ordenado empezó a transformarse en el todos contra todos que el hombre había mencionado al principio. Tony propuso a Eilis que salieran a la pista, y ella asintió rápidamente a pesar de que no conocía los pasos. Habían dos hileras colocadas una delante de la otra y un hombre les daba instrucciones desde un micrófono. Un bailarín de cada punta —un hombre y una mujer— fueron hacia el centro y giraron sobre sus talones antes de volver a su sitio. Después le llegó el turno al siguiente bailarín, y así siguieron hasta que pasaron todos por el centro. Acto seguido las dos filas avanzaron hasta quedar cara a cara y, entonces, una de las hileras alzó los brazos al aire y dejó pasar a la otra, que se encontró frente a una nueva fila de bailarines. A medida que la danza avanzaba, los gritos, las risas y las instrucciones a gritos se volvieron más ruidosas e intensas. Los bailarines dedicaban una enorme energía en los giros, las vueltas en el centro y el taconeo de zapatos en el suelo. Cuando llegaron las últimas notas y todo el mundo parecía conocer los pasos básicos, Eilis vio que Tony estaba encantado y se esforzaba cuanto podía por seguir el paso, aunque tenía cuidado de no hacerlo mejor que ella. Tuvo la impresión de que se contenía por ella.

En cuanto la música acabó, Tony le preguntó dónde vivía; Eilis se lo dijo y él replicó que le cogía de camino a su casa. Había algo en él, algo tan inocente, entusiasta y radiante, que Eilis casi rió al decir que sí, que podía acompañarla a casa. Quedaron en que se encontrarían fuera después de recoger su abrigo. Al llegar al guardarropa, se mantuvo alerta por si veía a Dolores en la cola.

Fuera, hacía frío; caminaron lentamente por las calles, apretados el uno contra el otro, sin apenas hablar. Sin embargo, al acercarse a Clinton Street, él se detuvo, se volvió y la miró.

—Hay algo que debes saber —dijo—. No soy irlandés.

—No pareces irlandés —replicó Eilis.

—Me refiero a que no tengo nada de irlandés.

—¿Absolutamente nada? —rió ella.

—Ni una pizca.

—¿Pues de dónde eres?

—Soy de Brooklyn —dijo él—, pero mis padres son italianos.

—¿Y qué estabas haciendo...?

—Ya lo sé —la interrumpió él—. Había oído hablar del baile irlandés y se me ocurrió pasarme para ver qué tal era y me gustó.

—¿Los italianos no organizan bailes?

—Sabía que me lo ibas a preguntar.

—Estoy segura de que son fantásticos.

—Podría llevarte una noche, pero te lo advierto: se comportan como italianos toda la noche.

—¿Y eso es bueno o malo?

—No lo sé. Bueno, seguro que es malo, porque si hubiera ido a un baile italiano ahora no te acompañaría a casa.

Siguieron caminando en silencio hasta que llegaron a casa de la señora Kehoe.

—¿Puedo pasar a buscarte la próxima semana? Tal vez podríamos ir a comer algo antes.

Eilis se dio cuenta de que esa invitación significaba que podría ir al baile sin tener que estar pendiente de los sentimientos de ninguna de sus compañeras de piso. Incluso ante la señora Kehoe, pensó, le serviría de excusa para no tener que acompañar a Dolores.

Entrada la semana, al salir de Bartocci's para dirigirse a Brooklyn College, reparó en que se había olvidado de lo que más había deseado hasta entonces. Por momentos creía que lo que realmente le apetecía era pensar en su casa, dejar que las imágenes de su hogar vagaran libremente por su mente, pero en ese momento se dio cuenta, sobresaltada, de que ya no, lo único que ahora la emocionaba era la llegada del viernes por la noche y que la fuera a recoger un hombre que había conocido e ir al baile de la parroquia con él, sabiendo que después la acompañaría a casa. Había mantenido apartado de su mente el recuerdo de su casa, y solo lo dejaba entrar cuando escribía o recibía cartas, o cuando se despertaba de un sueño en el que aparecían su madre o su padre, o Rose o las habitaciones de su casa en Friary Street, o las calles de la ciudad. Le pareció extraño que la mera sensación de saborear el futuro inmediato la hubiera remitido a la idea del hogar.

El hecho de haber dejado plantada a Dolores, cosa que Patty había presenciado y explicado a las demás antes de desayunar el sábado por la mañana, significaba que todas volvían a hablarle, incluida la propia Dolores, que consideraba el plantón sumamente razonable, puesto que el resultado había sido que Eilis conociera a un hombre. A cambio, Dolores solo quería saber cosas del novio, su nombre, por ejemplo, a qué se dedicaba, y cuándo tenía previsto Eilis volver a quedar con él. Las demás compañeras de piso lo habían examinado atentamente; lo consideraban apuesto, dijeron, aunque la señorita McAdam habría preferido que fuera más alto, y a Patty no le habían gustado los zapatos. Suponían que era irlandés o de origen irlandés y suplicaron a Eilis que les contara cosas de él, qué le había dicho para que se decidiera a bailar con él una segunda vez, si iría al baile el viernes siguiente y si había quedado.

El siguiente jueves por la noche, cuando Eilis subió a hacerse un té, se encontró a la señora Kehoe en la cocina.

—Hay mucha agitación en la casa en estos momentos —dijo—. Esa Diana tiene una voz horrible, Dios la ayude. Si vuelve a chillar, tendré que llamar al médico o al veterinario para que le dé algo que la calme.

—Están así por el baile —replicó Eilis con sequedad.

—Bien, le voy a pedir al padre Flood que dé un sermón sobre el mal de la agitación —dijo la señora Kehoe—. Y tal vez sea necesario que mencione un par de cosas más.

La señora Kehoe salió de la cocina.

El viernes por la noche a las ocho y media Tony llamó al timbre de la puerta principal y, antes de que Eilis tuviera tiempo de salir por la puerta del sótano y avisarle del peligro que se avecinaba, la señora Kehoe ya había abierto la puerta. Cuando Eilis llegó a la entrada principal, como Tony le contó más tarde, la señora Kehoe ya le había hecho varias preguntas, entre ellas su nombre completo, su dirección y su profesión.

—Así lo ha llamado —dijo—. «Mi profesión.»

Sonrió como si no le hubiera ocurrido nada tan gracioso en su vida.

—¿Es tu mamá? —preguntó.

—Ya te dije que mi mamá, como tú la llamas, está en Irlanda.

—Sí que me lo dijiste, pero esa mujer actuaba como si le pertenecieras.

—Es la señora de la casa.

—Es una señora, de acuerdo. Una señora que hace muchas preguntas.

—Y, por cierto, ¿cuál es tu nombre completo?

—¿Quieres saber el que le he dicho a tu mamá?

—No es mi mamá.

—¿Quieres saber mi verdadero nombre?

—Sí, quiero saber tu verdadero nombre.

—Mi nombre completo es Antonio Giuseppe Fiorello.

—¿Y qué nombre le has dado a mi casera?

—Le he dicho que me llamo Tony McGrath. Porque en mi trabajo hay un tipo que se llama Billo McGrath.

—Oh, por el amor de Dios. ¿Y qué profesión le has dicho que tenías?

—¿La verdadera?

—Si no me contestas como es debido...

—Le he dicho que soy fontanero, porque eso es lo que soy.

—¿Tony?

—¿Sí?

—En el futuro, si te permito venir a recogerme otra vez, irás sin hacer ruido a la puerta del sótano.

—¿Sin decirle nada a nadie?

—Exacto.

—Me parece bien.

Tony la llevó a una cafetería, donde cenaron, y después fueron caminando a la sala parroquial. Eilis le habló de sus compañeras de piso y de su trabajo en Bartocci's. Él, a su vez, le contó que era el mayor de cuatro hermanos y que todavía vivía con sus padres en Bensonhurst.

—Y mamá me ha hecho prometer que no me reiría demasiado ni haría bromas —dijo—. Dice que las chicas irlandesas no son como las italianas. Son serias.

—¿Le has contado a tu madre que habías quedado conmigo?

—No, pero mi hermano se lo ha imaginado y se lo ha dicho. Aunque creo que todos se lo imaginaban. Creo que sonreía demasiado. Y he tenido que decirles que era una chica irlandesa, por si creían que era de alguna familia que conocían.

Eilis no lo entendió. Al acabar la noche, de camino a casa, solo sabía que le gustaba bailar pegada a él y que era un chico divertido. Pero no le habría sorprendido que todo lo que le había dicho fuera mentira, y una de las bromas que tanto le gustaban, o de hecho, como decidió los días siguientes al repasar lo que había dicho que hacía sin cesar.

En la casa se hablaba mucho de su novio el fontanero. Cuando la señora Kehoe salió de la cocina y Patty y Diana empezaron a preguntarse por qué ninguno de sus amigos lo había visto antes, Eilis les dijo que Tony era italiano, no irlandés. Había puesto mucho empeño en no presentárselo a ninguna de ellas en el baile y ahora, iniciada la conversación, lamentó haberlo mencionado siquiera.

—Espero que ahora el baile de la parroquia no se llene de italianos —dijo la señorita McAdam.

—¿Qué quieres decir? —preguntó Eilis.

—Ahora ya saben que lo tienen fácil.

Las demás se quedaron calladas unos instantes. Era viernes por la noche y habían acabado de cenar; Eilis deseó que la señora Kehoe, que se había marchado poco antes, volviera.

—¿Y qué es lo que tienen fácil? —preguntó.

—Esto es lo único que tienen que hacer, por lo visto. —La señorita McAdam chasqueó los dedos—. No necesito decir más.

—Creo que tenemos que ir con mucho cuidado con los hombres que van al baile y no conocemos —dijo Sheila Heffernan.

—Tal vez si nos quitáramos de encima a algunas que siempre se quedan comiendo pavo, Sheila —dijo Eilis—, con esa agria mirada en el rostro.

Diana empezó a chillar de risa al tiempo que Sheila Heffernan salía a toda prisa de la cocina.

De repente, la señora Kehoe volvió a la cocina.

—Diana, si te oigo chillar otra vez, llamaré a los bomberos para que te echen agua encima. ¿Alguien le ha dicho una grosería a la señorita Heffernan?

—Estábamos aconsejando a Eilis, nada más —dijo la señorita McAdam—. Le decíamos que tuviera cuidado con los extraños.

—Bien, creo que el chico que vino a buscarla es muy agradable —dijo la señora Kehoe—. Y que tiene unos agradables modales irlandeses chapados a la antigua. Ya se han acabado los comentarios sobre él en esta casa. ¿Me oye, señorita McAdam?

—Solo estaba diciendo...

—Solo estaba metiéndose en asuntos que no le incumben, señorita McAdam. Es un rasgo que he observado en los irlandeses del norte.

Diana volvió a lanzar una carcajada y se tapó la boca con la mano, simulando avergonzarse.

—Se han acabado las charlas sobre hombres en esta mesa —dijo la señora Kehoe— salvo para decirte, Diana, que el hombre que te elija estará más que entretenido contigo. Los duros golpes que da la vida acabarán poniendo un final triste a esa sonrisa de satisfacción en tu cara.

Una a una, fueron saliendo disimuladamente de la cocina, dejando a la señora Kehoe sola con Dolores.

Tony le preguntó si querría ir al cine con él entre semana, por la noche. En todo lo que le había contado, Eilis no había incluido el hecho de que estudiaba en el Brooklyn College. Él no le había preguntado qué hacía por las noches y ella lo había guardado para sí misma casi deliberadamente, como una forma de mantener la distancia. Le gustaba que fuera a recogerla a casa de la señora Kehoe los viernes por la noche, y le hacía ilusión su compañía, sobre todo en la cafetería, antes del baile. Tony era alegre y divertido cuando hablaba de béisbol, de sus hermanos, de su trabajo y su vida en Brooklyn. Había aprendido rápidamente los nombres de sus compañeras de piso y de sus jefes del trabajo, y se las arreglaba para referirse a ellos con regularidad de una forma que la hacía reír.

—¿Por qué no me habías hablado de las clases? —le preguntó él en la cafetería, antes del baile.

—No me lo habías preguntado.

—Yo no tengo nada más que contarte. —Tony se encogió de hombros, simulando que se sentía deprimido.

—¿Ningún secreto?

—Podría inventarme algunos, pero no te parecerían convincentes.

—La señora Kehoe cree que eres irlandés. Y por lo que sé, podrías ser de Tipperary y estar fingiendo lo demás. ¿Cómo es que te conocí en un baile irlandés?

—Vale. Sí que tengo un secreto.

—Lo sabía. Eres de Bray.

—¿Qué? ¿Dónde está eso?

—¿Cuál es tu secreto?

—¿Quieres saber por qué fui a un baile irlandés?

—De acuerdo. Lo preguntaré: ¿por qué fuiste a un baile irlandés?

—Porque me gustan las chicas irlandesas.

—¿Cualquier chica?

—No, me gustas tú.

—Sí, pero ¿y si no hubiera estado allí? ¿Habrías elegido a otra?

—No, si no hubieras estado allí, habría vuelto a casa muy triste y cabizbajo.

Eilis le contó que había sentido nostalgia y que el padre Flood la había inscrito en el curso para que se mantuviera ocupada, y que ahora estudiar por la noche la hacía feliz, o más feliz de lo que se había sentido hasta entonces desde que había dejado Irlanda.

—¿Yo no te hago sentir feliz? —Tony la miró, serio.

—Sí, sí que me haces sentir feliz —replicó ella.

Antes de que Tony pudiera hacerle más preguntas, pensó, que pudieran llevarla a decir que no lo conocía lo suficientemente bien para decir más cosas de él, empezó a hablarle de sus clases, de los demás estudiantes, de la contabilidad y la gestión de cuentas y del señor Rosenblum, el profesor de derecho. Él frunció el entrecejo y pareció preocupado cuando le explicó lo difíciles y complicadas que eran las clases. Después, cuando le contó lo que le había dicho el librero el día que había ido a Manhattan a comprar los libros de derecho, se quedó en silencio. Cuando llegó el café siguió sin decir palabra y se limitó a remover el azúcar, moviendo la cabeza con tristeza. Eilis no le había visto nunca así y se descubrió estudiando atentamente su rostro bajo esa luz, preguntándose cuánto tardaría en volver a ser él mismo y a sonreír y reír de nuevo. Pero al pedir la cuenta seguía serio y no dijo nada al salir del restaurante.

Más tarde, cuando empezaron a tocar música lenta y estaban bailando muy cerca el uno del otro, Eilis levantó la vista y vio su mirada. La expresión de su rostro seguía siendo seria, parecía menos cómico e infantil. Y cuando le sonrió, no tuvo la impresión de que fuera una broma o una forma de divertirse. Era una sonrisa cálida, sincera, que indicaba que era una persona estable, casi madura y que, le pasara lo que le pasase en aquel momento, iba en serio. Ella le devolvió la sonrisa y después bajó la vista y cerró los ojos. Estaba asustada.

Aquella noche quedaron en que él iría a buscarla el jueves a la escuela y la acompañaría a casa. Y nada más, prometió él. No quería, dijo, distraerla de sus estudios. La semana siguiente, cuando le preguntó si quería ir al cine el sábado, Eilis aceptó, pues todas sus compañeras de piso salvo Dolores, y algunas de las chicas del trabajo, iban a ir a ver *Cantando bajo la lluvia*, que acababan de estrenar. Incluso la señora Kehoe dijo que tenía intención de ir a ver la película con dos de sus amigas, de modo que se convirtió en un tema de conversación en la mesa de la cocina.

Pronto adquirieron un hábito. Cada jueves, Tony la esperaba a la entrada de la escuela o, discretamente, en el vestíbulo, si llovía, y la acompañaba a casa en el tranvía. Siempre estaba alegre, le contaba cosas sobre la gente para la que había trabajado desde la última vez que se habían visto y las diferentes inflexiones de voz que tenían según la edad o país de origen, cuando le explicaban las averías que tenían. Algunos, dijo, le agradecían tanto sus servicios que le daban generosas propinas, a menudo excesivas; otros, incluso los que habían atascado los desagües con sus propios desechos, le discutían la factura. Todos los administradores de fincas de Brooklyn, dijo, eran unos malvados, y cuando los administradores italianos descubrían que él también era italiano, era aún peor. Los irlandeses, sentía tener que decírselo, eran mezquinos y tacaños en cualquier circunstancia.

—Son realmente malos. Son endiabladamente tacaños, esos irlandeses —decía, y le sonreía.

Cada sábado la llevaba al cine; a menudo cogían el metro hasta Manhattan para ver una película recién estrenada. La primera vez, al ponerse en la cola de *Cantando bajo la lluvia*, Eilis descubrió que temía el momento en que el cine se quedara a oscuras y empezara la película. Le gustaba bailar con Tony, el modo en que se acercaban lentamente el uno al otro en los bailes lentos, y le gustaba que la acompañara a casa, y cómo esperaban a estar cerca de casa de la señora Kehoe, pero no demasiado, para que él la besara. Y que nunca, ni una sola vez, le hubiera hecho sentir que debía apartarle la mano o alejarse de él. Ahora, sin embargo, con su primera película juntos, creía que algo cambiaría entre ellos. Estuvo casi tentada de mencionarlo mientras estaban en la cola, para evitar situaciones desagradables una vez dentro, en la oscuridad. Quería decirle, con toda la despreocupación posible, que prefería ver la película a pasar dos horas acariciándose y besándose en el cine.

Después de adquirir las entradas Tony compró palomitas y, para sorpresa de Eilis, no la llevó a la parte de atrás del cine sino que le preguntó dónde quería sentarse y pareció alegrarse de que escogiera asientos del centro, desde donde verían bien la película. Aunque al cabo de un rato le pasó el brazo por los hombros y le susurró un par de veces al oído, no hizo nada más. Después, mientras esperaban el metro, estaba de tan buen humor y tan encantado con la película que Eilis sintió una enorme ternura por él y se preguntó si alguna vez descubriría en él algo desagradable. No tardó en ver, a medida que fueron con más regularidad al cine, que las películas tristes o las escenas duras podían sumirlo en el silencio y la melancolía, encerrarlo en un abatido ensueño del que costaba hacerlo salir. Y si ella le contaba algo triste, su rostro cambiaba, dejaba de hacer bromas y quería hablar sobre lo que le había contado. Nunca había conocido a nadie como él.

Le contó a Rose lo de Tony y envió la carta a la oficina, pero no lo mencionó en las cartas a su madre ni a sus hermanos. Intentó describirle Tony a su hermana, hablarle de lo considerado que era. Añadió que, como estaba estudiando, no tenía tiempo para salir con sus amigos o visitar a su familia, a pesar de que él la había invitado a comer con sus padres y hermanos.

Cuando Rose contestó, le preguntó cómo se ganaba la vida. Eilis lo había obviado deliberadamente en su carta porque sabía que Rose desearía que saliera con alguien que tuviera un trabajo en una oficina, que trabajara en un banco o una agencia de seguros. En la carta siguiente, enterró en medio de un párrafo el dato de que era fontanero, pero era consciente de que Rose repararía en ello y lo encasillaría.

Un viernes por la noche, al cabo de muy poco, al entrar en la sala parroquial, ambos de buen humor porque el lacerante frío se había suavizado momentáneamente y Tony había hablado del verano y de que podían ir a Coney Island, les recibió el padre Flood, que también parecía animado. Pero había algo extraño, pensó Eilis, en el rato que les dedicó y en su insistencia en que se tomaran un refresco con él, lo que le hizo suponer que Rose le había escrito y quería saber cómo era Tony.

Eilis se sintió casi orgullosa de la naturalidad del chico, sus buenos modales, la tranquilidad con que respondía al sacerdote, todo ello subrayado por su actitud de respeto, le dejó hablar y no dijo nada fuera de lugar. Rose, con toda seguridad, tenía una idea en la cabeza sobre cómo era un fontanero y su forma de hablar. Lo debía de imaginar algo rudo y torpe y debía de pensar que no sabía hablar correctamente. Decidió escribirle para decirle que no era así y que en Brooklyn no siempre era tan fácil adivinar el carácter de una persona por su trabajo, como en Enniscorthy.

Observó que Tony y el padre Flood hablaban de béisbol, y que Tony, inmerso en su acalorado entusiasmo por lo que estaba explicando, se había olvidado de que estaba hablando con un sacerdote y le interrumpía con una especie de jovial cordialidad y un apasionado desacuerdo respecto a un partido que ambos habían visto y un jugador del que Tony dijo que jamás perdonaría. Durante un rato parecieron olvidar por completo que ella se encontraba allí y, cuando finalmente cayeron en la cuenta, acordaron que la llevarían a ver un partido de béisbol en cuanto empezara la temporada, siempre y cuando ella les asegurara previamente que era una fan de los Dodgers.

Rose le escribió y comentó en su carta que el padre Flood le había dicho que le gustaba Tony, que parecía muy respetable, decente y educado, pero que seguía preocupándole que en su primer año en Brooklyn solo hubiera quedado con él y con nadie más. Eilis ni siquiera le había contado que se veía con él tres noches a la semana y que, debido a las clases, no tenía tiempo para nada más. Nunca salía con sus compañeras de piso, por ejemplo, lo que era un enorme alivio para ella. Pero como había visto todas las películas nuevas, siempre tenía algo de que hablar en la mesa. Cuando sus compañeras se habían acostumbrado a la idea de que salía con Tony, se abstuvieron de hacerle advertencias o aconsejarle. Tras leer la carta de Rose un par de veces, Eilis esperaba que su hermana hiciera lo mismo. Ahora casi lamentaba haber empezado a hablarle de Tony. En las cartas que escribía a su madre todavía no se lo había mencionado.

De un modo casi imperceptible, algunas chicas se iban y eran sustituidas discretamente, hasta que ella y unas pocas más pasaron a ser las dependientas con más experiencia y de confianza de la planta. Dos o tres veces a la semana compartía la pausa para comer con la señorita Fortini, a quien encontraba inteligente e interesante. Cuando le habló de Tony, la señorita Fortini suspiró y le dijo que ella también tenía un novio italiano que solo le daba problemas y que sería aún peor cuando empezara la temporada de béisbol y no quisiera hacer otra cosa que beber con sus amigos y hablar de los partidos sin mujeres a su alrededor. Cuando Eilis le dijo que Tony la había invitado a ir a un partido con él, ella suspiró y después rió.

—Sí, a mí Giovanni también me invitó, pero solo me dirigió la palabra durante el partido para pedirme que les llevara unos bocadillos a él y a sus amigos. Y casi me arrancó la nariz de un mordisco cuando le pregunté si los querían con mostaza. Lo estaba desconcentrando.

Cuando Eilis le describió Tony a la señorita Fortini, esta se interesó mucho por él.

—Espera un momento. ¿No te lleva a beber con sus amigos y te deja con las demás chicas?

—No.

—¿No está hablando continuamente de sí mismo, cuando no te cuenta lo fantástica que es su madre?

—No.

—Entonces agárralo bien, cariño. No hay dos como él. Puede que en Irlanda sí, pero aquí no.

Ambas rieron.

—Y bien, ¿qué es lo peor de él? —le preguntó la señorita Fortini.

Eilis pensó unos instantes.

—Me gustaría que fuera cinco centímetros más alto.

—¿Algo más?

Eilis volvió a pensar.

—No.

Cuando dieron las fechas de los exámenes, Eilis llegó a un acuerdo con Bartocci's y tuvo toda la semana libre. Empezó a concentrarse en el estudio, de modo que las seis semanas anteriores a los exámenes dejó de ir al cine con Tony los sábados por la noche; se quedaba en su habitación repasando los apuntes y leyendo, no sin dificultad, los libros de derecho, intentando memorizar los nombres de los casos más importantes del derecho mercantil y las implicaciones de los veredictos. A cambio le prometió a Tony que, en cuanto terminaran los exámenes, aceptaría su invitación e iría a conocer a sus padres y sus hermanos y comería con ellos en el piso familiar de la calle Setenta y dos de Bensonhurst. Además, Tony le dijo que compraría entradas para los partidos de los Dodgers y que había planeado llevarla con sus hermanos.

—¿Sabes lo que quiero realmente? —dijo—. Quiero que nuestros hijos sean seguidores de los Dodgers.

Tony estaba tan complacido y emocionado ante la idea que, pensó Eilis, no se percató de que a ella se le había helado el rostro. Estaba ansiosa por estar sola, lejos de él, para reflexionar sobre lo que le acababa de decir. Más tarde, tumbada en la cama y pensando en ello, se dio cuenta de que encajaba con todo lo demás; que últimamente había hecho planes para el verano y le había hablado de que pasarían mucho tiempo juntos. También últimamente, después de besarla, había empezado a decirle que la quería, y ella sabía que esperaba una respuesta; una respuesta que aún no le había dado.

Ahora se daba cuenta de que él pensaba que iban a casarse y tener hijos, y que estos serían seguidores de los Dodgers. Era tan ridículo, pensó, que no podía contárselo a nadie; no a Rose, desde luego, y a la señorita Fortini probablemente tampoco. Eso no era algo que él hubiera empezado a imaginar de repente; habían estado viéndose durante meses y ni una sola vez habían discutido o tenido un malentendido, salvo que su propósito de casarse con ella fuera un enorme malentendido.

Tony era considerado, interesante y apuesto. Sabía que ella le gustaba, no solo porque se lo había dicho sino por su forma de reaccionar y de escucharla cuando hablaba. Todo iba bien y, una vez acabados los exámenes, tenían ante si la ilusión del largo verano. Algunas veces, en el salón de baile o incluso en la calle, había visto a algún hombre que de algún modo la atraía, pero nunca había sido más que un fugaz pensamiento que sólo había durado unos segundos. La idea de volver a sentarse junto a la pared con sus compañeras de piso la horrorizaba. Pero sabía que la mente de Tony iba más deprisa que la suya y tendría que aminorar su marcha, aunque no tenía ni idea de cómo hacerlo sin mostrarse desagradable con él.

El siguiente viernes por la noche, cuando volvían abrazados a casa después del baile, Tony le susurró de nuevo que la amaba. Ella no contestó, él empezó a besarla y después volvió a susurrar que la amaba. Sin previo aviso, Eilis se encontró a sí misma apartándose de él. Cuando Tony le preguntó qué ocurría, ella no contestó. Que le hubiera dicho que la amaba y esperara una respuesta la asustaba, no quería aceptar que aquella sería toda su vida, una vida lejos de su hogar. Al llegar a casa de la señora Kehoe tras caminar en silencio, le agradeció la noche casi con formalidad y, evitando su mirada, le dio las buenas noches y entró.

Eilis sabía que lo que había hecho estaba mal, que él sufriría hasta que volviera a verla el jueves. Se preguntó si el sábado iría a verla, pero no se lo dijo. No se le ocurría ninguna buena razón para argumentar que quería verle menos. Quizá, pensó, debería decirle que no quería hablar de hijos cuando hacía tan poco que se conocían. Pero entonces quizá Tony le preguntara si no iba en serio con él y ella se viera forzada a contestar, a decir algo. Y si su respuesta no era alentadora para él, Eilis lo sabía, podía perderle. No era uno de aquellos a los que les divirte tener una novia que no estaba segura de hasta qué punto él le gusta. Lo conocía lo suficiente para saberlo.

Cuando bajaba la escalera el jueves siguiente, al salir de clase, lo vio sin ser vista, pues había un grupo de estudiantes arremolinados en la puerta. Se detuvo unos instantes y pensó que todavía no sabía qué iba a decirle. Dio media vuelta y subió cautelosamente hasta el primer descansillo, desde donde podría observarlo sin que él la viera. Si pudiera captar su esencia con claridad, pensó, cuando él no intentaba divertirla o impresionarla, quizá surgiría algo que la hiciera comprender, algo que la capacitara para tomar una decisión.

Descubrió un lugar estratégico desde el cual, salvo que él levantara directamente la vista hacia la izquierda, no podía verla. Era poco probable que mirara en aquella dirección, pensó, ya que parecía absorto en las idas y venidas de los estudiantes del vestíbulo. Al bajar la mirada, vio que no sonreía; aun así, parecía sentirse totalmente a gusto y lleno de curiosidad. Había algo indefenso en él, allí de pie se dio cuenta de que sus ganas de ser feliz, su entusiasmo, lo volvían extrañamente vulnerable. La palabra que le vino a la mente mientras lo observaba fue «fascinado». Le fascinaban las cosas, al igual que le fascinaba ella, y lo había dejado claro desde el primer momento. Pero ahora aquella fascinación parecía ir acompañada de una sombra, y, mientras seguía observándolo, Eilis se preguntó si esa sombra no sería ella misma, con su incertidumbre y su distancia, y no otra cosa. Comprendió que Tony se mostraba tal como era; no había otra cara en él. De repente, sintió un escalofrío de miedo y se volvió, bajó las escaleras hasta el vestíbulo y fue hacia él tan rápido como pudo.

Tony le habló de su trabajo, le contó una historia de dos hermanas judías que querían invitarlo comer y tenían preparada una espléndida comida para él cuando acabara de reparar el calentador, a pesar de que solo eran las tres de la tarde. Imitó su acento. Aunque hablaba como si no hubiera ocurrido nada entre ellos el viernes anterior, Eilis sabía que su charla rápida y divertida, historia tras historia, mientras se dirigían a la parada del tranvía, era inusual para un jueves por la noche y que, en parte, era una forma de fingir que no había habido ningún problema ni lo había ahora.

Cuando estaban cerca de su calle, Eilis se volvió hacia él.

—Tengo que decirte algo.

—Lo sé.

—¿Recuerdas que me dijiste que me querías?

Él asintió. Su rostro reflejaba tristeza.

—Bien, no sabía exactamente qué decir. Así que quizá debería decirte que he pensado en ti y me gustas, me gusta que nos veamos, me preocupo por ti y puede que también te quiera. Y la próxima vez que me digas que me amas, yo…

Eilis se detuvo.

—¿Tú qué?

—Yo también diré que te amo.

—¿Estás segura?

—Sí.

—¡Por los clavos de Cristo! Perdona mi vocabulario, pero creía que ibas a decirme que no querías volver a verme.

Eilis se quedó junto a él, mirándolo. Estaba temblando.

—No parece que sientas lo que dices —dijo él.

—Sí que lo siento.

—Bueno, ¿y por qué no sonríes?

Eilis vaciló y después sonrió débilmente.

—¿Puedo irme a casa ahora?

—No. Solo quiero ponerme a saltar. ¿Puedo?

—Con calma —dijo ella, riendo.

Él dio un salto agitando los brazos.

—Vamos a dejarlo claro —dijo, al volver junto a ella—. ¿Me amas?

—Sí. Pero no me preguntes nada más y no menciones que quieres niños que sean seguidores de los Dodgers.

—¿Qué? ¿Tú quieres hijos que sean fans de los Yankees? ¿O de los Red Sox?

Estaba riendo.

—¿Tony?

—¿Qué?

—No me presiones.

Tony la besó y le susurró al oído, y cuando llegaron a casa de la señora Kehoe volvió a besarla hasta que ella tuvo que decirle que parara o acabaría formándose un corro de curiosos a su alrededor. Dado que la noche siguiente ella tenía que estudiar y no podría ir al baile, quedaron en que se verían y darían un paseo, aunque solo fuera una vuelta a la manzana.

Los exámenes fueron más fáciles de lo que Eilis esperaba, incluso las preguntas de la prueba de derecho fueron fáciles y no requirieron más que conocimientos básicos. Cuando terminaron se sintió aliviada, pero también supo que ya no habría excusas cuando Tony quisiera hacer planes. Él fijó una fecha para que fuera a cenar a casa de sus padres. Eso la preocupó, pues creía que ya les había hablado demasiado de ella, y ahora comprendía que no iba a presentarla como a una simple amiga.

Ese día, al atardecer Tony pasó a recogerla con ánimo tranquilo. Todavía brillaba el sol y el aire era cálido, los niños jugaban en la calle y los mayores estaban sentados en sus porches. Era algo inimaginable en invierno y Eilis caminaba liviana y feliz.

—Tengo que hacerte una advertencia —dijo Tony—. Tengo un hermano pequeño que se llama Frank. Muy espabilado para sus ocho años. Es buen chico, pero no ha dejado de parlotear sobre todo lo que le va a decir a mi novia cuando la conozca. Es un gran bocazas. He intentado sobornarle para que se vaya a jugar a la pelota con sus amigos y mi padre le ha amenazado, pero dice que nadie va a pararlo. Cuando se haya explayado, te gustará.

—¿Qué va a decir?

—La cuestión es que no lo sabemos. Podría decir cualquier cosa.

—Parece un chico muy interesante —dijo Eilis.

—Oh, sí, y hay algo más.

—No me lo digas. Tienes una vieja abuela que se sienta en una esquina y que también quiere decir algo.

—No, la abuela está en Italia. El caso es que todos son italianos y tienen aspecto de italianos. Todos son muy morenos salvo yo.

—Y tú ¿de dónde saliste?

—Mi abuelo materno era como yo, al menos eso es lo que dicen, pero yo nunca lo he visto, ni mi padre tampoco, y mi madre no lo recuerda porque murió en la Primera Guerra Mundial.

—¿Tu padre cree que...? —Eilis empezó a reír.

—Es algo que saca de quicio a mi madre, pero mi padre no lo cree realmente, solo a veces, cuando hago algo raro, dice que debo de ser hijo de otra familia. Es una broma.

La familia de Tony vivía en el segundo piso de un edificio de tres plantas. A Eilis le sorprendió lo jóvenes que eran sus padres. Cuando aparecieron sus tres hermanos vio, tal como él le había dicho, que todos tenían el pelo negro y los ojos de un castaño muy oscuro. Los dos hermanos mayores eran mucho más altos que Tony. Frank se presentó a sí mismo como el pequeño. Su cabello, pensó ella, era sorprendentemente negro, al igual que sus ojos. A los otros dos se los presentaron como Laurence y Maurice.

Eilis se dio cuenta enseguida de que no debía comentar la diferencia entre Tony y el resto de su familia, pues imaginó que todos los que entraban en el apartamento y los veían a todos juntos por primera vez hacían numerosos comentarios al respecto. Simuló que ni siquiera lo había notado. En un principio supuso que la cocina era la primera estancia y que detrás estaban la sala y el comedor, pero después se percató de que una puerta llevaba a la habitación en la que dormían los chicos y otra al lavabo. No había más habitaciones. Vio que la pequeña mesa de la cocina estaba preparada para siete. Imaginó que detrás del dormitorio de los chicos estaba el cuarto en el que dormían los padres, pero en cuanto empezó a hablar con Frank, le explicó que sus padres dormían en una esquina de la cocina, en la cama que le mostró, recostada contra la pared y discretamente oculta.

—Frank, si no paras de hablar, te quedarás sin comer —dijo Tony.

Olía a comida y especias. Los dos hermanos medianos la observaban estudiando con atención, en silencio, incómodos. Eilis pensó que parecían estrellas de cine.

—Los irlandeses no nos caen bien —dijo de pronto Frank.

—¡Frank! —Su madre, que estaba junto al horno, fue hacia él.

—No nos caen bien, mamá. Tenemos que dejarlo claro. Una banda enorme de irlandeses le dio una paliza a Maurizio y tuvieron que ponerle puntos. Y los policías también eran irlandeses, por eso no hicieron nada.

—Francesco, cierra la boca —dijo su madre.

—Pregúntaselo —le dijo Frank a Eilis, señalando a Maurice.

—No todos eran irlandeses —dijo Maurice.

—Eran pelirrojos y tenían las piernas gruesas —dijo Frank.

—No le hagas caso —dijo Maurice—. Solo algunos lo eran.

El padre le dijo a Frank que lo acompañara a la entrada; cuando volvieron al poco rato, para regocijo de sus hermanos, Frank estaba convenientemente arrepentido.

El chico se sentó frente a Eilis y permaneció en silencio mientras llevaban la comida a la mesa y servían el vino. A Eilis le dio pena y se dio cuenta de lo mucho que se parecía a Tony en aquel momento; la sensación de abatimiento parecía afectarlo. El fin de semana anterior Diana le había enseñado a comer espaguetis correctamente utilizando solo el tenedor, pero lo que sirvieron no era tan fino y resbaladizo como la pasta que su compañera le había preparado. La salsa era simplemente roja, pero tenía una gama de sabores que no conocía. Era, pensó, casi dulce. Cada vez que la probaba tenía que detenerse y retenerla en la boca al tiempo que se preguntaba qué ingredientes contendría. Se preguntó si los demás, tan acostumbrados a aquella comida, procuraban no mirarla con excesiva atención ni hacer comentarios sobre sus intentos de comer solo con el tenedor, como ellos.

La madre de Tony, que a veces hablaba con un fuerte acento italiano, le preguntó por los exámenes y si tenía intención de quedarse otro año en la escuela. Eilis le dijo que era un curso de dos años, y que cuando acabara tendría el título de contable, podría trabajar en una oficina y dejar la planta de ventas. Mientras ella y la madre de Tony charlaban sobre el tema, ninguno de los chicos abrió la boca ni levantó la vista del plato. Eilis intentó cruzar su mirada con la de Frank y sonreírle, pero él no le devolvió la sonrisa. Entonces miró a Tony, pero también él estaba cabizbajo. Le dieron ganas de huir de aquella habitación y correr escaleras abajo hasta la calle, llegar al metro, después a su habitación y cerrar la puerta al mundo.

El plato principal era un bistec cubierto de una fina capa de rebozado. Al probarlo supo que también había queso y jamón. No pudo identificar el tipo de carne. Y el rebozado en sí mismo era tan crujiente y aromático que, una vez más, al paladearlo no supo decir con qué estaba hecho. No había guarnición de patatas o verduras, pero como Diana le había contado que aquello era normal entre los italianos, no se sorprendió. Le decía a la madre de Tony lo delicioso que estaba, procurando no dar a entender también que era extraño, cuando llamaron a la puerta. El padre de Tony fue a abrir y volvió negando con la cabeza y riendo.

—Antonio, te necesitan. En el número dieciocho tienen un desagüe atascado.

—Papá, es la hora de comer —replicó Tony.

—Es la señora Bruno. Nos cae bien —dijo su padre.

—A mí no me cae bien —intervino Frank.

—Cierra la boca, Francesco —le dijo su padre.

Tony se levantó y apartó la silla.

—Llévate el mono de trabajo y las herramientas —dijo su madre. Pronunció las palabras con cierta dificultad.

—No tardaré —le dijo Tony a Eilis—. Y si a él se le ocurre decir algo, me informas.

Señaló a Frank, que se echó a reír.

—Tony es el fontanero de esta calle —dijo Maurice, y explicó que él era mecánico y le llamaban cuando había que reparar coches, camionetas o motos, y que Laurence pronto sería carpintero titulado, así que cuando a la gente se le rompieran las sillas o las mesas, podrían llamarlo él.

—Pero Frankie, aquí presente, es el cerebro de la familia. Irá a la universidad.

—Solo si aprende a tener la boca cerrada —dijo Laurence.

—Los irlandeses que pegaron a Maurizio —dijo Frank como si no hubiera escuchado la conversación— se trasladaron a Long Island.

—Me alegro de que se fueran —replicó Eilis.

—Allí hay casas grandes y tienes tu propia habitación y no duermes en el mismo cuarto que tus hermanos.

—¿Eso no te gustaría? —preguntó Eilis.

—No —contestó él—. O puede que solo de vez en cuando.

Eilis se dio cuenta de que todos lo miraban cuando hablaba, y tuvo la sensación de que pensaban lo mismo que ella, que Frank era el chico más guapo que había visto en su vida. Mientras esperaba a que Tony volviera, tuvo que contenerse para no mirarlo demasiado.

Decidieron tomar el postre en ausencia de Tony. Era una especie de bizcocho, pensó Eilis, relleno de crema y empapado en algún licor. Y, mientras observaba cómo el padre de Tony desenroscaba un pequeño aparato y lo llenaba con agua y unas cucharadas de café, pensó que tendría mucho que contarles a sus compañeras de piso. Las tazas eran pequeñas y el café espeso y amargo, a pesar de la cucharada de azúcar que le puso. Aunque no le gustó intentó bebérselo, ya que los demás parecían encontrarlo normal.

Poco a poco la conversación se volvió más fluida, pero aun así Eilis tenía la sensación de estar expuesta y que escuchaban sus palabras con suma atención. Cuando le preguntaron por su hogar intentó decir lo menos posible, pero después le preocupó que creyeran que tenía algo que ocultar. Observó que Frank la miraba fijamente cada vez que hablaba, absorbiéndolo todo como si tuviera que memorizarlo. Al acabar de comer Tony no había vuelto todavía, y Laurence y Maurice dijeron que irían a rescatarlo de las garras de la señora Bruno y su hija. Los padres de Tony rechazaron el ofrecimiento de Eilis de ayudarles a quitar la mesa. Ahora parecían incómodos por la ausencia de Tony.

—Creía que volvería enseguida —dijo la madre—. Debía de ser algo serio. Es difícil decir que no a la gente.

Cuando los padres de Tony se alejaron de la mesa, Frank hizo un gesto a Eilis para que se acercara.

—¿Ya te ha llevado a Coney Island? —le susurró.

—No —respondió ella en voz baja.

—Llevó allí a su última novia y subieron a la noria, ella vomitó el perrito caliente y le echó la culpa a él. Después de aquel día ya no volvieron a salir. Tony estuvo un mes sin hablar.

—¿De verdad?

—Francesco, levántate y sal fuera —dijo su padre—. O ve a hacer los deberes. ¿Qué te estaba diciendo?

—Me estaba explicando que Coney Island es muy agradable en verano —dijo Eilis.

—Tiene razón, es muy agradable —dijo el padre—. ¿Tony no te ha llevado allí aún?

—No.

—Espero que lo haga pronto. Te gustará.

Eilis detectó una sonrisa en su rostro.

Frank los miraba con asombro porque, pensó Eilis, no le había contado a su padre lo que había dicho realmente. Cuando el padre se volvió, Eilis le hizo una mueca; el chico la miró estupefacto antes de corresponderle con otra mueca y salió de la habitación en el mismo momento en que Tony, embutido en su mono de trabajo, volvía con sus dos hermanos. Tony dejó las herramientas y mostró las manos: estaban sucísimas.

—Soy un santo —dijo, y sonrió.

Cuando Eilis le contó a la señorita Fortini que, ahora que empezaba a hacer buen tiempo, Tony iba a llevarla a la playa en Coney Island un domingo, la señorita Fortini expresó su alarma.

—Me parece que no has cuidado tu figura —dijo.

—Ya lo sé —replicó Eilis—. Y no tengo traje de baño.

—¡Italianos! —dijo la señorita Fortini—. En invierno no les preocupa, pero en verano, en la playa, tienes que presentar el mejor aspecto. Mi novio no va, a no ser que ya esté moreno.

La señorita Fortini dijo que tenía una amiga que trabajaba en una tienda donde vendían bañadores de buena calidad, mucho mejores que los que tenían en Bartocci's, y que llevaría algunos de muestra para que Eilis se los probara. Mientras tanto, le aconsejaba que empezara a vigilar su figura. Eilis intentó decirle que no creía que a Tony le preocupara mucho el bronceado o el aspecto que fuera a tener en la playa, pero la señorita Fortini la interrumpió diciendo que todos los hombres italianos se preocupaban por el aspecto que lucía su novia en la playa, sin importar lo perfecta que pudiera estar en otras ocasiones.

—En Irlanda la gente no te mira —dijo Eilis—. Sería de mala educación.

—En Italia sería de mala educación no mirar.

A finales de semana, la señorita Fortini se acercó a Eilis una la mañana para decirle que llevarían los bañadores aquella tarde y que se los podría probar después del trabajo, en el probador, cuando la tienda hubiera cerrado. Como al final de la jornada la tienda se llenaba, Eilis casi se había olvidado del bañador hasta que vio a la señorita Fortini rondándola con un paquete. Esperaron a que se fuera todo el mundo, entonces la encargada informó a seguridad de que se quedarían un rato más, que ella misma apagaría las luces y saldrían por una puerta lateral.

El primer bañador era negro y parecía de la talla correcta. Eilis descorrió las cortinas y salió del probador para que la señorita Fortini lo viera. Pareció que dudaba. Lo estudió atentamente, poniéndose una mano en la boca como si aquello la ayudara a concentrarse mejor y como para subrayar que hacer una elección adecuada era una cuestión de suma importancia. Después dio una vuelta alrededor de Eilis para inspeccionar cómo le quedaba por detrás y, acercándose, introdujo la mano bajo el firme elástico que sujetaba el bañador en la parte superior de los muslos. Tiró ligeramente del elástico hacia abajo y le dio un par de palmaditas en el trasero, la segunda vez dejando la mano allí unos segundos.

—Cielos, vas a tener que trabajar tu figura —dijo, mientras iba hacia el paquete y sacaba un segundo bañador, de color verde—. Creo que el negro es demasiado serio —continuó—. Si no tuvieras la piel tan blanca, te quedaría bien. Ahora pruébate este.

Eilis corrió la cortina y se puso el bañador verde. Oyó el zumbido de las fuertes luces que había sobre ella pero, salvo eso, solo percibió el silencio y el vacío de la tienda y la intensa y penetrante mirada de la señorita Fortini cuando apareció de nuevo ante ella. Sin decir nada, la señorita Fortini se arrodilló frente a ella y volvió a meter los dedos bajo el elástico.

—Tendrás que depilarte ahí abajo —dijo—. Si no, te pasarás el día de playa bajándote el elástico. ¿Tienes una buena maquinilla?

—Solo para las piernas —dijo Eilis.

—Bueno, tengo una que te servirá para ahí abajo también.

Todavía de rodillas, hizo girar a Eilis hasta que pudo verse a sí misma en el espejo y detrás de ella a la señorita Fortini, deslizando los dedos bajo el elástico, sus ojos fijos en lo que tenía delante. Eilis pensó que la señorita Fortini era plenamente consciente de que podía verla en el espejo; sintió cómo se sonrojaba mientras esta se ponía en pie y la miraba de frente.

—Me parece que estas tiras no están bien —dijo, y se acercó a Eilis para pasarle los brazos por debajo y soltarlas. Al hacerlo, la parte delantera del bañador se bajó y, por un momento, sus pechos quedaron al descubierto, hasta que Eilis subió de nuevo las tiras con ambas manos.

—¿Este tampoco me queda bien? —preguntó.

—No, pruébate los otros —dijo la señorita Fortini—. Ven y ponte este.

Parecía sugerir que no fuera tras la cortina, sino que se cambiara de bañador junto a la silla, mientras ella observaba. Eilis vaciló.

—Vamos, deprisa —dijo la señorita Fortini.

Eilis se cubrió el pecho mientras se bajaba el bañador y después se inclinó para quitárselo, mirando hacia la señorita Fortini para no sentirse tan expuesta. Alargó la mano para coger el bañador pero la señorita Fortini lo había cogido, así como el otro que todavía no se había probado, y los sostenía en el aire para examinarlos.

—Quizá debería ir detrás de la cortina —dijo Eilis—. Por si entra alguno de los hombres de seguridad.

Cogió los dos bañadores, se los llevó al probador y corrió la cortina. Era consciente de que la señorita Fortini la había observado atentamente mientras se movía. Esperaba que aquello acabara pronto y eligieran uno de los bañadores. También deseaba que la señorita Fortini no dijera nada más sobre afeitados.

Tras ponerse el siguiente bañador, que era de un rosa vivo, descorrió la cortina y salió de nuevo. La señorita Fortini parecía sumamente seria, y en su actitud y su forma de mirarla quedó claro algo que Eilis supo que no podría contarle nunca a nadie.

Permaneció en silencio con los brazos en los costados mientras la señorita Fortini comentaba el color del bañador, preguntándose si era demasiado vivo, y su forma, demasiado pasada de moda. Una vez más, mientras daba una vuelta a su alrededor, le tocó el elástico a la altura de los muslos y le deslizó la mano por el trasero, dándole una palmadita y pasando la mano allí durante unos segundos.

—Ahora pruébate el otro —dijo, quedándose junto a la cortina para impedir así que Eilis la cerrara.

Eilis se quitó el bañador lo más rápido que pudo y, en su apresuramiento por ponerse el último, empezó a tambalearse e introdujo el pie por el lugar equivocado. Tuvo que inclinarse para subirse el bañador y utilizó ambas manos para ponérselo correctamente. Nadie la había visto desnuda; no sabía qué opinión merecerían sus pechos, ni si el tamaño de los pezones o el color oscuro de la aréola eran normales o no. Pasó de sentirse acalorada por la incomodidad a estar casi helada. Sintió alivio cuando estuvo en pie con el bañador puesto, de nuevo bajo la escrutadora mirada de la señorita Fortini.

Eilis no veía ninguna diferencia entre los bañadores; simplemente, no quería ni el negro ni el rosa y, dado que los otros dos le quedaban bien y los colores no eran llamativos, cualquiera de ellos le valía. Así pues, cuando la señorita Fortini sugirió que se los volviera a probar todos antes de decidir, Eilis rehusó y dijo que se quedaría con uno de aquellos dos, que no le importaba cuál. La señorita Fortini dijo que por la mañana los devolvería todos con una nota a su amiga de la tienda y que a la hora de comer Eilis podría recoger el que hubiera elegido. Su amiga se aseguraría, dijo la señorita Fortini, de que le hicieran un buen descuento. En cuanto Eilis se vistió, la señorita Fortini apagó las luces de la tienda y salieron por una puerta lateral.

Eilis intentó comer menos, pero era duro para ella, porque no podía dormir cuando tenía hambre. Al mirarse en el espejo del lavabo no le pareció que estuviera demasiado gorda, y al probarse el bañador que había elegido, le preocupó mucho más la palidez de su piel.

Una tarde, al volver del trabajo, encontró un sobre para ella en la mesilla de la cocina. Era una carta oficial del Brooklyn College informándole de que había aprobado todos los exámenes de las asignaturas del primer curso y que podía ponerse en contacto con ellos si quería saber las notas. Esperaban, decía la carta, que volviera el siguiente curso, que empezaría en septiembre, y le daban las fechas de la matrícula.

Una tarde agradable decidió saltarse la cena y dar un paseo hasta la parroquia para enseñarle la carta al padre Flood. Dejó una nota a la señora Kehoe y, al salir a la calle, observó lo hermoso que era todo: los árboles cargados de hojas, la gente en la calle, los niños jugando, las luces de los edificios. Nunca se había sentido así en Brooklyn. La carta la había animado, le había dado una nueva libertad, y eso era algo que no se esperaba. Tenía ganas de enseñarle la carta al padre Flood, si estaba en casa, y luego, a Tony, cuando se vieran la noche siguiente, y después escribir a casa para dar la noticia. En un año tendría el título de contabilidad y empezaría a buscar un trabajo mejor. Dentro de poco la temperatura subiría y se volvería insoportable; después el calor se desvanecería y los árboles perderían las hojas y el invierno volvería a Brooklyn. Y este también se fundiría con la primavera y el principio del verano y sus soleadas tardes tras el trabajo, hasta que volviera a recibir, esperaba, una carta del Brooklyn College.

Mientras caminaba, soñando en cómo sería aquel año, imaginó la sonriente presencia de Tony, su atención, sus historias divertidas, sus abrazos en la esquina de alguna calle, el dulce aroma de su aliento al besarla, la sensación de su intensa concentración en ella, sus brazos rodeándola, su lengua en la boca. Tenía todo eso, pensó, y ahora, aquella carta, era mucho más de lo que había esperado conseguir cuando llegó a Brooklyn. Tuvo que contenerse y no sonreír mientras caminaba, para que la gente no creyera que estaba loca.

El padre Flood abrió la puerta con un montón de papeles en la mano. La hizo pasar a la sala delantera de la casa. Parecía preocupado al leer la carta, e incluso permaneció serio al devolvérsela.

—Eres maravillosa —dijo, grave—. No puedo decir más.

Eilis sonrió.

—La mayoría de la gente que viene a esta casa sin avisar necesita algo o tiene algún problema —dijo él—. Casi nunca recibo buenas noticias.

—He ahorrado algo de dinero —dijo Eilis— y podré pagar la matrícula del segundo curso, y cuando encuentre trabajo, podré devolverle el dinero de este curso.

—Lo ha pagado uno de mis parroquianos —contestó el padre Flood—. Necesitaba hacer algo por la humanidad y le pedí que pagara tu matrícula de este año; pronto le recordaré que tiene que pagar la del próximo. Le dije que era por una buena causa y eso hace que se sienta noble.

—¿Le dijo que era para mí? —preguntó Eilis.

—No. No le di detalles.

—¿Le dará las gracias de mi parte?

—Claro. ¿Cómo está Tony?

A Eilis le sorprendió la pregunta, lo natural y despreocupada que parecía, lo abiertamente que sugería que Tony era parte integrante de ella y no un problema o un intruso.

—Le va estupendamente —contestó.

—¿Te ha llevado ya a algún partido? —preguntó el sacerdote.

—No, pero amenaza constantemente con hacerlo. Le pregunté si jugaba el Wexford pero no pilló el chiste.

—Eilis, voy a darte un consejo —le dijo el padre Flood mientras abría la puerta y la acompañaba a la salida—. Nunca hagas bromas sobre ese deporte.

—Eso es lo que dijo Tony.

—Es un hombre cabal —dijo el padre Flood.

En cuanto le enseñó la carta a Tony, la noche siguiente, dijo que el domingo tenían que ir a celebrarlo a Coney Island.

—¿Champán? —preguntó ella.

—Agua de mar —replicó él—. Y después una gran comilona en Nathan's.

Eilis compró una toalla de playa en Bartocci's y un sombrero de sol a Diana, que ya no lo quería. Durante la cena, Diana y Patty enseñaron sus gafas de sol para la temporada, que habían comprado en Atlantic City, en el paseo marítimo.

—He leído en algún sitio —dijo la señora Kehoe— que pueden estropearte la vista.

—Oh, no me importa —dijo Diana—. A mí me parecen fantásticas.

—Y yo he leído —dijo Patty— que si este año vas a la playa sin ellas la gente hablara de ti.

La señorita McAdam y Sheila Heffernan se las probaron e, ignorando abiertamente a Dolores, se las pasaron a Eilis para que se las pusiera.

—Bueno, son muy elegantes, eso sí —dijo la señora Kehoe.

—Te vendo estas —le dijo Diana a Eilis—. El domingo puedo comprarme otras.

—¿En serio? —preguntó Eilis.

Al enterarse de que Eilis se había comprado un traje de bañador, insistieron en verlo. Cuando Eilis subió con él, se lo dio deliberadamente a Dolores para que lo sostuviera delante de ella.

—Eilis, tienes suerte de que el bañador te siente bien —dijo la señora Kehoe.

—Yo no puedo tomar el sol —dijo Dolores—. Me pongo toda colorada.

Patty y Diana se rieron.

El domingo por la mañana, cuando Tony fue a recogerla, pareció sorprendido por las gafas de sol.

—Voy a tener que atarte con una cuerda —dijo—. Todos los chicos de la playa querrán fugarse contigo.

La estación de metro estaba abarrotada de gente que iba a la playa y hubo gritos indignados cuando los dos primeros trenes pasaron sin detenerse. El aire era sofocante y la gente se daba empujones. Cuando finalmente un tren se detuvo, no había espacio para nadie más, y aun así todo el mundo se agolpó en los compartimentos, riendo, gritando y pidiendo a los que estaban dentro que se apartaran para hacerles sitio. Cuando ella y Tony, que llevaba una sombrilla plegable y una bolsa, llegaron a una puerta, ya no quedaba espacio en el tren. Eilis se quedó pasmada cuando Tony, cogiéndola de la mano, empezó a empujar a la gente y hacer sitio para ambos antes de que se cerraran las puertas.

—¿Cuánto tiempo se tarda? —preguntó.

—Una hora, quizá más, depende de las paradas que haga. Pero anímate, piensa en las grandes olas.

Cuando por fin llegaron a playa, estaba casi tan abarrotada como el tren. Eilis observó que Tony no había perdido una sola vez la sonrisa durante el viaje, a pesar de que un hombre le había aplastado deliberadamente contra la puerta, animado por su esposa. Ahora, al observar a la muchedumbre en la playa, donde no quedaba espacio para los recién llegados, le transmitía la impresión de que la habían puesto allí para su diversión. Recorrieron el paseo, pero la única solución era ocupar un diminuto espacio que estaba libre y ver si, con su propia presencia, podían agrandarlo para que ambos pudieran sacar sus cosas y tumbarse al sol.

Diana y Patty habían advertido a Eilis que en Italia nadie se cambiaba en la playa. Los italianos habían introducido en Estados Unidos la costumbre de ponerse el bañador bajo la ropa antes de salir de casa, sustituyendo así la costumbre irlandesa de cambiarse en la playa, lo cual, había dicho Diana, era poco elegante y digno, cuando menos. Eilis no sabía si estaban bromeando, así que quiso confirmarlo preguntándoselo a la señorita Fortini, que le aseguró que era cierto. La señorita Fortini también insistió en que debía perder más peso; además, le dio una pequeña maquinilla rosa y le dijo que no tenía que devolvérsela. A pesar de tales preparativos, quitarse la ropa y quedarse en bañador delante de Tony la ponía nerviosa; sus esfuerzos por aparentar que no ocurría nada hicieron que se sintiera aún más incómoda. Se preguntó si Tony notaría que se había depilado, y le pareció que estaba demasiado blanca y que tenía los mulsos y el trasero demasiado gordos.

Tony se quedó en bañador inmediatamente, y Eilis se alegró al ver que miraba despreocupadamente a la gente mientras ella se retorcía para quitarse la ropa. En cuanto estuvo lista, Tony quiso meterse en el agua. Se puso de acuerdo con la familia que estaba al lado para que les vigilara sus pertenencias y se abrieron camino a través de la multitud hasta la orilla. Eilis rió al ver que Tony retrocedía por el frío; el agua, comparada con la del mar de Irlanda, le parecía bastante caliente. Se metió dentro mientras él la seguía a marchas forzadas.

Eilis empezó a nadar mar adentro, pero Tony se quedó de pie con el agua a la altura de la cintura, con aire indefenso y, cuando ella le hizo un gesto para que la siguiera, gritándole que no fuera un crío, él le dijo que no sabía nadar. Eilis dio una brazada suave hacia él y entonces, al ver lo que hacían las parejas que estaban a su alrededor, empezó a entender cuál era su plan. Al parecer, quería que ambos se quedaran con el agua a la altura del cuello, abrazados, esperando a que las olas se estrellaran contra ellos. Cuando lo abrazó, él la agarró para que no escapara fácilmente y Eilis sintió la erección de su pene contra ella, lo que hizo que él sonriera aún más; cuando Tony quiso acariciarle las nalgas con las manos, ella se alejó nadando. Por un momento, se le pasó por la cabeza contarle quién era la última persona que le había tocado el trasero. Pensar en su reacción la hizo reír tanto que dio una fuerte brazada de espalda, haciéndole notar, esperaba, que sus manos se estaban tomando demasiadas libertades bajo el agua.

Se pasaron todo el día yendo de la arena al mar. Eilis se puso el sombrero y Tony abrió la sombrilla para evitar las quemaduras de sol, y también sacó la comida que su madre le había preparado, con termo de limonada helada incluido. Las pocas veces que Eilis se adentró sola en el mar notó que las olas tenían más fuerza que en las playas que conocía, no tanto por la forma en que rompían como por la fuerza con que la arrastraban hacia dentro. Comprendió que debía ir con cuidado y no adentrarse demasiado en aquellas aguas desconocidas. Vio que a Tony le daba miedo el agua y que detestaba que se alejara de él. Cada vez que volvía, quería que lo abrazara del cuello y la levantaba para que ella le rodeara el cuerpo con las piernas. Cuando la besaba y echaba la cabeza hacia atrás para mirarla, no le daba la impresión que su erección le hiciera sentirse incómodo, sino orgulloso. Le sonreía como un niño; ella, a su vez, sintiendo una gran ternura hacia él, le besaba apasionadamente entre sus brazos. Cuando el día fue llegando a su fin, eran prácticamente los únicos que seguían en el agua.

Un día Eilis se quejó del calor que hacía en el trabajo y le contestaron que aquello era solo el principio, pero la señorita Fortini le dijo que el señor Bartocci no tardaría en encender el aire acondicionado y que pronto la tienda se llenaría de clientes en busca de alivio contra el calor. Su trabajo, le dijo la señorita Fortini, era hacer que todos compraran algo.

Eilis no tardó en desear ir a trabajar y, cuando se despertaba en plena noche empapada en sudor, anhelaba el aire acondicionado de Bartocci's. Por las tardes la señora Kehoe colocaba unas sillas delante de la casa y se sentaban en ellas abanicándose incluso a la sombra, a veces aun después de que anocheciera. Uno de los días que Eilis tenía la tarde libre, también Tony se tomó medio día, y fueron a Coney Island y volvieron tarde. Siempre que Eilis le preguntaba si podían subirse a la enorme noria o a alguna de las atracciones, él se negaba y se las arreglaba para encontrar una excusa para no hacerlo. En ningún momento le dio el menor indicio de que había perdido a su anterior novia por haberla llevado a la noria. A Eilis le fascinaba aquello, la facilidad, la naturalidad con que evitaba ir allí, su dulce impostura al no dar indicios de lo que había ocurrido anteriormente. Casi se alegró de saber que tenía secretos y formas serenas de guardarlos para sí mismo.

A medida que el verano fue avanzando, Tony no supo hablar de otra cosa que no fuera béisbol. Los nombres de los que le hablaba —Jackie Robinson y Pee Wee Reese y Preacher Roe— eran los que Eilis oía en el trabajo y leía en los periódicos. Incluso la señora Kehoe hablaba de aquellos jugadores como si los conociera. El año anterior había ido a casa de su amiga la señorita Scanlan a ver un partido por televisión y, dado que era seguidora de los Dodgers, como le decía a todo el mundo, tenía la intención de volver a hacerlo si la señorita Scanlan, que también era seguidora de los Dodgers, la invitaba.

Durante un tiempo, Eilis tuvo la sensación de que nadie hablaba de nada más que de derrotar a los Giants. Tony le dijo con auténtica emoción que había reservado entradas en el Ebbets Field, no solo para él y Eilis, sino también para sus tres hermanos, y que iba a ser el mejor día de sus vidas porque se vengarían de lo que Bobby Thomson les había hecho la temporada anterior. Por la calle, no era el único que imitaba a sus jugadores favoritos y hablaba a gritos sobre las esperanzas que tenía depositadas en ellos.

Eilis intentó hablarle del equipo de *hurling* de Wexford y su derrota ante el Tipperary, y de cómo sus hermanos y su padre solían pegarse a la vieja radiogramola de la sala los domingos de verano, incluso cuando el Wexford no jugaba. Cuando Tony empezó a imitar a los comentaristas y describir partidos imaginarios, Eilis le dijo que su hermano Jack hacía lo mismo.

—Un momento —dijo él—. ¿En Irlanda se juega al béisbol?

—No, al *hurling*.

Tony pareció perplejo.

—¿Así que no es béisbol?

Su rostro mostró desengaño, y después una especie de exasperación.

Una noche, en la sala parroquial, cuando la banda, que había estado tocando swing, empezó a tocar una canción que Tony reconoció, se puso como loco, al igual que muchos de los que lo rodeaban.

—Es la canción de Jackie Robinson —gritó. Empezó a balancear un bate imaginario—. Están tocando «Did You See Jackie Robinson Hit That Ball?».

En cuanto volvió a las clases en el Brooklyn College, el furor por el béisbol fue a peor. Lo que a Eilis le sorprendía era no haber notado nada el año anterior, a pesar de que debía haberla rodeado con la misma intensidad. Ahora había regresado a su rutina de quedar con Tony los jueves por la noche después de clase, los viernes por la noche en el baile de la parroquia y los sábados para ir al cine, y él no hablaba de otra cosa más que de lo perfecto que sería aquel año para él si ambos podían estar juntos, y si Laurence, Maurice y Frankie también podían estar con ellos, y si los Dodgers podían ganar la World Series. Para gran alivio de Eilis, no volvió a mencionar ni una sola vez lo de tener hijos seguidores de los Dodgers.

Eilis y los cuatro hermanos se abrieron paso entre la multitud que se dirigía al Ebbets Field. Habían ido con tiempo de sobra para detenerse a charlar con quien tuviera noticias de los jugadores y opiniones sobre cómo iría el partido, para comprar perritos calientes y refrescos y quedarse un rato fuera, entre la muchedumbre. Poco a poco, las diferencias entre los hermanos se hicieron más evidentes para Eilis. Aunque Maurice sonreía y parecía afable, no hablaba con desconocidos y se mantenía aparte cuando sus hermanos lo hacían. Tony y Frank estaban siempre juntos, Frank ansioso por conocer la última opinión de Tony. Laurence parecía saber más que ninguno sobre el juego y podía rebatir fácilmente algunas de las afirmaciones de Tony. Eilis rió al ver cómo la mirada de Frank iba de Tony a Laurence mientras discutían sobre las cualidades del Ebbets Field; Laurence insistiendo en que era demasiado pequeño y pasado de moda y que tendrían que trasladarlo, Tony replicando que jamás lo trasladarían a otro sitio. Los ojos de Frank iban de un hermano a otro a toda velocidad; parecía perplejo. Maurice no intervino en ningún momento en la discusión, pero logró hacerlos avanzar hacia el campo, advirtiéndoles que iban demasiado despacio.

Cuando encontraron sus asientos, colocaron a Eilis en medio, entre Tony y Maurice, Laurence a la izquierda de Tony y Frank a la derecha de Maurice.

—Mamá nos ha dicho que no te dejáramos en un extremo —le dijo Frank.

Aunque Tony y sus compañeras de casa le habían explicado las reglas del juego y el béisbol se parecía al *rounders*, al que había jugado en casa con sus hermanos y amigos, Eilis seguía sin saber qué esperar porque el *rounders*, pensaba, era divertido pero no tenía la misma emoción que el *hurling* o el rugby. La noche anterior, en casa de la señora Kehoe, la señorita McAdam había insistido en que era el mejor deporte del mundo, pero a las demás les parecía demasiado lento y con demasiadas interrupciones. Diana y Patty estaban de acuerdo en que lo mejor era salir a comprar perritos calientes, refrescos y cervezas, y comprobar que no había ocurrido nada importante durante su ausencia, a pesar del griterío y los vítores.

—La última vez nos lo robaron, es lo único que tengo que decir —dijo la señora Kehoe—. Fue un momento muy amargo.

Aún faltaba media hora para el inicio del partido, pero todos los que les rodeaban se comportaban como si estuviera a punto de empezar. Eilis vio que Tony había perdido todo interés por ella. Normalmente era atento, le sonreía, le hacía preguntas, la escuchaba, le contaba historias. Ahora, acalorado por la emoción, no lograba desempeñar su papel de novio amable y considerado. Charlaba un rato con las personas que tenía detrás y después le explicaba a Frank lo que habían comentado, ignorándola por completo mientras se inclinaba sobre ella para hacerse oír. No podía estarse quieto, se levantaba y sentaba a cada momento y estiraba el cuello para ver qué ocurría detrás. Mientras tanto Maurice leía atentamente el programa que había comprado y ofrecía regularmente a Eilis y sus tres hermanos las pequeñas perlas informativas que había averiguado. Parecía preocupado.

—Si perdemos este partido, Tony se pondrá como loco —le dijo—. Y si ganamos, aún se volverá más loco, y Frankie igual.

—Entonces, ¿qué es mejor? —preguntó Eilis—. ¿Ganar o perder?

—Ganar —replicó él.

Tony y Frank fueron a buscar más perritos calientes, cervezas y refrescos.

—Guardadnos los asientos —dijo Tony, y sonrió.

—Sí, guardadnos los asientos —repitió Frank.

Cuando los jugadores salieron por fin, los cuatro hermanos saltaron de sus asientos y compitieron entre ellos para identificarlos, pero casi inmediatamente ocurrió algo que pareció desagradar a Tony, que se sentó de nuevo, descorazonado. Cogió de la mano a Eilis un instante.

—Todos están contra nosotros —dijo.

Pero en cuanto empezó el partido se embarcó en una crónica ininterrumpida que alcanzaba su clímax cada vez que había un poco de acción. Algunas veces, cuando se quedaba en silencio, Frank le sustituía y les llamaba la atención sobre algo, pero entonces Maurice, que observaba cada segundo sin apenas hablar, con una pausada y reflexiva intensidad, le mandaba callar. Aun así, Eilis tenía la sensación de que Maurice estaba más implicado y emocionado que Tony, con sus gritos, vítores, zalamerías y alaridos.

Eilis no podía seguir el juego, no entendía cómo se hacía un tanto o cuándo un golpe era bueno o no, ni podía identificar quién era quien. El juego era tan lento como habían dicho Patty y Diana. Sin embargo, sabía que no debía ir al lavabo porque era posible que el momento en el que anunciara su marcha podía ser justo el que nadie querría que se perdiera.

Mientras miraba en silencio el partido, intentando entender sus complicados rituales, se dio cuenta de que Tony, a pesar de su constante agitación, de sus gritos a Frank para que prestara atención y de sus vítores seguidos de manifestaciones de pura desesperación, no lograba irritarla ni una sola vez. Le pareció extraño y, con el rabillo del ojo y algunas veces directamente, empezó a observarlo; se fijó en lo divertido que era, en su viveza, en su elegancia, en lo atento que estaba a todo. También empezó a apreciar lo mucho que se divertía, incluso más que sus hermanos, de forma más abierta, con más humor y un placer contagioso. No le importaba, de hecho casi le divertía que no le prestara atención y que dejara que fuera Maurice quien le explicara, cuando podía, lo que ocurría.

Tony estaba tan absorto en el juego que eso le dio la oportunidad de dejar que sus pensamientos se perdieran en él, fluyeran hacia él, y percibió lo diferente que era de ella en todos los sentidos. La idea de que él nunca la vería como ella sentía que lo estaba viendo en ese momento era un enorme alivio, una solución satisfactoria. Su agitación y la agitación de la multitud era tan contagiosa que empezó a fingir que podía seguir lo que estaba ocurriendo. Animaba a los Dodgers tanto como todos los que la rodeaban y seguía los ojos de Tony, mirando hacia donde él le indicaba, y se sentaba en silencio con él cuando el equipo parecía estar perdiendo.

Finalmente, tras casi dos horas, todo el mundo se levantó. Eilis quedó con Tony y Frank en que después de ir al lavabo se encontraría con ellos en la cola del puesto de perritos calientes más cercano a sus asientos. Como ahora tenía sed y, al encontrarlos al principio de la cola, sintió que quería integrarse en todo aquello, también pidió cerveza, la primera de su vida, e intentó poner la mostaza y el ketchup en el perrito caliente con la misma pompa que Tony y Frank. Cuando volvieron a sus asientos, el partido ya había empezado de nuevo. Le preguntó a Maurice si de verdad estaban a mitad del partido y él le explicó que en el béisbol no había media parte; se hacía un descanso después de la séptima entrada, casi al final, y era más bien una pausa, un *stretch*, lo llamaban. Se dio cuenta de que Maurice era el único de los cuatro hermanos consciente de su profunda ignorancia respecto al béisbol. Se volvió a sentar y sonrió para sí al pensar en ello, en lo extraño que era, en lo poco que parecía importarle incluso en los momentos en los que encontraba totalmente desconcertante lo que ocurría en el campo. Lo único que sabía era que, una vez más, la suerte y el éxito, por una razón u otra, rehuía a los Brooklyn Dodgers.

Como Eilis había pasado el día de Acción de Gracias con la familia de Tony, la madre de este había imaginado que también iría por Navidad; cuando ella declinó la invitación, pareció casi ofendida, y preguntó si la comida no era de su gusto. Eilis le explicó que no podía dejar en la estacada al padre Flood y que iba a ayudar en la parroquia un año más. Tony y su madre le dijeron varias veces que alguien podría sustituirla y hacer su trabajo, pero ella se mantuvo firme. El hecho de que creyeran que se trataba de un acto de caridad desinteresado, cuando ella sabía que estaría más a gusto trabajando en la parroquia que pasando un largo día y una cena la noche anterior en el pequeño apartamento con Tony y su familia, hacía que se sintiera ligeramente culpable. Los quería, a todos ellos, y encontraba intrigantes las diferencias entre los cuatro hermanos, pero en ocasiones le producía más placer estar sola tras una comida o una cena con ellos que la comida en sí misma.

Los días posteriores a la Navidad quedó con Tony cada tarde. Una de aquellas tardes Tony le explicó a grandes rasgos los planes que tenían; Maurice, Laurence y él habían comprado a muy buen precio un terreno en Long Island e iban a construir en él. Requeriría tiempo, dijo, quizá un año o dos, porque estaba bastante lejos de la zona urbanizada y no era más que un solar. Pero ellos sabían que los servicios llegarían pronto. Lo que ahora estaba vacío, dijo, en pocos años tendría calles asfaltadas, agua corriente y electricidad. En su terreno había espacio suficiente para cinco casas, con sus respectivos jardines. Maurice iba a clases nocturnas de ingeniería de costes, y él y Laurence podrían hacer los trabajos de fontanería y carpintería.

La primera casa, le dijo, sería para la familia; su madre anhelaba tener jardín y una verdadera casa en propiedad. Y después, añadió, construirían tres casas más y las venderían. Pero Maurice y Laurence le habían preguntado si querría la quinta casa y él había contestado que sí, y ahora le preguntaba a ella si le gustaría vivir en Long Island. Estaba cerca del mar, dijo, y no muy lejos de la estación de ferrocarril. Pero aún no quería llevarla allí porque era invierno y porque era un descampado sombrío en el que no había más que desechos y maleza. La casa sería suya, continuó, podrían proyectarla ellos mismos.

Eilis lo miró atentamente porque sabía que aquella era su forma no solo de pedirle que se casara con él, sino de sugerir que habían acordado tácitamente su matrimonio. Lo que le estaba mostrando ahora eran los detalles de cómo vivirían, la vida que podía ofrecerle. Con el tiempo, dijo, él y sus dos hermanos crearían una empresa y construirían casas. Estaban ahorrando dinero y haciendo planes, pero con sus aptitudes y disponiendo ya de su primer terreno no tardarían mucho, y eso significaba que pronto todos ellos vivirían mucho mejor. Eilis no contestó nada. Casi estaba a punto de llorar por lo que le estaba proponiendo, por el sentido práctico con que hablaba, y lo serio y sincero que era. No quería decirle que se lo pensaría porque sabía cómo sonaría. Lo que hizo fue asentir y sonreír, alargó los brazos, le cogió las manos y lo atrajo hacia ella.

Volvió a escribir a Rose al trabajo y le contó lo lejos que habían llegado las cosas; intentó describirle a Tony, pero era difícil hacerlo sin que pareciera demasiado infantil o tonto o atolondrado. Le explicó que jamás hablaba con ordinariez ni blasfemaba, porque pensó que era importante que Rose supiera que no se parecía en nada a la gente de su tierra, que aquel era un mundo diferente y que en ese mundo Tony brillaba a pesar de que su familia viviera en dos habitaciones o que trabajara con las manos. Rompió la carta varias veces; parecía que estuviera intercediendo por él en lugar de limitarse a explicar que era especial y que no estaba con él únicamente porque era el primer hombre que había conocido.

Sin embargo, en las cartas dirigidas a su madre, no había mencionado ni una sola vez a Tony; aunque le había descrito Coney Island y el partido de béisbol, solo había dicho que había ido con unos amigos. Ahora se decía que ojalá hubiera hecho una o dos alusiones casuales a él seis meses atrás, para que ahora no supusiera una gran sorpresa; pero como cada vez que intentaba hablar de Tony en las cartas le resultaba imposible hacerlo sin escribir un párrafo entero sobre él y, dónde le había conocido y cómo era, se encontró posponiéndolo una y otra vez.

La respuesta de Rose fue una carta fue breve. Era evidente que había vuelto a tener noticias del padre Flood. Rose decía que Tony parecía muy agradable y que, dado que ambos eran muy jóvenes, no había necesidad de tomar decisiones y que las mejores noticias eran que el próximo verano Eilis tendría el título de contabilidad y podría empezar a buscar trabajo. Imaginaba, escribió, que estaría deseando dejar la tienda y trabajar en una oficina, lo que no solo estaría mejor pagado sino que sería más descansado para sus piernas.

En Bartocci's todo el mundo se había acostumbrado a los clientes de color y a Eilis la habían cambiado de mostrador varias veces. Como la señorita Fortini les había dicho a los Bartocci que Eilis había aprobado los exámenes y estaba en el último curso, y la señorita Bartocci le había comunicado que si quedaba algún puesto libre como contable subalterno, incluso antes de que ella obtuviera el título, la tendrían en cuenta.

El segundo curso fue más sencillo porque Eilis ya no temía tanto lo que pudiera salir en el examen. Como se había leído los libros de derecho y tomado apuntes, podía seguir la mayor parte de lo que explicaba el señor Rosenblum. Pero intentaba no perderse clases y no quedar con Tony excepto los jueves, cuando la acompañaba a casa, los viernes, día en que iban juntos al baile de la parroquia, y los sábados, en que iban a cenar y al cine. Incluso cuando el invierno empezó a descender sobre Brooklyn disfrutaba de su habitación y su rutina diaria, y al llegar la primavera empezó a estudiar todas las noches al volver de clase y también los domingos, para estar segura de aprobar los exámenes.

Eilis encontraba el trabajo de la tienda aburrido y cansado, y el tiempo pasaba despacio sobre todo los primeros días de la semana, en los que había menos trabajo. Pero la señorita Fortini estaba siempre vigilante y notaba si alguien se tomaba un descanso que no debía, o llegaba tarde, o no parecía dispuesto a atender al siguiente cliente. Eilis cuidaba su actitud y prestaba atención por si algún cliente la necesitaba. Vio que el tiempo pasaba más despacio si miraba a menudo el reloj o pensaba en ello, de manera que aprendió a ser paciente y, después, cuando acababa de trabajar y salía de la tienda cada día, se las arreglaba para apartarlo completamente de su mente y disfrutar de la libertad.

Una tarde vio entrar al padre Flood en la tienda, pero no le dio importancia. Aunque no le había visto allí desde el día que los Bartocci le habían llamado, sabía que era amigo del señor Bartocci y que podía tener asuntos que tratar con él. Observó que primero hablaba con la señorita Fortini y luego miraba hacia ella y hacía gesto de acercársele, pero que, tras intercambiar unas palabras con la señorita Fortini, ambos se encaminaban a las oficinas. Atendió a un cliente y después, al ver que alguien había dejado unas blusas desdobladas, fue hacia donde estaba y las puso en su sitio cuidadosamente. Cuando se volvió vio que la señorita Fortini se dirigía hacia ella, y algo en la expresión de su rostro la impulsó a apartarse de ella, alejarse rápidamente como si no la hubiera visto.

—¿Te importaría venir un momento a la oficina? —dijo la señorita Fortini.

Eilis se preguntó si habría hecho algo mal, si alguien la habría acusado de algo.

—¿Qué pasa? —preguntó.

—No puedo decírtelo —contestó la señorita Fortini—. Es mejor que vengas conmigo.

Por la forma en que la señorita Fortini se volvió y empezó a caminar rápidamente delante de ella sintió con mayor intensidad aún que había hecho algo malo que no se había sabido hasta entonces. Cuando salieron de la planta y caminaron por el pasillo, se detuvo.

—Lo siento —dijo—, pero tendrá que decirme qué pasa.

—No puedo decírtelo —dijo la señorita Fortini.

—¿No puede darme una idea?

—Es algo sobre tu familia.

—¿Algo o alguien?

—Alguien.

Eilis pensó al instante que su madre podía haber sufrido un ataque al corazón o caído por las escaleras, o que alguno de sus hermanos había tenido un accidente en Birmingham.

—¿Quién? —preguntó.

En lugar de contestar, la señorita Fortini siguió caminando delante de ella hasta que llegó a una puerta al final del pasillo y la abrió. Se apartó y dejó pasar a Eilis. Era una habitación pequeña. El padre Flood estaba sentado solo en una silla. Tras levantarse, vacilante, indicó a la señorita Fortini que los dejara.

—Eilis —dijo—. Eilis.

—Sí. ¿Qué pasa?

—Es Rose.

—¿Qué le pasa?

—Tu madre la ha encontrado muerta esta mañana.

Eilis no dijo nada.

—Debe de haber muerto mientras dormía —dijo el padre Flood.

—¿Muerto mientras dormía? —preguntó Eilis, repasando mentalmente cuándo había tenido noticias por última vez de Rose o de su madre y de si había algún indicio de que algo fuera mal.

—No —dijo él—. Ha sido algo inesperado. El día anterior había ido a jugar al golf y estaba en plena forma. Ha muerto mientras dormía, Eilis.

—¿Y mi madre la ha encontrado?

—Sí.

—¿Los demás lo saben?

—Sí, y ya van de camino a casa en el barco de correos. Esta noche es el velatorio.

Eilis se preguntó si había alguna forma de volver a la tienda y evitar que aquello hubiera pasado, o evitar que él se lo dijera. En medio de aquel silencio, estuvo a punto de pedirle al padre Flood que se fuera y no volviera a ir a la tienda de aquel modo, pero enseguida se dio cuenta de lo estúpido que era tal pensamiento. Él estaba allí. Ella había oído lo que había dicho. No podía volver atrás en el tiempo.

—Lo he organizado todo para que tu madre vaya esta noche a la vicaría de Enniscorthy; la llamaremos desde la parroquia.

—¿Le ha llamado uno de los clérigos?

—El padre Quaid —dijo él.

—¿Están seguros? —preguntó Eilis, pero después alargó rápidamente la mano para que no le contestara—. Me refiero a que si ha sucedido hoy.

—Esta mañana en Irlanda.

—No puedo creerlo —dijo Eilis—. Es tan repentino.

—Ya he hablado con Franco Bartocci por teléfono y me ha dicho que te lleve a casa. También he hablado con la señora Kehoe y, si me das la dirección de Tony, le mandaré recado y se lo haré saber.

—¿Qué va a pasar ahora? —preguntó Eilis.

—El funeral será pasado mañana —replicó el padre Flood.

Fue la suavidad de su voz, la cauta forma de evitar su mirada lo que hizo que estallara en llanto. Y cuando él sacó un gran e inmaculado pañuelo que evidentemente tenía preparado en el bolsillo, se puso histérica y le empujó.

—¿Por qué he tenido que venir aquí? —preguntó, aunque sabía que él lo entendería porque estaba sollozando demasiado. Cogió el pañuelo y se sonó la nariz—. ¿Por qué he tenido que venir aquí? —volvió a preguntar.

—Rose quería que tuvieras una vida mejor —replicó él—. Ella solo hizo lo mejor.

—Y ahora no volveré a verla nunca.

—Estaba encantada de lo bien que te iba.

—No volveré a verla nunca. ¿No es así?

—Es muy triste, Eilis. Pero ahora está en el cielo. Es en eso en lo que deberíamos pensar. Y cuidará de ti. Y todos tenemos que rezar por tu madre y por el alma de Rose, y sabes, Eilis, que debemos recordar que los caminos de Dios son inescrutables.

—Ojalá no hubiera venido nunca aquí.

Empezó a llorar de nuevo sin parar de repetir «Ojalá no hubiera venido nunca aquí».

—Tengo el coche aparcado fuera, podemos ir a la parroquia. Sabes que te hará bien hablar con tu madre.

—No he oído su voz desde que me fui —dijo Eilis—. Solo nos hemos escrito. Es horrible que la primera vez que la llame sea en estas circunstancias.

—Lo sé, Eilis, y ella sentirá lo mismo. El padre Quaid ha dicho que iría a buscarla y la llevaría en coche a su vicaría. Supongo que está conmocionada.

—¿Qué voy a decirle?

La voz de su madre era vacilante al principio; parecía estar hablando consigo misma y Eilis tuvo que interrumpirla para decirle que no la oía.

—¿Puedes oírme ahora? —preguntó su madre.

—Sí, mamá. Ahora mucho mejor.

—Es como si estuviera dormida, igual que esta mañana —dijo su madre—. He entrado para despertarla y estaba profundamente dormida, y me he dicho que la dejaría dormir. Pero lo sabía, al bajar las escaleras. No era propio de ella dormir tanto. He mirado el reloj de la cocina y me he dicho que la dejaría diez minutos más y entonces, cuando he subido y la he tocado, estaba fría como el hielo.

—Oh, Dios mío, es terrible.

—He susurrado una plegaria de contrición en su oído. Después he corrido a casa de los vecinos.

El silencio se vio interrumpido por unos débiles ruidos de interferencias.

—Ha muerto por la noche, mientras dormía —continuó finalmente a su madre—. Es lo que ha dicho el doctor Cudigan. Había ido al médico sin decírselo a nadie y se había hecho pruebas sin decírselo a nadie. Eily, Rose sabía que eso podía pasar en cualquier momento debido a su corazón. El doctor Cudigan ha dicho que estaba mal del corazón y no se podía hacer nada. Rose no se lo había dicho a nadie y había seguido haciendo vida normal.

—¿Rose sabía que estaba mal del corazón?

—Eso ha dicho el médico, y ella había decidido seguir jugando al golf como si nada. El doctor me ha contado que le dijo que se lo tomara con calma, pero, aunque lo hubiera hecho, podría haber ocurrido igual. No sé qué pensar, Eily. Puede que fuera muy valiente.

—¿No se lo había dicho a nadie?

—A nadie, Eily, a nadie en absoluto. Y ahora parece tan en paz. He ido a verla antes de salir y por un instante he pensado que seguía con nosotros, está como siempre. Pero se ha ido, Eily. Rose se ha ido y eso es lo último que habría imaginado que pasaría.

—¿Quién hay en casa, ahora?

—Todos los vecinos y tu tío Michael, y todos los Doyle han venido desde Clonegal y también están aquí. Cuando tu padre murió dije que no debía llorar demasiado porque os tenía a ti y a Rose y a los chicos, y cuando los chicos se fueron dije lo mismo, y cuando te fuiste tú tenía a Rose, pero ahora no tengo a nadie en absoluto, Eily, a nadie.

Eilis estaba llorando con tanta fuerza que sabía que no se la entendía mientras intentaba contestar. Al otro lado de la línea, su madre se quedó en silencio unos instantes.

—Mañana le diré adiós por ti —dijo su madre cuando siguió hablando—. Eso he pensado hacer. Le diré adiós de mi parte y después le diré adiós de tu parte. Ahora está en el cielo con tu padre. La enterraremos junto a él. Por las noches solía pensar en lo solo que debía de estar en el cementerio, pero ahora tendrá a Rose. Están en el cielo, los dos.

—Sí, mamá.

—No sé por qué se ha ido tan joven, es lo único que puedo decir.

—Es terrible —replicó Eilis.

—Estaba fría cuando la he tocado esta mañana, fría como el hielo.

—Seguro que ha muerto plácidamente —dijo Eilis.

—Ojalá me lo hubiera contado, me hubiera dicho que algo no iba bien. No quería preocuparme. Eso es lo que han dicho el padre Quaid y los demás. Puede que no hubiera podido hacer mucho, pero habría estado pendiente de ella. No sé qué pensar.

Eilis oyó suspirar a su madre.

—Ahora volveré y rezaré el rosario, y le diré que he estado hablando contigo.

—Me gustaría mucho que lo hicieras.

—Adiós, Eily.

—Adiós, mamá, ¿y les dirás a los chicos que he hablado contigo?

—Lo haré. Llegarán por la mañana.

—Adiós, mamá.

—Adiós, Eily.

Cuando colgó el auricular, Eilis rompió a llorar. Vio una silla en una esquina de la habitación y se sentó, intentando controlarse. El padre Flood y su ama de llaves entraron, le llevaron té e intentaron calmarla, pero Eilis no pudo contener un sollozo histérico.

—Lo siento —dijo.

—No te preocupes en absoluto —replicó el ama de llaves.

Cuando se calmó un poco, el padre Flood la acompañó a casa de la señora Kehoe. Tony ya estaba en la sala principal. Eilis no sabía cuánto tiempo llevaba allí y los miró, a él y a la señora Kehoe, preguntándose de qué habrían hablado mientras la esperaban y si la señora Kehoe habría descubierto por fin que era italiano y no irlandés. La señora Kehoe rebosaba amabilidad y compasión, pero también se notaba, pensó Eilis, que las noticias y las visitas le habían causado excitación y la habían distraído agradablemente del tedio del día. Entraba y salía afanosamente de la habitación, y se dirigió a Tony por su nombre de pila al llevar una bandeja con té y bocadillos para él y para el padre Flood.

—Tu pobre madre, es lo único que puedo decir, tu pobre madre —dijo.

Por una vez, Eilis no se sintió obligada a ser amable con la señora Kehoe. Apartaba la mirada cada vez que hablaba y no le respondía a nada. Al parecer, aquello hacía que la señora Kehoe fuera aún más solícita y a cada momento le ofreciera té o una aspirina y agua, o insistiera en que comiera algo. Eilis deseaba que Tony dejara de aceptar bocadillos y pasteles de la señora Kehoe y de agradecerle su amabilidad. Quería que se fuera y que la señora Kehoe parara de hablar, y que el padre Flood también se fuera, pero se sentía incapaz de enfrentarse a su habitación y la noche que tenía ante sí, de manera que no dijo nada, y la señora Kehoe, Tony y el padre Flood no tardaron en empezar a hablar como si ella no estuviera allí, repasando los cambios que se habían producido en Brooklyn en los últimos años y opinando sobre los cambios que podían producirse en el futuro. De vez en cuando se quedaban en silencio y le preguntaban si necesitaba algo.

—Pobrecilla, está conmocionada —dijo la señora Kehoe.

Eilis dijo que no necesitaba nada y cerró los ojos mientras ellos seguían hablando. La señora Kehoe les preguntaba si debería comprarse un televisor para que le hiciera compañía por la noche. Temía, decía, que no le interesara, y acabar teniendo algo inservible. Tanto Tony como el padre Flood le recomendaron que lo comprara, lo que solo generó más comentarios sobre la garantía que había de que se siguieran emitiendo programas y la oportunidad de correr el riesgo.

—Cuando todo el mundo se lo compre, yo también me lo compraré —dijo.

Finalmente, cuando se quedaron sin temas de conversación, acordaron en que el padre Flood celebraría misa por Rose a las diez de la mañana siguiente y que la señora Kehoe asistiría a ella, al igual que Tony y su madre. También estarían allí los feligreses habituales, dijo el padre Flood. Antes de empezar la misa les haría saber que se celebraba por el descanso del alma de alguien muy especial y antes de la comunión diría unas palabras sobre Rose y pediría a los asistentes que rezaran por ella. Después se ofreció a llevar a Tony a su casa, pero esperó con tacto en la sala principal, con la señora Kehoe, mientras él abrazaba a Eilis en el vestíbulo.

—Lo siento, no puedo hablar —dijo ella.

—He estado pensando en ello —dijo él—, en si uno de mis hermanos hubiera muerto; quizá parezca egoísta, pero intentaba imaginar cómo te sentías.

—Pienso en lo que ha pasado —dijo Eilis— y no puedo soportarlo, entonces lo olvido por un minuto y cuando vuelvo a recordarlo es como si acabaran de decírmelo. No me lo puedo creer.

—Ojalá pudiera quedarme contigo —dijo Tony.

—Te veré mañana por la mañana, y dile a tu madre que no hace falta que venga si es un problema para ella.

—Estará allí. Ahora nada es un problema —dijo él.

Eilis miró el montón de cartas que Rose le había enviado, preguntándose si entre el envío de una y la siguiente había averiguado que estaba enferma. O si ya lo sabía antes de que ella se fuera. Eso cambiaba todo lo que pensaba sobre su estancia en Brooklyn; todo lo que le había ocurrido parecía ahora insignificante. Contempló la letra de Rose, su claridad y su uniformidad, el sumo autodominio y confianza en sí misma que transmitía, y se preguntó si, mientras escribía alguna de aquellas palabras, Rose había levantado la vista al cielo suspirando y después, con auténtica fuerza de voluntad, había reunido ánimos para seguir escribiendo, sin vacilar un solo instante en su decisión de no compartir con nadie lo que sabía, excepto con el médico que se lo había dicho.

Era extraño, pensó Eilis por la mañana, lo profundamente que había dormido y cómo nada más despertarse había sabido que no iría a trabajar, sino a una misa por Rose. Sabía que su hermana todavía estaría en su casa de Friary Street; la llevarían a la catedral avanzada la tarde y la enterrarían a la mañana siguiente, después de la misa. Todo aquello parecía simple y claro y casi inevitable, hasta que ella y la señora Kehoe se dirigieron a la iglesia. Caminando por la calle de siempre, cruzándose con gente desconocida, fue consciente de que podría haber muerto una de ellas en lugar de Rose, y que aquella podría haber sido una mañana cualquiera de primavera, con un retazo de calor en el aire, en la que iba a trabajar tranquilamente.

La idea de que Rose hubiera muerto mientras dormía parecía inimaginable. ¿Había abierto los ojos un instante? ¿Estaba durmiendo plácidamente y entonces, como si nada, su corazón y su respiración se habían detenido? ¿Cómo podía ocurrir algo así? ¿Había gritado en medio de la noche sin que nadie la oyera o murmurado o susurrado algo siquiera? ¿Había notado algo la noche anterior? ¿Algo, cualquier cosa, que le hubiera dado un indicio de que aquel iba a ser su último día de vida en el mundo?

Imaginó a Rose amortajada con las oscuras ropas de los difuntos, y las velas chisporroteando sobre la mesa. Y después el ataúd cerrándose y los solemnes rostros de todos los presentes, en el pasillo y en la calle, y a sus hermanos vistiendo traje y corbata negros como habían hecho en el funeral de su padre. Estuvo toda la mañana, en misa y en casa del padre Flood, revisando cada momento de la muerte de Rose y su entierro.

Los demás se sorprendieron, y casi se alarmaron, cuando dijo que aquella tarde quería ir a trabajar. Vio que la señora Kehoe le susurraba algo al padre Flood. Tony le preguntó si estaba segura y, cuando ella insistió, dijo que la acompañaría a Bartocci's y que la vería más tarde en casa de la señora Kehoe. Esta los había invitado a cenar, a él y al padre Flood, con las demás compañeras de casa, después a rezar el rosario por el alma de Rose.

Al día siguiente también fue a trabajar y estaba decidida a ir a clase por la tarde. Como no podían ir al cine ni a bailar, Tony y ella fueron a una cafetería cercana, y él dijo que no pasaba nada si no tenía muchas ganas de hablar o lloraba.

—Ojalá esto no hubiera ocurrido —dijo—. No dejo de desear que no hubiera ocurrido.

—Yo también —replicó Eilis—. Que al menos se lo hubiera contado a alguien. O que no hubiera pasado nada y ella estuviera bien, en casa. Ojalá tuviera una foto suya para enseñarte lo bonita que era.

—Tú eres bonita —dijo Tony.

—Ella era la más bonita, todo el mundo lo decía, y no puedo acostumbrarme a la idea de no saber dónde está ahora. Tengo que dejar de pensar en su muerte y su ataúd y todo eso, y empezar a rezar, pero me cuesta.

—Yo te ayudaré, si quieres —dijo Tony.

A pesar de que el tiempo era cada vez más agradable, Eilis sentía que en su mundo ya no había color. Tenía cuidado en la tienda y se sentía orgullosa de no haberse derrumbado ni una sola vez ni haber tenido que ir repentinamente al lavabo a llorar. La señorita Fortini le había dicho que no se preocupara si algún día necesitaba irse antes a casa, o si quería quedar con ella fuera del trabajo para hablar de lo que había ocurrido. Tony pasaba a recogerla cada noche después de clase y a ella le gustaba que la dejara permanecer en silencio si así lo deseaba. Se limitaba a cogerla de la mano o pasarle el brazo por los hombros y la acompañaba a casa, donde sus compañeras le habían dicho con claridad, una a una, que si necesitaba algo, lo que fuese, solo tenía que llamar a su puerta o ir a la cocina, y ellas harían todo lo que estuviera en sus manos por ayudarla.

Una noche, cuando subió a la cocina para prepararse un té, vio que en la mesilla había una carta para ella que no había visto antes. Era de Irlanda, y reconoció la letra de Jack. En lugar de abrirla inmediatamente se la llevó abajo después de hacerse el té para poder leerla sin que la molestaran.

> Querida Eilis:
>
> Mamá me ha pedido que te escriba porque ella no se siente capaz. Escribo estas líneas en la mesa que hay junto a la ventana, en la sala de delante. La casa se ha llenado de gente, pero ahora no se oye un solo ruido. Todos se han ido a sus casas. Hoy hemos enterrado a Rose y mamá me ha pedido que te diga que ha sido un día bonito, sin lluvia. El padre Quaid ha oficiado el funeral. Nosotros vinimos desde Dublín en tren y llegamos ayer por la mañana después de una mala noche en

el barco de correos. Todavía estaban velando a Rose cuando llegamos a casa. Estaba bonita, su cabello, y todo. Todo el mundo dijo que su semblante era apacible, como si estuviera dormida, y puede que fuera verdad antes de que llegáramos nosotros, pero cuando la vi parecía diferente, no era ella en absoluto, no tenía mal aspecto ni nada parecido, pero cuando me arrodillé y la toqué, por un momento creí que no era ella. Quizá no debería decirlo, pero he creído que era mejor contártelo todo. Mamá me ha pedido que te explique lo que ha pasado, que te hable de la gente que ha venido, y que el club de golf y las oficinas de Davis han cerrado por la mañana. No ha sido como con papá, cuando él murió, durante unos segundos, tenías la sensación de que estaba vivo. Rose parecía de piedra cuando la vi, pálida como en un cuadro. Pero estaba bonita y tranquila. No sé qué me ha pasado, pero no me he hecho a la idea de que era ella hasta que hemos tenido que llevar el ataúd, los chicos y yo, y Jem y Bill y Fonsey Doyle de Clonegal. Lo peor de todo es que no podía creer que lo estuviéramos haciendo, encerrarla allí dentro y enterrarla. Tengo que rezar por ella cuando me recupere, no he podido seguir las plegarias. Mamá me ha pedido que te diga que le ha dado un adiós especial de tu parte, pero no he podido quedarme en la habitación mientras le hablaba y casi no he podido cargar el ataúd de tanto que lloraba. Y en el cementerio no he podido mirar. Me he tapado los ojos casi todo el rato. Quizá no debiera decirte todo esto. La cuestión es que tenemos que volver al trabajo y no creo que mamá lo sepa todavía. Ella cree que alguno de nosotros podrá quedarse, pero no podemos, ya sabes. Trabajar fuera no funciona así. No sé cómo es al otro lado del Atlántico, pero nosotros tenemos que volver y mamá se quedará sola. Todos los vecinos irán a verla y los demás también, pero creo que todavía no es consciente de eso. Sé que le encantaría verte, no para de decir que es lo único que espera, pero nosotros no sabemos qué decirle. No me ha pedido que te lo mencione, pero imagino que recibirás noticias suyas cuando se vea capaz de escribir. Creo que quiere que vengas a casa. Nunca ha dormido sola en casa y no deja de decir que no será capaz de hacerlo. Pero nosotros tenemos que volver. Me ha preguntado si he oído de algún trabajo en la ciudad y le he dicho que preguntaré, pero la cuestión es que tengo que irme, y Pat y Martin también. Siento divagar de esta manera. La noticia debe de haber sido un shock terrible también para ti. Para nosotros lo fue. Tardamos todo el día en encontrar a Martin porque estaba trabajando fuera. Es duro imaginarse a Rose en el cementerio, es lo único que puedo decir. Mamá querrá que te diga que todos se han portado muy bien, y lo han hecho, y no querrá que te diga que se pasa el día llorando, pero así es, o casi todo el día. Voy a dejar de escribir y a meter la carta en un sobre. No voy a repasarla porque lo he hecho varias veces y al releerla la he roto y he tenido que volver a empezar. Cerraré el sobre y lo llevaré a correos por la mañana. Creo que Martin está diciéndole ahora mismo que mañana tenemos que irnos. Espero que la carta no sea muy terrible pero, como he dicho, no sabía qué poner. Mamá se alegrará de que la envíe, y ahora iré a decirle que ya la he escrito. Tienes que rezar por ella. Te dejo.

Tu hermano que te quiere,

JACK

Eilis leyó la carta varias veces y entonces se dio cuenta de que no podía quedarse sola; podía oír la voz de Jack al leer sus palabras, lo imaginaba en la habitación con ella, como si hubiera llegado de un partido de *hurling* y su equipo hubiese perdido y le diera las noticias sin aliento. Si hubiera estado en casa habría podido hablar un rato con él, escucharlo, sentarse con su madre y Martin y Pat, pensar en lo que había ocurrido. No podía imaginarse a Rose yaciendo muerta; pensaba en ella como si estuviera dormida y la hubieran arreglado mientras dormía, pero ahora tenía que imaginarla inerte, sin un aliento de vida y encerrada en un ataúd, todo cambiado y cambiando y perdido. Casi deseó que Jack no le hubiera escrito, pero sabía que alguien tenía que hacerlo y él era el que mejor lo hacía.

Se paseó por la habitación preguntándose qué debía hacer. Durante un instante pensó en coger el metro hasta el puerto, buscar el primer barco que cruzara el Atlántico y, simplemente, pagar el billete, esperar y embarcar. Pero enseguida se dio cuenta de que no podía hacerlo, que era posible que no hubiera plazas disponibles y que tenía el dinero en el banco. Pensó en subir al piso de arriba; por su mente desfilaron sus compañeras de piso, pero ninguna de ellas podía ayudarla en aquellos momentos. La única persona que podía hacerlo era Tony. Miró el reloj; eran las diez y media. Si iba rápido con el metro, estaría en su casa en menos de una hora, quizá un poco más si los trenes nocturnos no pasaban con tanta frecuencia. Cogió su abrigo y salió rápidamente al pasillo. Abrió y cerró la puerta del sótano y subió los escalones procurando no hacer ruido.

La madre de Tony abrió la puerta principal en bata y la acompañó arriba, hasta la puerta del apartamento. Era evidente que la familia se había acostado, y Eilis sabía que ahora ya no parecía tan angustiada como para justificar su intrusión a aquellas horas. Vio a través de la puerta que la cama de los padres de Tony estaba desplegada, y estuvo a punto de decirle a la madre de Tony que no pasaba nada, que sentía haberlos molestado y que se iba a casa. Pero eso no habría tenido sentido. Tony, dijo la madre, se estaba vistiendo y saldría con ella; él gritó desde el dormitorio que podían ir a la cafetería de la esquina.

De repente, apareció Frank en pijama. Se había acercado con tanto sigilo que Eilis no lo había visto hasta tenerlo casi enfrente. Su curiosidad y su cautela parecían inmensas, casi cómicas, como las del personaje de una película que acaba de presenciar un robo o un asesinato en una calle oscura. Entonces la miró abiertamente y le sonrió, y ella no tuvo más remedio que devolverle la sonrisa, justo cuando entraba Tony; Frank tuvo que volver a su habitación, después de que su hermano le dijeran que se ocupara de sus asuntos y dejara tranquila a Eilis.

Por su aspecto, Eilis supo que lo había despertado. Tony se cercioró de que llevaba las llaves en el bolsillo y después entró silenciosamente en la cocina, donde ella no podía verle, y le susurró algo a su madre o su padre; entonces volvió a salir, la expresión de su rostro grave, responsable y preocupada.

En la calle, de camino a la cafetería, Tony la abrazó estrechamente. Iban despacio y sin hablar. Durante un instante, al bajar las escaleras del edificio, Eilis tuvo la sensación de que estaba enfadado con ella por presentarse tan tarde, pero ahora comprendía que no era así. Su forma de ceñirse a ella cuando caminaban expresaba cuánto la amaba. En ese momento lo hacía incluso con más intensidad de lo habitual. También sabía que para él era importante que, al necesitar ayuda, se sintiera más segura acudiendo a él que al padre Flood o a la señora Kehoe, que él fuera el primero. De todo cuanto había hecho hasta entonces, pensó, aquella era la forma más directa y clara de demostrarle que se quedaría junto a él.

En la cafetería, después de pedir lo que deseaban tomar, Tony leyó la carta de Jack despacio, casi demasiado despacio, pensó ella, musitando algunas de las palabras. Se dio cuenta de que no debería habérsela enseñado ni haber ido a su casa de aquella forma. A Tony le resultaría difícil leer las partes referentes a que su madre quería verla, que no podía estar sola, sin tener la sensación de que ella tal vez se iría y aquella era su forma de anunciárselo. Mientras lo veía leer, con su rostro pálido, su expresión mortalmente seria, como si estuviera intensamente concentrado, supuso que estaba releyendo los párrafos de la carta que parecían indicar que su madre la necesitaba en Enniscorthy. Ahora lamentaba no haber sabido contenerse antes, no haberlo previsto. Y se sintió estúpida porque sabía que nada de lo que dijera podría convencer a Tony de que no iba a volver a Irlanda.

Cuando él le devolvió la carta, tenía lágrimas en los ojos.

—Tu hermano debe de ser muy buen hombre —dijo—. Me habría gustado... —Vaciló unos instantes, y después alargó el brazo por encima de la mesa y cogió a Eilis de la mano—. No quiero decir que me habría gustado, pero habría sido bueno que hubiéramos podido ir al funeral, que yo hubiera estado allí contigo.

—Lo sé —dijo Eilis.

—Tu madre te escribirá pronto —dijo él— y cuando recibas la carta, debes venir a casa incluso antes de abrirla.

Eilis no sabía si su intención era sugerir que no debía estar sola al abrir la carta y que él estaría allí para reconfortarla; o si, de hecho, lo que pensaba realmente era que, puesto que no podía leerle la mente ni saber exactamente qué intenciones tenía, le gustaría ver lo que su madre decía respecto a que ella se fuera o se quedara.

Había sido todo un error, pensó otra vez, mientras empezaba a disculparse por haberlo molestado. Al darse cuenta de lo frío que sonaba y de la distancia que parecía poner entre ellos, le dijo lo agradecida que se sentía de que estuviera con ella cuando lo necesitaba. Él asintió, pero Eilis sabía que la carta le había afectado, o quizá le había dolido tanto como a ella, o tal vez una desconcertante mezcla de ambas cosas.

Tony insistió en llevarla a casa incluso cuando ella objetó que podía perder el último tren de vuelta. Una vez más, caminaron sin hablar, pero al dirigirse a casa de la señora Kehoe desde la estación por las oscuras y frías calles vacías, Eilis sintió que la abrazaba alguien herido; que la carta, de alguna forma, por su tono, le había hecho ver con nitidez lo que realmente había ocurrido, le había dejado claro que ella pertenecía a otro lugar, un lugar que él jamás conocería. Creyó que estaba a punto de llorar y casi tuvo una sensación de culpabilidad por haberle cargado con parte de su dolor; después se sintió cerca de él por su disposición a tomarlo y soportarlo, en toda su crudeza, en toda su dolorosa confusión. Se sentía casi más apesadumbrada ahora que cuando se había aventurado a buscarlo.

Cuando llegaron a la casa, Tony la abrazó pero no la besó. Eilis se apretó a él todo lo que pudo, hasta que sintió su calor y ambos empezaron a sollozar. Quiso decirle, de forma que él pudiera creerla, que no se iría, pero entonces pensó que Tony quizá creía que debía ir, que la carta le había hecho ver cuál era su deber, que ahora lloraba por todo, por Rose que había muerto, por su madre que estaba sola, por Eilis que tendría que irse, y por él mismo, al que abandonaría. Deseó decirle algo con claridad, deseó incluso saber qué estaba pensando Tony o por qué ahora lloraba con más fuerza que ella.

Eilis sabía que no podía bajar los escalones del sótano, encender la luz de su habitación y quedarse sola allí. Y sabía también que él no podía darle la espalda y marcharse. Mientras sacaba la llave del bolsillo de su abrigo, señaló la ventana de la señora Kehoe y se llevó un dedo a los labios. Bajaron de puntillas los escalones del sótano. Eilis abrió la puerta, encendió la luz de la entrada y cerró sin hacer ruido; después abrió la puerta de su habitación e hizo pasar a Tony antes de apagar la luz de fuera.

La habitación estaba caldeada y se quitaron los abrigos. Tony tenía el rostro hinchado y enrojecido por el llanto. Cuando intentó sonreír, ella se acercó y lo abrazó.

—¿Es aquí donde vives? —susurró él.

—Sí. Y si haces un solo ruido, me echarán —replicó Eilis.

Tony la besó suavemente y respondió con la lengua solo cuando Eilis entreabrió los labios. Su cuerpo era cálido, y al apretarlo contra ella le pareció extrañamente vulnerable. Deslizó las manos por su espalda y bajo la camisa, hasta tocar su piel. Fueron hacia la cama sin hablar. Tras tumbarse uno junto al otro,

Tony le levantó la falda y se desabrochó los pantalones para que sintiera su pene contra ella. Eilis sabía que estaba esperando una señal suya, que no haría nada más mientras se besaban. Abrió los ojos y vio que él los tenía cerrados. En silencio, se apartó y se quitó las bragas, y cuando volvió a tenderse junto a él, Tony se había bajado los pantalones y también la ropa interior para que pudiera tocarle. Tony intentó acariciarle los pechos pero no pudo desabrochar fácilmente el sujetador; deslizó una mano bajo su espalda y se concentró en besarla con pasión.

Cuando Tony se colocó sobre ella y la penetró, Eilis empezó a sentir pánico e intentó ahogar un grito. No era solo el dolor y la conmoción, sino también la sensación de que no podía controlarlo, de que su pene estaba penetrando en su interior más de lo que ella quería. Con cada impulso parecía adentrarse aún más en ella, hasta que tuvo la seguridad de que iba a dañar algo en su interior. Sentía alivio cuando retrocedía, pero cuando empujaba de nuevo en su interior le dolía aún más. Se tensó todo lo que pudo para detenerle y deseó poder gritar o indicarle que no debía empujar tan fuerte, que iba a romperle algo.

No poder gritar hizo que aumentara su pánico; centró su energía en tensar el cuerpo con toda la fuerza posible. Él jadeaba, emitía unos sonidos que no imaginaba que nadie pudiera emitir, una especie de gemido ahogado que no cesaba. Cuando se detuvo, Eilis se tensó aún más, deseando que sacara su pene, pero en lugar de hacerlo se quedó sobre ella, jadeando. Tuvo la sensación de que él no era consciente de nada salvo de su propia respiración, que en aquellos minutos, mientras yacía apaciblemente sobre ella, no sabía o no le preocupaba que ella existiera. No tenía ni idea de cómo iban a mirarse el uno al otro ahora. No se movió, esperando que él hiciera algo.

Lo que Tony hizo tras apartarse de ella la sorprendió. Se levantó sin decir nada, la miró, sonrió, se quitó los zapatos y los calcetines y después los pantalones y los calzoncillos. Se arrodilló sobre la cama y la desvistió lentamente, y cuando Eilis estuvo desnuda, cubriéndose el pecho con las manos, se quitó la camisa y también se quedó desnudo. Después se acercó suavemente, casi con timidez, levantó la colcha de la cama y ambos se deslizaron entre las sábanas y permanecieron tumbados en silencio durante un rato. Cuando le tocó unos instantes después, con el pene de nuevo erecto, Eilis se dio cuenta de lo suave y apuesto que era Tony, de que parecía mucho más fuerte desnudo que cuando estaba con ella en la calle o en el salón de baile, donde, comparado con los hombres que eran más altos y corpulentos, a menudo parecía casi frágil. Al comprender que Tony quería volver a penetrarla, le susurró que la primera vez había empujado demasiado fuerte.

—Creía que llegarías hasta el cuello. —Rió por lo bajo.

—Ojalá pudiera —replicó él.

Eilis le pellizcó con fuerza.

—No, tú no deseas hacerlo.

—Eh, eso duele —susurró él, besándola y deslizándose despacio sobre ella.

Esta vez el dolor fue aún más intenso que antes, como si estuviera golpeando algo lastimado o cortado dentro de ella.

—¿Así mejor? —preguntó él.

Eilis se tensó todo lo que pudo.

—Eh, esto está bien —dijo Tony—. ¿Puedes volver a hacerlo?

De nuevo, mientras empujaba, pareció olvidarse de que ella estaba con él. Parecía haber olvidado el mundo. Y aquella sensación que iba más a allá de ella hizo que lo deseara más que nunca, que sintiera que aquello, y su recuerdo más tarde, sería suficiente para ella, que la había cambiado más de lo que nunca habría imaginado.

Al día siguiente Tony la estaba esperando al salir del trabajo y fueron de Fulton Street a la estación sin hablar. Una vez allí, quedaron en encontrarse de nuevo a la puerta de la escuela después de clase. Cuando se separaron, él parecía serio, casi enfadado con ella. Más tarde, la acompañó a casa y Eilis se volvió antes de bajar los escalones del sótano y vio que Tony seguía allí. Él esbozó una sonrisa que le recordó tanto la forma de sonreír de su hermano Frank, tan llena de picardía e inocencia, que Eilis rió y lo señaló con un gesto de fingida acusación.

En la cocina, mientras esperaba que la tetera hirviera, quedó patente que la señora Kehoe, que estaba sola a la mesa, no le hablaba. Eilis se sentía tan liviana que estuvo a punto de preguntarle a su casera qué problema había, en cambio se dirigió a la cocina como si no hubiera notado nada extraño.

Entonces se le ocurrió que la señora Kehoe, que generalmente, creía Eilis, oía hasta el menor ruido y no se perdía nada, había oído a Tony entrando o saliendo del sótano, o peor aún, durante la noche. De todas las infamias que podían cometer las huéspedes, aquella jamás había sido considerada siquiera como una posibilidad para las propias huéspedes o para la señora Kehoe. Pertenecía al mundo de lo inconcebible. Aunque Patty y Diana solían hablar abiertamente de sus novios, la idea de que una de ellas pasara la noche entera en su compañía o le dejara entrar en su dormitorio ni siquiera se planteaba. Envuelta en el frío silencio que había creado la señora Kehoe, Eilis decidió negar con toda rotundidad y descaro que Tony se hubiera acercado a su habitación y declarar que semejante idea la escandalizaba tanto como a su casera.

Se preparó huevos escalfados y tostadas y se sintió aliviada cuando Patty y Diana entraron con la noticia de que la primera había visto un abrigo que se compraría si todavía estaba el viernes, cuando cobrara. La señora Kehoe se levantó sin decir palabra y salió de la cocina dando un portazo.

—¿Qué le pasa? —preguntó Patty.

—Creo que lo sé —dijo Diana, mirando a Eilis—, pero pongo a Dios por testigo de que no he oído nada.

—¿Oír qué? —preguntó Patty.

—Nada —replicó Diana—. Pero sonaba muy bien.

Eilis durmió profundamente y por la mañana se despertó exhausta y dolorida. Era como si la muerte de Rose hubiera ocurrido largo tiempo atrás y su noche con Tony permaneciera en ella como algo poderoso, aún presente. Se preguntó cómo podría saber si estaba embarazada, cuánto tardarían en aparecer las primeras señales. Se tocó el estómago preguntándose si en aquel preciso instante se estaría produciendo algo, una pequeña conexión similar a un pequeño nudo, o más pequeño aún, más pequeño que una gota de agua pero con todo lo necesario para crecer. Se preguntó si podía hacer algo para detenerlo, si había algo con lo que pudiera lavarse, pero en cuanto pensó en ello supo que la mera idea estaba mal y que tendría que confesarse y hacer que Tony se confesara también.

Esperaba que no le sonriera como había hecho la noche anterior y que fuera consciente del aprieto en el que se encontraría si estuviera embarazada. Y aunque no lo estuviera esperaba que entendiera, como ella ahora, que lo que habían hecho estaba mal, y aún más mal porque había ocurrido cuando casi acababan de enterrar a Rose. Aunque fuera a confesarse, pensó Eilis, y le contara al sacerdote lo que habían hecho, jamás sería capaz de decir a nadie que solo media hora antes ambos habían estado llorando. Habría parecido demasiado extraño.

En cuanto vio a Tony aquella noche le dijo que tenían que ir a confesarse los dos al día siguiente, que era viernes, y que suponía que él lo entendía.

—No puedo confesarme con el padre Flood —dijo— o con alguien que pueda reconocerme. Ya sé que no debería importarme, pero no podría.

Tony propuso que fueran a la iglesia de su barrio, donde la mayoría de los sacerdotes eran italianos.

—Algunos no entienden palabra de lo que dices si hablas en inglés —dijo.

—Entonces no es una verdadera confesión.

—Pero creo que conocen las palabras clave.

—No bromees. Tú también vas a confesarte.

—Ya lo sé —dijo él—. ¿Me prometes algo? —Tony se acercó a ella—. ¿Prometes ser amable conmigo después de confesarte? Me refiero a cogerme de la mano, hablarme y sonreírme.

—¿Y tú me prometes que te confesarás realmente?

—Sí, te lo prometo —dijo él—, y mi madre quiere que vengas a comer el domingo. Está preocupada por ti.

Al día siguiente se encontraron frente a la iglesia de Tony. Él insistió en que fueran a sacerdotes diferentes; el de ella, dijo, un sacerdote llamado Anthony con un largo apellido italiano, era joven y agradable y hablaba inglés. Él iría a uno de los sacerdotes italianos de más edad.

—Asegúrate de que entiende lo que le dices —susurró Eilis.

Cuando Eilis le dijo al sacerdote que había tenido relaciones sexuales con su novio dos veces, tres noches atrás, este se quedó en silencio largo rato.

—¿Ha sido la primera vez? —preguntó, cuando finalmente habló.

—Sí, padre.

—¿Os amáis?

—Sí, padre.

—¿Qué harás si estás embarazada?

—Él querrá casarse conmigo, padre.

—¿Tú quieres casarte con él?

Eilis no pudo responder. Tras unos instantes el sacerdote volvió a preguntárselo, en tono comprensivo.

—Me gustaría casarme con él —dijo ella, vacilante—, pero todavía no estoy preparada.

—Pero has dicho que lo amas.

—Es un buen hombre.

—¿Es eso suficiente?

—Le amo.

—¿Pero no estás segura?

Eilis suspiró y no dijo nada.

—¿Sientes lo que has hecho?

—Sí, padre.

—Como penitencia quiero que reces solo un avemaría, pero que lo hagas despacio y medites las palabras, y tienes que prometerme que volverás dentro de un mes. Si estás embarazada, tendremos que volver a hablar, y te ayudaremos en todo lo que podamos.

Cuando volvió a casa de la señora Kehoe descubrió que había un candado en la entrada del sótano y que tenía que entrar por la puerta principal. La señora Kehoe estaba en la cocina con la señorita McAdam, que había decidido no ir al baile.

—A partir de ahora dejaré la entrada del sótano cerrada con candado —dijo la señora Kehoe, como si estuviera hablando solo con la señorita McAdam—. Nunca se sabe quién puede bajar.

—Muy inteligente por su parte —dijo la señorita McAdam.

Mientras Eilis se preparaba la cena, la señora Kehoe y la señorita McAdam la trataron como si fuera un fantasma.

La madre de Eilis le escribió y le comentó lo sola que estaba, lo largos que se le hacían los días y lo duras que eran las noches. Le contó que los vecinos iban a verla constantemente y que la gente la llamaba después del té, pero que ya no sabía de qué hablar con ellos. Eilis le escribió varias veces; le hablaba de las novedades de la temporada veraniega de Bartocci's y de los establecimientos de Fulton Street, le decía que se estaba preparando para los exámenes, que eran en mayo, y que estaba estudiando mucho porque si aprobaba obtendría el título de contable.

No mencionó a Tony en ninguna de sus cartas y se preguntó si a aquellas alturas, al arreglar la habitación de Rose o recibir sus cosas de la oficina su madre habría encontrado y leído las que había enviado a su hermana. Quedaba con Tony todos los días, a veces simplemente para que la recogiera a la entrada de la escuela y la acompañara en tranvía a casa de la señora Kehoe. Desde la noche que él se había quedado en su habitación, todo había cambiado entre ellos. Tenía la impresión de que Tony se sentía más relajado, más inclinado a permanecer en silencio, ya no intentaba impresionarla tanto ni hacía bromas. Cada vez que lo veía cuando iba a recogerla, sentía que estaban más cerca. Y cada vez que se besaban o se rozaban mientras caminaban por la calle, recordaba la noche en que habían estado juntos.

Cuando supo que no estaba embarazada, pensó en aquella noche con placer, sobre todo después de volver a confesarse con el sacerdote, que de alguna forma le dio a entender que lo que había ocurrido entre ella y Tony no era difícil de comprender, a pesar de que estuviera mal, y que quizá era una señal de Dios de que debían considerar la posibilidad de casarse y formar una familia. Le pareció tan fácil hablar con él la segunda vez que se sintió tentada de contarle toda la historia y preguntarle qué debía hacer con respecto a su madre, cuyas cartas eran cada vez más tristes, a veces la letra vagaba extrañamente por el papel, casi ilegible. Pero salió del confesionario sin contar nada más.

Un domingo, al salir de misa con Sheila Heffernan observó que el padre Flood, que solía saludar a sus feligreses a la entrada de la iglesia tras la ceremonia, evitaba su mirada, se alejaba hacia la sombra cuando ellas iban hacia él y después se apresuraba a entablar conversación con un grupo de mujeres, intensamente concentrado. Ella esperó detrás de él, pero el sacerdote, al verla, le dio la espalda y se alejó enseguida de ella. Al instante pensó que la señora Kehoe había hablado con él y que debería ir a verle lo más pronto posible, antes de que hiciera algo impensable como escribir a su madre acerca de ella. Pero no tenía ni idea de qué iba a decirle.

Por eso, después comer con Tony y su familia, quedó con él en que se verían más tarde, ya que tenía que estudiar. No dejó que la acompañara en metro, y fue directamente de la estación a casa del padre Flood.

Mientras esperaba en la sala delantera se dio cuenta de que no podía aludir así como así a la señora Kehoe, que tendría que esperar a que lo hiciera él. Si él no sacaba el tema a colación, pensó, podía hablar de su madre y quizá incluso comentar la posibilidad de trasladarse a las oficinas de Bartocci's, si quedaba una plaza libre cuando hubiera aprobado los exámenes de contabilidad. Al oír pasos acercándose por el pasillo, supo que podía elegir. Podía mostrarse humilde y dar a entender que se disculpaba con sumisión aun sin admitirlo todo, o podía transformarse en Rose, ponerse en pie como probablemente lo habría hecho ella y hablar al padre Flood como si fuera absolutamente incapaz de cometer un pecado.

El padre Flood parecía incómodo cuando entró en la sala y tardó unos segundos en mirarla a los ojos.

—Espero no molestarle, padre —dijo Eilis.

—Oh, no, no, en absoluto. Solo estaba leyendo el periódico.

Eilis sabía que era importante empezar a hablar antes que él.

—No sé si ha tenido noticias de mi madre, pero he recibido algunas cartas suyas y no parece que esté bien.

—Lo siento —dijo el padre Flood—. Ya sabes que pensaba que iba a ser duro para ella.

Fuera cual fuese su forma de mirarla, logró transmitirle que sus palabras sugerían mucho más de lo que le decía, que debía de ser duro para su madre no solo perder a Rose sino también tener una hija que llevaba a un hombre a su habitación por la noche.

Eilis sostuvo su mirada y permaneció en silencio el rato suficiente para que el padre Flood supiera que comprendía las implicaciones de sus palabras pero que no tenía intención de otorgarles mayor consideración.

—Como sabe, espero aprobar los exámenes el próximo mes, y eso significará que tendré el título de contabilidad. He ahorrado algo de dinero y he pensado que podría ir a casa a ver a mi madre durante el tiempo que Bartocci's pueda guardarme el puesto sin paga. Y también, al igual que muchas de mis compañeras de pensión, he tenido problemas con la señora Kehoe, y cuando vuelva de Irlanda puede que me plantee cambiar de alojamiento.

—La señora Kehoe es muy amable —dijo el padre Flood—. Ahora no hay muchas casas irlandesas como esa. En los viejos tiempos había más.

Eilis no contestó.

—¿Así que quieres que hable con Bartocci? —preguntó él—. ¿Durante cuánto tiempo querrías irte?

—Un mes —replicó Eilis.

—¿Y después volverías y seguirías trabajando en la planta de ventas hasta que quedara un puesto libre en las oficinas?

—Sí.

El padre Flood asintió y pareció estar pensando en algo.

—¿Quieres que también hable con la señora Kehoe? —preguntó.

—Creía que ya lo había hecho.

—No desde que murió Rose —contestó él—. No creo haberla visto desde entonces.

Eilis escrutó su rostro, pero no supo decir si aquello era verdad o no.

—¿No quieres hacer las paces con ella? —preguntó el padre Flood.

—¿Cómo podría hacerlo?

—Ella te aprecia mucho.

Eilis no dijo nada.

—Te diré lo que haré —dijo el padre Flood—. Lo arreglaré con Bartocci si tú haces las paces con la señora Kehoe.

—¿Y cómo podría hacerlo? —repitió Eilis.

—Sé amable con ella.

Antes de ver al padre Flood no se le había ocurrido que podía pasar una temporada corta en casa. Pero una vez dicho sin que sonara ridículo y recibida la aprobación del padre Flood, se convirtió en un plan, algo que estaba decidida a hacer. Al día siguiente, a la hora de comer, fue a una agencia de viajes y averiguó los precios de los barcos que cruzaban el Atlántico. Esperaría a que salieran las notas de los exámenes, pero en cuanto las supiera, se iría a casa un mes; necesitaría cinco o seis días tanto para ir como para volver, así que dispondría de dos semanas y media para estar con su madre.

Aunque a finales de semana escribió a su madre, no mencionó que tenía planeado ir a casa. Cuando un día vio al padre Flood entrar en la tienda, supo que iba por ella, porque le guiñó el ojo al pasar, y esperó tener noticias suyas pronto.

El viernes, después de que Tony la acompañara a casa al salir del baile, encontró una carta del padre Flood que habían llevado en mano. Al poco rato la señora Kehoe entró en la cocina y dijo que iba a preparar té y que esperaba que Eilis se uniera a ella. Eilis sonrió cálidamente a la señora Kehoe y le dijo que estaría encantada, después fue a su habitación y abrió la carta. Los Bartocci, decía el padre Flood, podían concederle un mes sin paga, la fecha la tendría que acordar con la señorita Fortini, y, si aprobaba los exámenes, esperaban poder ofrecerle un puesto en la oficina en un plazo de seis meses. Eilis dejó la carta sobre la cama y subió a la cocina, donde se encontró el té casi servido.

—¿Te sentirás segura si quito el candado de la entrada del sótano? —le preguntó la señora Kehoe—. No sabía qué hacer, así que he preguntado al amable sargento Mulhall, cuya esposa juega al póquer conmigo, y él me ha dicho que hará que sus agentes vigilen de cerca la entrada e informen de cualquier actividad improcedente.

—Oh, es una gran idea, señora Kehoe —dijo Eilis—. Debería darle las gracias en nombre de todas nosotras la próxima vez que le vea.

Eilis esperaba que el examen de derecho fuera tan fácil como la última vez. Y estaba contenta con el trabajo que había hecho en las demás asignaturas. Sin embargo, como parte del examen final cada estudiante recibiría los pormenores del ejercicio anual de una compañía: alquiler, calefacción y electricidad, salarios, la posible devaluación de la maquinaria y otros bienes, deuda, inversión de capital e impuestos. Por otro lado estarían las ventas, el dinero ingresado por otras fuentes, ya fueran de ventas al por mayor o al por menor. Y tendrían que introducir todos los asientos contables en el libro mayor, en la columna correcta, y hacerlo con cuidado para que en la reunión general anual, cuando la junta y los accionistas de la compañía quisieran ver claramente qué beneficios y pérdidas habían tenido, pudieran hacerlo a partir del libro mayor. Los que suspendieran aquella parte del examen, les dijeron, no pasarían aunque hubieran hecho bien lo demás. Tendrían que repetir el examen completo.

Una noche, a escasos días de los exámenes, cuando Tony la acompañaba a casa, Eilis le contó que tenía planeado irse a casa un mes cuando le hubieran dado las notas. Finalmente, había escrito a su madre para darle la noticia. Tony no dijo nada, pero cuando llegaron a casa de la señora Kehoe le pidió que diera una vuelta a la manzana con él. Su rostro estaba pálido y parecía serio, y no la miró directamente al hablar.

Cuando se alejaron de la casa de la señora Kehoe se sentó en un portal vacío, mientras Eilis se quedaba en pie, apoyada en la barandilla. Eilis sabía que a Tony le disgustaría que se fuera de aquella manera, pero iba a explicarle que él tenía familia en Brooklyn y que no sabía lo que era estar lejos de casa. Se había preparado para decirle que él también se iría a casa una temporada en circunstancias similares.

—Cásate conmigo antes de irte —dijo él, casi sin voz.

—¿Qué has dicho? —Eilis fue hacia el portal y se sentó junto a él.

—Si te vas, no volverás.

—Solo me voy un mes, ya te lo he dicho.

—Cásate conmigo antes de irte.

—No confías en que vuelva.

—He leído la carta que te escribió tu hermano. Sé lo difícil que sería para ti ir a casa y después tener que volver. Sé que sería difícil para mí. Sé lo buena persona que eres. Viviría con el temor de recibir una carta tuya contándome que tu madre no puede quedarse sola.

—Te prometo que volveré.

Cada vez que Tony decía «cásate conmigo» miraba por encima de ella, murmurando las palabras como si estuviera hablando consigo mismo. Después se volvió y la miró directamente.

—No estoy hablando de una iglesia, ni de vivir juntos como marido y mujer, ni tampoco tenemos que decírselo a nadie. Puede ser algo solo entre tú y yo, y después podemos casarnos en una iglesia en el momento que decidamos, cuando hayas vuelto.

—¿Te puedes casar así? —preguntó Eilis.

—Pues claro. Solo tienes que notificarlo, y haré una lista de lo que tenemos que hacer.

—¿Por qué quieres que lo haga?

—Será solo algo entre nosotros dos.

—Pero ¿por qué quieres hacerlo?

Al hablar, los ojos de Tony se llenaron de lágrimas.

—Porque si no lo hacemos, me volveré loco.

—¿Y no se lo diremos a nadie?

—A nadie. Nos tomaremos medio día libre, ya está.

—¿Y llevaré anillo?

—Puedes hacerlo si quieres, pero si no, no pasa nada. Todo esto podría ser algo privado y solo entre nosotros dos, si quisieras.

—¿Una promesa no sería lo mismo?

—Si puedes prometerlo, también puedes hacer esto fácilmente.

Tony fijó una fecha justo después de los exámenes y empezaron a hacer los preparativos y a rellenar los formularios que se necesitaban. El domingo anterior al día señalado, Eilis fue a comer con la familia de Tony, como de costumbre. Al sentarse, tuvo la impresión de que el chico se lo había dicho a su madre o que esta imaginaba algo. Había mantel nuevo en la mesa y la forma de vestir de la madre sugería que se trataba de un acontecimiento importante. Después, cuando apareció el padre de Tony con sus tres hermanos, vio que todos vestían chaqueta y corbata, algo que no solía hacer. Una vez sentados a la mesa, observó que Frank estaba extrañamente silencioso al principio y que después, cada vez que intentaba hablar, sus hermanos le interrumpían.

Al final Eilis insistió en que quería oír lo que tenía que decir.

—Cuando vivamos todos en Long Island —dijo— y tú tengas tu propia casa, ¿dispondrás de una habitación para mí, para que pueda quedarme contigo cuando me hagan la vida imposible?

Eilis vio que Tony había bajado la cabeza.

—Por supuesto, Frank. Y podrás venir siempre que quieras.

—Es lo único que quería decir.

—A ver si creces, Frank —dijo Tony.

—A ver si creces, Frank —repitió Laurence.

—Sí, Frank —añadió Maurice.

—¿Ves? —Frank se volvió hacia Eilis y señaló a sus tres hermanos—. Esto es lo que tengo que soportar.

—No te preocupes —dijo Eilis—. Yo me ocuparé de ellos.

Al final de la comida, cuando servían el postre, el padre de Tony sacó unos vasos especiales, abrió una botella de prosecco y propuso brindar para que Eilis tuviera un viaje tranquilo y volviera sana y salva. Eilis se preguntó si aún era posible que Tony no les hubiera hablado de la boda, sino solo de sus planes de ir a Irlanda un mes; le pareció muy poco probable que se lo hubiera contado a Frank, a no ser que este lo hubiera oído por casualidad. Quizá solo habían preparado una comida especial porque se iba a casa, pensó.

Después del postre el ambiente resultó tan agradable que casi empezó a desear que les hubiera dicho que iban a casarse.

Tony había organizado la ceremonia a las dos de la tarde, una semana antes de que Eilis se marchara. Los exámenes le habían ido bien y Eilis estaba casi segura de que conseguiría el título. Como otras parejas que iban a casarse habían ido con la familia y los amigos; la ceremonia le pareció rápida y corta, y despertó la curiosidad de los que esperaban porque habían ido solos.

Aquella tarde en el tren, de camino a Coney Island, Tony

sacó a colación por primera vez cuándo podrían casarse por la iglesia y vivir juntos.

—Tengo algunos ahorros —dijo—, así que podríamos alquilar un apartamento y mudarnos cuando esté lista la casa.

—No me importa. Me gustaría que ahora pudiéramos irnos juntos a casa.

Tony le acarició la mano.

—A mí también —dijo—. Y el anillo le sienta bien a tu dedo.

Eilis miró el anillo.

—Será mejor que me acuerde de quitármelo antes de que la señora Kehoe lo vea.

El mar estaba gris y encrespado, y en el cielo el viento empujaba veloces racimos de nubes blancas. Caminaron lentamente por el paseo marítimo y el muelle, donde se detuvieron a mirar a los pescadores. Después regresaron y se sentaron a comer un perrito caliente; Eilis notó que alguien de la mesa contigua miraba su anillo. Se sonrió.

—¿Les diremos alguna vez a nuestros hijos lo que hicimos? —preguntó.

—Puede que cuando seamos viejos y nos hayamos quedado sin historias que contar —dijo Tony—. O puede que lo reservemos para algún aniversario.

—Me pregunto qué pensarán de esto.

—La película que vamos a ver se titula *The Belle of New York*. Esta parte se la creerán. Pero que después de la película cogimos el metro y te dejé en casa de la señora Kehoe, eso no se lo creerán.

Cuando acabaron de comer caminaron hasta el metro y esperaron el tren que los llevaría a la ciudad.

CUARTA PARTE

La madre de Eilis le enseñó el dormitorio de Rose, iluminado por el sol de la mañana. Lo había dejado todo, dijo, tal como estaba, incluida la ropa del armario y los cajones.

—He hecho limpiar las ventanas y lavar las cortinas y yo misma he quitado el polvo y barrido, pero, por lo demás, está todo exactamente igual —dijo su madre.

La casa en sí misma no parecía extraña; Eilis solo notó su ambiente sólido y familiar, el ligero olor a comida preparada, las sombras, la vívida presencia de su madre. Pero nada la había preparado para la quietud de la habitación de Rose y apenas sintió nada al mirarla. Se preguntó si su madre quería que llorara, o si había dejado la habitación tal como era para que pudiera sentir aún con mayor intensidad la muerte de Rose. No supo qué decir.

—Y uno de estos días —dijo la madre— podemos revisar la ropa. Rose se acababa de comprar un abrigo de invierno nuevo y veremos si te queda bien. Tenía cosas muy bonitas.

De repente Eilis se sintió sumamente cansada y pensó que debía irse a dormir en cuanto acabaran de desayunar, pero sabía que su madre había planeado el momento en que ambas estarían juntas ante aquella puerta, contemplando la habitación.

—Sabes, a veces creo que aún está viva —dijo su madre—. Cuando oigo el más leve ruido arriba, pienso que es Rose.

Mientras desayunaban, Eilis deseó que se le ocurriera algo más que decir, pero resultaba difícil hablar porque pareció que su madre hubiera preparado palabra por palabra lo que estaba diciendo.

—He encargado una corona de flores para que la lleves a la tumba, y dentro de unos días si el tiempo aguanta, podemos ir y decirles que es hora de que graben el nombre y las fechas de Rose debajo de las de tu padre.

Eilis se preguntó por un momento qué pasaría si interrumpiera a su madre y dijera: «Me he casado». Supuso que su madre encontraría la forma de no oírla o de simular que no había dicho nada. O puede, imaginó, que el cristal de la ventana se rompiera.

Cuando logró decirle que estaba cansada y necesitaba acostarse un rato, su madre todavía no le había hecho una sola pregunta sobre su estancia en Estados Unidos, ni siquiera sobre su viaje de vuelta. De la misma manera que su madre parecía haber preparado lo que diría y le enseñaría, ella había planeado cómo transcurriría aquel primer día. Tenía pensado contarle que el viaje de Nueva York a Cobh había sido mucho más tranquilo que su primer viaje desde Liverpool, y lo mucho que había disfrutado tomando el sol en cubierta. También había pensado enseñarle a su madre la carta que le había enviado el Brooklyn College diciéndole que había aprobado los exámenes y que posteriormente recibiría un certificado conforme tenía el título de contable. Había comprado una rebeca, una bufanda y algunas medias para su madre, pero la mujer las había dejado a un lado con aire casi ausente, diciendo que abriría los paquetes más tarde.

Eilis se alegró de poder cerrar la puerta de su vieja habitación y correr las cortinas. Lo único que quería era dormir, a pesar de que había dormido bien en el hotel del puerto de Rosslare la noche anterior. Había enviado una postal a Tony desde Cobh diciéndole que había llegado bien y le había escrito una carta desde Rosslare contándole el viaje. Se alegraba de no tener que escribirle desde aquella habitación sin vida, y casi se asustaba al ver lo poco que significaba para ella. No se había parado a pensar cómo sería volver a casa porque había imaginado que sería fácil; había anhelado tanto la familiaridad de aquellas habitaciones que había supuesto que se sentiría feliz y aliviada de volver a ellas, en cambio, aquella primera mañana, no supo hacer otra cosa que contar los días que faltaban para irse. Aquello hizo que se sintiera extraña y culpable; se acurrucó en la cama y cerró los ojos, con la esperanza de dormirse.

Su madre la despertó diciéndole que casi era la hora del té. Había dormido, calculó, casi seis horas, y lo único que quería era seguir durmiendo. Su madre le dijo que había agua caliente, en caso de que quisiera darse un baño. Eilis abrió las maletas y empezó a colgar la ropa en el armario y a guardar cosas en los cajones. Encontró un vestido de verano que no parecía muy arrugado y una rebeca y ropa interior limpia y unos zapatos planos.

Cuando volvió a la cocina después de bañarse y cambiarse de ropa, su madre la miró de arriba abajo con cierta desaprobación.

Eilis cayó en la cuenta de que quizá los colores que llevaba eran demasiado vistosos, pero no tenía ropa más oscura.

—Toda la ciudad me ha preguntado por ti —dijo su madre—. Dios mío, incluso Nelly Kelly. La vi en la puerta de la tienda y me soltó un gran rugido. Todos tus amigos quieren pasar a verte, pero les he dicho que sería mejor que esperaran a que te hubieras instalado.

Eilis se preguntó si su madre siempre había tenido aquella forma de hablar que parecía no esperar respuesta, y de repente reparó en que hasta entonces apenas había estado a solas con ella, que siempre había tenido a Rose para mediar entre ambas; Rose, que tenía muchas cosas que contarles a las dos, preguntas y comentarios que hacer, opiniones que brindar. También tenía que ser difícil para su madre, pensó; lo mejor sería esperar unos días y ver si empezaba a interesarse por su vida en Estados Unidos y le daba la ocasión de introducir poco a poco el tema de Tony y contarle que iba a casarse con él cuando volviera.

Se sentaron a la mesa de la sala y revisaron todas las cartas de condolencias y de solicitudes de misa que habían recibido las semanas posteriores a la muerte de Rose. La madre de Eilis había hecho imprimir un recordatorio con una foto de Rose en todo su esplendor y felicidad, con su nombre, edad y fecha de fallecimiento, y unas oraciones cortas debajo y en el reverso. Tenían que enviarlas. Pero a los que habían escrito o venido a visitarle había que adjuntarles una nota especial o una carta más larga. La madre de Eilis había dividido los recordatorios en tres montones: en uno solo había que poner el nombre y la dirección en el sobre y meter el recordatorio, en el segundo había que incluir una nota o carta suya y en el último Eilis tenía que escribir una nota o una carta. Eilis recordó vagamente que también habían hecho aquello tras la muerte de su padre, pero Rose, recordó también, se había hecho cargo de todo, ella no había participado directamente.

Su madre se sabía casi de memoria algunas de las cartas de condolencia que había recibido y también tenía una lista de todos los que habían ido a visitarla, que repasó con cuidado a Eilis, comentándole quién había ido demasiado a menudo o se había quedado demasiado rato, o quién había cotilleado excesivamente o había dicho algo que la había ofendido. Y había primos de su madre que vivían más allá de Bree que habían ido con vecinos suyos, gente tosca de fuera, y esperaba no tener que volver a verlos, ni a los primos ni a sus vecinos.

Y una noche, dijo, fueron Dora Devereux de Cush Gap y su hermana Statia y no habían parado de hablar y de contar cosas de personas a las que ninguno de los presentes conocía. Le habían dejado una estampa cada una, dijo su madre, y les escribiría una breve nota agradeciendo su visita, aunque procurando no animarlas a volver pronto. También había ido Nora Webster, dijo, con Michael; Nora había dado clases a los chicos en la escuela, y eran las personas más encantadoras de la ciudad. No le importaría que ellos volvieran, dijo, pero como tenían niños pequeños no creía que lo hicieran.

Su madre fue leyendo en voz alta la lista de personas, y Eilis casi se echó a reír al oír nombres de los que no había tenido noticias, o en los que no había pensado durante su estancia en América. Cuando su madre mencionó a una anciana que vivía cerca de Folly, no pudo resistirse.

—Dios mío, ¿aún vive?

Su madre la miró afligida y se puso las gafas al tiempo que empezaba a buscar una carta que había extraviado del capitán del club de golf en la que le decía cuán apreciada era Rose y cuánto la echarían de menos. Cuando la encontró, miró a Eilis con severidad.

Cada carta y cada nota que escribía Eilis tenía que ser revisada por la madre, que a menudo quería que la repitiera o añadiera un párrafo al final. Y en sus propias cartas, al igual que en las de su hija, quería dejar claro que, ahora que Eilis estaba en casa, se sentía muy acompañada y no necesitaba más visitas.

A Eilis le asombró la diversidad de formas en que las personas habían expresado sus condolencias, una vez escritas la primera o segunda frases. A la hora de contestar, su madre también intentaba, cambiar el tono y el contenido, procurando decir algo adecuado a cada persona. Pero era un proceso lento, y al final del primer día Eilis todavía no había salido a la calle ni estado a solas un solo momento. Y no había hecho ni la mitad del trabajo.

Al día siguiente trabajó duro y le dijo a su madre varias veces que si seguían hablando o releyendo cada carta que habían recibido, no acabarían nunca la tarea que tenían por delante. Pero su madre no solo iba despacio e insistía en que era ella, y no Eilis, la que tenía que escribir la mayor parte, sino que además quería que su hija leyera todas las cartas que ella acababa. Tampoco podía evitar hacer comentarios sobre las personas que habían escrito, incluidas las que Eilis no conocía.

Eilis intentó cambiar de tema varias veces y le preguntó a su madre si podrían ir juntas a Dublín algún día, o acercarse al menos a Wexford, en tren, una tarde. Pero su madre contestó que esperarían y ya verían, que ahora la cuestión era acabar de escribir y enviar aquellas cartas y que después revisarían la habitación de Rose y ordenarían su ropa.

Mientras tomaban el té el segundo día, Eilis le dijo a su madre que si no llamaba pronto a alguna de sus amigas, las ofendería. Ahora que había empezado, estaba decidida a conseguir un día libre y no pasar directamente de escribir cartas y poner direcciones en los sobres bajo la atenta y cada vez más malhumorada supervisión de su madre a revisar la ropa de Rose.

—He pedido que mañana traigan la corona de flores —dijo su madre—, así que iremos al cementerio.

—Bien, entonces quedaré con Annette y Nancy por la tarde —contestó Eilis.

—Pasaron a preguntar cuándo volvías. Les di largas, pero si quieres verlas, tendrías que invitarlas a casa.

—Puede que lo haga ahora—dijo Eilis—. Si le envío una nota a Nancy, ella puede ponerse en contacto con Annette. ¿Nancy sigue saliendo con George? Dijo que iban a comprometerse.

—Dejaré que te lo explique ella —replicó su madre, y sonrió.

—George sería un gran partido —dijo Eilis—. Y también es apuesto.

—Oh, no sé —dijo su madre—. La podrían convertir en una esclava, en aquella tienda. Y la vieja señora Sheridan parece una aristócrata. Yo no le dedicaría ni un momento.

Salir a la calle hizo que se sintiera mejor enseguida, y la tarde era tan agradable y cálida que podría haber caminado gustosamente durante horas. Vio que una mujer observaba su vestido, medias y zapatos y después su bronceada piel, y cuando se dirigía a casa de Nancy, se dio cuenta con regocijo de que en aquellas calles debía de parecer sofisticada. Se tocó el dedo en el que había llevado el anillo de bodas y se prometió a sí misma que escribiría a Tony aquella noche, cuando su madre se fuera a la cama, y que encontraría una forma de llevar la carta a correos a la mañana siguiente sin que ella se enterara. O quizá, pensó, aquella sería una buena forma de revelar delicadamente a su madre el secreto de que tenía alguien especial en América en caso de que no hubiera visto las cartas que le había escrito a Rose.

Al día siguiente, de camino al cementerio con la corona de flores, todos los que las conocían se detuvieron a hablar con ellas. Elogiaron a Eilis por su buen aspecto, pero no con excesiva efusividad o en un tono demasiado frívolo porque vieron que se dirigía con su madre a la tumba de su hermana.

Hasta que cruzaron la avenida principal del cementerio en dirección al panteón familiar, Eilis no fue consciente de hasta qué punto había temido aquello. Sintió lo mucho que la había irritado su madre los días anteriores y caminó despacio, cogiéndola del brazo, con la corona a la mano. Algunas de las personas que estaban en el cementerio se detuvieron y observaron cómo se aproximaban a la tumba.

Su madre quitó una corona casi marchita. Después volvió junto a Eilis y se quedó en pie frente a la lápida.

—Bueno, Rose —dijo, suavemente—, aquí está Eilis, ha venido a casa y te hemos traído flores lozanas.

Eilis no sabía si su madre esperaba que también dijera algo, pero ahora estaba llorando y no creía que pudiera decir nada con claridad. Cogió a su madre de la mano.

—Rezo por ti, Rose, y pienso en ti —susurró— y espero que tú reces por mí.

—Reza por todos nosotros —dijo su madre—. Rose está en el cielo y reza por nosotros.

Estando frente a la tumba, en silencio, la idea de que Rose estuviera bajo tierra, rodeada de oscuridad, se le hizo casi insoportable. Intentó imaginar a su hermana en vida, la luz de sus ojos, su voz, su forma de ponerse la rebeca sobre los hombros cuando sentía frío, su forma de tratar a su madre, haciendo que se interesara incluso por el más pequeño detalle de las vidas de Rose y Eilis, como si tuvieran los mismos amigos, los mismos intereses, las mismas experiencias. Se concentró en el espíritu de Rose e intentó evitar que su mente pensara en lo que le estaba ocurriendo a su cuerpo, justo bajo sus pies, en el húmedo barro.

Volvieron a casa por Summerhill y cruzaron Fair Green hasta Back Road porque su madre dijo que no quería encontrarse a nadie más aquel día, pero a Eilis se le ocurrió que lo que no quería bajo ningún concepto era que la viera alguien que pudiera invitarla o apartarla de su lado.

Aquella noche, cuando Nancy y Annette fueron a visitarla, Eilis vio inmediatamente el anillo de compromiso de Nancy. Ella le contó que llevaba comprometida con George dos meses, pero que no había querido contárselo por carta debido a lo de Rose.

—Pero es fantástico que estés aquí para la boda. Tu madre está encantada.

—¿Cuándo es la boda?

—El sábado veintisiete de junio.

—Pero entonces ya me habré ido —dijo Eilis.

—Tu madre ha dicho que todavía estarías aquí. Escribió aceptando la invitación en nombre de las dos.

Su madre entró en la habitación con una bandeja con tazas, platitos, una tetera y pastelitos.

—Bueno —dijo—, es agradable volver a veros a las dos, un poco de vida en la casa otra vez. La pobre Eilis estaba harta de su vieja madre. Y esperamos con ilusión tu boda, Nancy. Tendremos que ponernos muy elegantes. Es lo que Rose querría.

Y salió de la habitación antes de que nadie pudiera decir una palabra. Nancy miró a Eilis y encogió los hombros.

—Ahora tendrás que ir.

Eilis calculó mentalmente que la boda era cuatro días después de la fecha de partida prevista; también recordó que la agencia de viajes de Brooklyn le había dicho que podía cambiar la fecha siempre y cuando avisara a la compañía marítima con antelación. En ese momento decidió que se quedaría unas semanas más, y esperó que en Bartocci's nadie pusiera demasiadas objeciones. Sería fácil explicarle a Tony que su madre había confundido la fecha de partida, aunque ella no creía que su madre hubiera confundido nada.

—¿O quizá tienes a alguien esperándote impacientemente en Nueva York? —sugirió Annette.

—Por ejemplo la señora Kehoe, mi casera —replicó Eilis.

Eilis sabía que no podía hacer confidencias a ninguna de sus amigas, sobre todo cuando estaban todas juntas, sin acabar hablando demasiado. Y si se lo contaba, pronto se encontraría con que una de sus madres le comentaría a la suya que tenía novio en América. Era mejor, pensó, no decir nada y hablar de ropa y de sus estudios y contarles cosas de sus compañeras y de la señora Kehoe.

Ellas, a su vez, le contaron las novedades de la ciudad, quién salía con quién, o quién tenía previsto comprometerse, y añadieron que la última noticia era que la hermana de Nancy, que había estado saliendo intermitentemente con Jim Farrell desde Navidad, al final había roto con él y ahora tenía un novio de Ferns.

—Solo se lió con Jim Farrell por un reto —dijo Nancy—. Era tan grosero con ella como lo fue contigo aquella noche, ¿te acuerdas? Y todos apostamos dinero a que no se liaría con él. Y entonces lo hizo. Pero al final no le soportaba, decía que era como tener tortícolis, aunque George diga que es muy buen tipo cuando llegas a conocerle, y todas sabían que George iba al colegio con él.

—George es muy bueno —dijo Annette.

Jim Farrell, dijo Nancy, iba a asistir a la boda como amigo de George, pero su hermana exigía que también invitaran a su nuevo novio de Ferns. Con toda aquella charla sobre novios y planes de boda, Eilis se dio cuenta de que si les contaba a Nancy o Annette lo de su boda secreta, a la que no había asistido nadie salvo ella y Tony, su reacción sería de silencio y asombro. Parecería demasiado extraño.

Cuando en los días siguientes, fue a la ciudad, el domingo, al ir a misa de once con su madre, todo el mundo comentaba lo bonita que era la ropa de Eilis, la elegancia de su peinado y el bronceado de su piel. Eilis intentó organizarse para quedar con Annette o Nancy cada día, bien juntas o por separado, y le decía a su madre con antelación lo que tenía previsto hacer. El miércoles, cuando le dijo a su madre que, si no había inconveniente, al día siguiente a primera hora de la tarde iría a Curracloe con George Sheridan y Nancy y Annette, la mujer le pidió que anulara la salida de aquella tarde y empezaran a revisar las pertenencias de Rose y a decidir con qué quedarse y qué dar.

Sacaron la ropa del armario y la colocaron sobre la cama. Eilis quería que quedara claro que no necesitaba la ropa de su hermana y que lo mejor sería darlo todo a la caridad. Pero su madre ya estaba apartando el abrigo de invierno de Rose, recién comprado, y varios vestidos que dijo que podían ajustarse fácilmente para que le quedaran bien a Eilis.

—No voy a tener mucho espacio en mi maleta —dijo Eilis— y el abrigo es precioso, pero demasiado oscuro para mí.

Su madre, que seguía ocupada separando prendas, fingió no haberla oído.

—Lo que haremos será llevar los vestidos y el abrigo al sastre mañana por la mañana. Parecerán distintos cuando tengan la medida correcta, cuando casen con tu nuevo aspecto americano.

Eilis, a su vez, empezó a ignorar a su madre. Abrió el cajón inferior de la cómoda y vació el contenido en el suelo. Quería asegurarse de encontrar las cartas que había enviado a Rose, si estaban allí, antes que su madre. Había viejas medallas y folletos, incluso redecillas y horquillas que no se habían utilizado durante años, pañuelos doblados y algunas fotografías que apartó, así como un montón de cartulinas de puntuación de golf. Pero no había rastro de las cartas ni en aquel cajón ni en los demás.

—La mayor parte son cosas inútiles, mamá. Lo mejor será conservar solo las fotos y tirar lo demás.

—Oh, voy a tener que mirármelo todo, pero ahora ven aquí y ayúdame a doblar estos pañuelos.

Eilis se negó a ir al sastre al día siguiente y al final le dijo a su madre con rotundidad que no quería llevar ni los vestidos ni el abrigo de Rose, no importaba lo elegantes o caros que fueran.

—Entonces, ¿quieres que los tire?

—Hay mucha gente que estaría encantada de tenerlos.

—¿Pero no son lo bastante buenos para ti?

—Yo ya tengo mi ropa.

—Bien, los dejaré en el armario por si cambias de opinión. Podrías darlos y el domingo, en misa, encontrarte a un desconocido con su ropa. Eso sería el colmo.

Eilis había comprado sellos y sobres especiales para América en la oficina de correos. Escribió a Tony para contarle que se quedaba una semana más y a la oficina de la compañía marítima en Cobh para cancelar el billete de vuelta que había reservado y pedirles que le dijeran cómo fijar una fecha de regreso posterior. Decidió esperar a que se acercara la fecha para avisar a la señorita Fortini y a la señora Kehoe de que llegaría más tarde. Se preguntó si sería inteligente utilizar una enfermedad como excusa. Le contó a Tony su visita a la tumba de Rose y el compromiso de Nancy, y le aseguró que llevaba el anillo cerca de ella para poder pensar en él cuando estaba sola.

A la hora de comer metió una toalla, un bañador y unas sandalias en una bolsa y se fue caminando a casa de Nancy, donde George Sheridan pasaría a buscarlas. La mañana había sido bonita; la brisa, suave y tranquila, y en la casa, mientras esperaban que llegara George, el calor era casi sofocante. Cuando oyeron la bocina de la camioneta que solía usar para los repartos, salieron. Eilis se sorprendió al ver a Jim Farrell, que le abrió la puerta para que entrara y después se sentó a su lado, dejando que Nancy se sentara delante con George.

Eilis saludó a Jim con frialdad y se acomodó lo más lejos que pudo de él. Le había visto el domingo anterior en misa, pero había puesto cuidado en evitarlo. Cuando salieron de la ciudad se dio cuenta de que era él, y no Annette, quien les acompañaba; se enfadó con Nancy por no habérselo dicho. De haberlo sabido, no habría ido. Se enfureció aún más cuando George y Jim se pusieron a hablar de un partido de rugby mientras el coche recorría Osbourne Road en dirección a Vinegar Hill y después giraba a la derecha hacia Curracloe. Estuvo a punto de interrumpir a los dos hombres para decirles que en Brooklyn también había un Vinegar Hill, pero que no se parecía en nada al Vinegar Hill desde el que se veía Enniscorthy, a pesar de que le habían puesto su nombre. Cualquier cosa, pensó, con tal de hacerlos callar. Pero decidió no dirigirse ni una sola vez a Jim Farrell, incluso ignorar su presencia, e introducir un tema en el que no pudiera participar en cuanto se produjera una interrupción en la conversación.

Cuando George aparcó el coche y él y Nancy fueron hacia el entablado que cruzaba las dunas hasta la playa, Jim Farrell le preguntó con mucha suavidad cómo estaba su madre y le dijo que él y sus padres habían ido al funeral de Rose. Su madre, dijo, la apreciaba mucho, del club de golf.

—En general —continuó diciendo— hacía mucho tiempo que no ocurría nada tan triste en la ciudad.

Eilis asintió. Si lo que quería era que opinara bien de él, pensó, entonces tendría que hacerle saber cuanto antes que no tenía ninguna intención de hacerlo, pero no era aquel precisamente el momento.

—Debe de resultarte duro estar en casa —continuó él—. Aunque para tu madre debe de ser agradable.

Eilis se volvió y le sonrió con tristeza. No volvieron a hablar hasta que se reunieron con George y Nancy en la playa.

Por lo visto, Jim no había llevado ni toalla ni bañador, y dijo que en cualquier caso el agua estaba demasiado fría. Eilis miró a Nancy y después lanzó una fulminante mirada a Jim con la intención de que Nancy la viera. Mientras Jim se quitaba los zapatos y los calcetines, se arremangaba los pantalones y se dirigía a la orilla, los demás se cambiaron. Si esto hubiera ocurrido años atrás, pensó Eilis, se habría pasado todo el viaje desde Enniscorthy preocupada por el bañador y su diseño, por si no tenía un aspecto bonito o elegante en la playa, o por lo que George o Jim pudieran pensar de ella. Pero ahora, que todavía conservaba el bronceado del barco y de sus excursiones a Coney Island con Tony, se sintió extrañamente segura de sí misma al cruzar la playa y pasar sin decir palabra junto a Jim Farrell, que estaba chapoteando en la orilla. Se metió en el agua, y, al llegar la primera ola alta, se lanzó contra ella mientras rompía y después se adentró en el mar. Sabía que Jim la estaba mirando, y la idea de que debió de salpicarlo al pasar junto a él la hizo sonreír. Por un instante pensó que era algo que podría explicarle a Rose y que a ella le encantaría, pero después, con un sentimiento de pesar cercano al dolor físico, se acordó de que Rose estaba muerta, y que había cosas como aquella, cosas corrientes, que nunca sabría, que ahora ya no le importaba.

Más tarde, Nancy y George fueron paseando juntos hacia Ballyconnigar, dejando atrás a Eilis y Jim. Él empezó a hacerle preguntas sobre Estados Unidos. Le contó que tenía dos tíos en Nueva York y que solía imaginárselos entre los rascacielos de Manhattan hasta que se enteró de que vivían a más de trescientos kilómetros de la ciudad de Nueva York. Estaban en el estado de Nueva York, dijo, y el pueblo en el que vivía uno de ellos era más pequeño que Bunclody. Cuando Eilis le contó que un sacerdote amigo de su hermana la había animado a ir y la había ayudado cuando llegó, él le preguntó su nombre. Eilis le dijo que era el padre Flood, y se quedó desconcertada unos instantes cuando Jim replicó que sus padres le conocían bien; su padre, creía, había ido al Sant Peter's College con él.

Más tarde fueron a Wexford y tomaron el té en el hotel Talbot, donde se iba a celebrar el banquete de bodas. De vuelta a Enniscorthy, Jim les invitó a tomar algo en el bar de su padre antes de volver a casa. Su madre, que estaba sirviendo en la barra, sabía que habían ido de excursión y saludó a Eilis con una calurosa efusividad que ella casi encontró inquietante. Antes de separarse quedaron en repetir la excursión el domingo siguiente. George sugirió la posibilidad de ir a Courtown a bailar después de Curracloe.

Eilis no tenía llave de la puerta principal de Friary Street, así que tuvo que llamar; esperaba que su madre no estuviera durmiendo. La oyó acercarse lentamente a la puerta e imagino que debía de haber estado en la cocina. Su madre estuvo un rato abriendo cerraduras y descorriendo cerrojos.

—Bueno, ya estás aquí —dijo su madre, y sonrió—. Tendré que darte una llave.

—Espero no haberte despertado.

—No, cuando he visto que te marchabas he imaginado que volverías tarde, pero tampoco es tan tarde, todavía hay algo de luz en el cielo.

Su madre cerró la puerta y la hizo pasar a la cocina.

—Y bien, dime —dijo—. ¿Te lo has pasado bien en la excursión?

—Ha sido agradable, mamá —dijo Eilis—. Y hemos ido a tomar el té a Wexford.

—Y espero que Jim Farrell no se haya mostrado demasiado necio.

—Ha sido agradable. Ha cuidado sus modales.

—Bien, la gran noticia es que han venido a preguntar por ti de parte de las oficinas Davis's. Están en plena crisis porque mañana tienen que pagar a los camioneros y a los hombres que trabajan en la fábrica; una de las chicas está de vacaciones y Alice Roche enferma. Estaban desesperados hasta que alguien ha pensado en ti. Quieren que estés allí a las nueve y media de la mañana y les he dicho que allí estarías. Era mejor decir sí que no.

—¿Cómo sabían que estaba aquí?

—Seguro que toda la ciudad sabe que estás aquí. Así que te prepararé el desayuno a las ocho y media, y será mejor que te pongas algo práctico. Nada demasiado americano.

El rostro de su madre mostraba una sonrisa de satisfacción. Aquello supuso un alivio para Eilis, ya que días atrás había empezado a temer los silencios entre ellas y a molestarle la falta de interés de su madre por hablar de nada, ni el menor detalle, que estuviera relacionado con su estancia en Estados Unidos. Ahora, en la cocina, charlaron sobre Nancy y George y la boda, y acordaron ir a Dublín el martes a comprar un vestido para la ocasión. También comentaron qué debían comprarle a Nancy como regalo de bodas.

Cuando Eilis fue arriba se sintió, por primera vez, menos incómoda de estar en casa, y se encontró esperando casi con ilusión el día que tendría que organizar las pagas en Davis's y el fin de semana. Sin embargo, mientras se desvestía, reparó en que había una carta encima de la cama. Enseguida vio que era de Tony, que había puesto su nombre y dirección en el sobre. Su madre debía de haberla dejado allí, tras decidir no mencionarlo. Abrió la carta con un sentimiento cercano a la alarma, preguntándose por un momento si le habría pasado algo; se sintió aliviada al leer las frases iniciales, que declaraban su amor por ella y subrayaban cuánto la echaba de menos.

Mientras leía la carta, deseó poder llevarla abajo y leérsela a su madre. El tono era estirado, formal, anticuado, el de alguien poco acostumbrado a escribir cartas. Aun así, Tony había logrado reflejar algo de sí mismo, su calidez, su amabilidad y entusiasmo por las cosas. Y había algo constante en él, pensó, que también estaba en aquella carta. El sentimiento de que si volvía la cabeza, ella podía haberse ido. Aquella tarde, disfrutando del mar y la cálida temperatura, de la compañía de Nancy y George e incluso, al final del día, de Jim, había estado lejos de Tony, muy lejos, sumergiéndose en la tranquilidad de lo que repentinamente se había vuelto familiar.

Ahora deseaba no haberse casado con él, no porque no lo amara y no quisiera volver junto él, sino porque el no habérselo dicho a su madre y a sus amigos convertía cada día transcurrido en Estados Unidos en una especie de fantasía, en algo que no encajaba con los días que estaba pasando en casa. Se sentía extraña, era como si fuera dos personas, una que había luchado contra dos fríos inviernos y muchos días duros en Brooklyn y se había enamorado allí, y otra que era la hija de su madre, la Eilis que todo el mundo conocía, o creía conocer.

Deseaba poder bajar y contarle a su madre lo que había hecho, pero sabía que no lo haría. Sería más fácil argüir que tenía que volver a Brooklyn a trabajar, escribir cuando ya hubiera vuelto y decir que estaba saliendo con un hombre al que amaba y con el que esperaba comprometerse y casarse. Solo estaría en casa unas semanas más. Tumbada en la cama, pensó que lo más acertado sería sacar el mayor partido, no tomar grandes decisiones en lo que solo iba a ser un interludio. No era muy probable que la posibilidad de estar en casa volviera a presentarse. Por la mañana, pensó, se levantaría pronto, escribiría a Tony y enviaría la carta de camino al trabajo.

Por la mañana le resultó difícil no pensar que era el fantasma de Rose, su madre preparándole el desayuno y hablándole de la misma forma en el mismo momento, admirando su ropa con las mismas palabras que utilizaba con Rose, y después ella saliendo a paso ligero hacia el trabajo. Cuando cogió el mismo camino que Rose, tuvo que obligarse a sí misma a dejar de caminar con la elegancia y la determinación de Rose e ir más despacio.

En la oficina la estaba esperando Maria Gethings, de quien Rose solía hablar; la acompañó al sanctasanctórum en el que se guardaba el dinero en efectivo. El problema era, dijo Maria, que era temporada alta y los camioneros y hombres de la fábrica habían hecho horas extras la semana anterior. Todos habían apuntado las horas trabajadas, pero nadie había calculado el dinero que se les debía, que se anotaba en un formulario especial y se sumaba a su paga habitual, expresaba en otro formulario, una hoja salarial. Ni siquiera estaban en orden alfabético, dijo.

Eilis le dijo que si la dejaba a solas unas dos horas con toda la información sobre las tarifas de las horas extras, organizaría un sistema, siempre y cuando pudiera preguntarle cuanto necesitara saber. Dijo que trabajaría mejor sola, pero que le comunicaría la menor duda que tuviera. Maria le dijo que cerraría la puerta y no la molestaría; al salir explicó que los hombres irían a buscar su paga hacia las cinco y que el dinero en efectivo para pagarles estaba en la caja fuerte.

Eilis encontró una grapadora y empezó a grapar el formulario de horas extras de cada trabajador a su hoja salarial. Las puso en orden alfabético. Cuando acabó, revisó los formularios de las horas extras calculando, a partir de la lista de tarifas, que variaban considerablemente según la antigüedad y el grado de responsabilidad, cuánto había que pagar a cada uno; después añadió y sumó aquella cantidad a la paga de la hoja salarial, de forma que solo quedara una cifra por trabajador. Fue apuntando las cifras en una lista aparte que después sumaría para saber cuánto dinero se necesitaba para pagar a todos los hombres. El trabajo era sencillo porque los términos estaban claros y, si se concentraba y no cometía errores en la suma, pensó, podría llevar a cabo su tarea, siempre que hubiera suficientes billetes pequeños y monedas en la caja fuerte.

Hizo un breve descanso para comer y volvió a decirle a Maria que no necesitaría ayuda, solo un montón de sobres y alguien que abriera la caja fuerte y fuera al banco o a correos en caso de que no tuvieran suficiente cambio. A las cuatro de la tarde ya había acabado y la cantidad de efectivo gastado coincidía con su suma total. Había dado un sobre a cada trabajador con una hoja en la que se detallaba el dinero que se le debía y también había hecho una copia para los archivos de la oficina.

Aquel era el trabajo con el que había soñado cuando estaba en la planta de ventas de Bartocci's y veía a los administrativos entrar y salir mientras ella les decía a los clientes que las medias color sepia y café eran para las pieles claras y las medias rojizas para las más oscuras, o mientras escuchaba en clase y se preparaba para los exámenes del Brooklyn College. Sabía que en cuanto se casara con Tony se quedaría en casa, limpiando, haciendo la comida y comprando, y que después tendrían niños y los cuidaría. Nunca le había comentado a Tony que le gustaría seguir trabajando, aunque solo fuera media jornada, llevando desde casa los libros de alguien que necesitara un contable. No creía que ninguna de las mujeres que trabajaba en las oficinas de Bartocci's estuviera casada. Mientras acababa su jornada de trabajo en Davis's se preguntó si quizá podría llevar la contabilidad de la empresa que Tony y sus hermanos iban a crear. Al pensar en eso cayó en la cuenta de que se había olvidado de escribirle aquella mañana y decidió encontrar tiempo por la noche para hacerlo.

El domingo, justo después de comer, cuando aún hacía un agradable calor, George, Nancy y Jim pararon enfrente de su casa en Friary Street. Jim le abrió la puerta trasera del coche para que subiera. Llevaba una camisa blanca con las mangas arremangadas; Eilis vio el vello oscuro de sus brazos y la blancura de su piel. Llevaba gomina; pensó que se había esmerado bastante a la hora de vestirse. Mientras salían de la ciudad, Jim le contó cómo habían ido las cosas en el bar la noche anterior y lo afortunado que era de que, aunque sus padres le hubieran traspasado el bar, siguieran dispuestos a trabajar cuando él quería salir.

George dijo que seguramente en Curracloe habría mucha gente y que creía que lo mejor era ir a Cush Gap y bajar por el acantilado. Allí era donde Eilis iba con Rose, sus hermanos y sus padres cuando eran pequeños, pero hacía años que no había estado o pensado en ello. Al cruzar el pueblo de Blackwater, estuvo a punto de señalar los sitios que conocía, como el bar de la señora Davis, donde su padre iba por las tardes, o la tienda de Jim O'Neill, pero se contuvo. No quería mostrarse como quien vuelve a casa después de mucho tiempo. Y pensó en un domingo de verano. Para los demás, en cambio, no representaba nada, solo la decisión que George había tomado de ir a un sitio más tranquilo.

Estaba segura de que si empezaba a hablar de los recuerdos que le despertaba aquel sitio, ellos notarían la diferencia. Por eso, mientras subían la cuesta antes de girar hacia Ballyconnigar, interiorizó cada edificio, recordando cosas que habían ocurrido, las pequeñas excursiones al pueblo con Jack, o un día que habían ido a visitarles sus primos Doyle. Aquello hizo que se sumiera en el silencio y se sintiera apartada de la agradable y apacible sensación de tranquilidad y alegría que reinaba en el coche cuando giraban a la izquierda y se dirigían a Cush por el estrecho camino de arena.

Tras aparcar, George y Nancy se encaminaron hacia el acantilado, dejando atrás a Jim y Eilis. Jim llevaba su bañador y la toalla, así como la bolsa de Eilis con su traje de baño y su toalla. A medio camino se detuvieron unos instantes en casa de los Cullen, ante la cual estaba sentado un viejo profesor de Jim, el señor Redmond, con un sombrero de paja en la cabeza. Era evidente que estaba de vacaciones.

—Puede que este sea todo el verano de este año, señor —dijo Jim.

—Pues entonces será mejor aprovecharlo al máximo —contestó el señor Redmond. Eilis observó que no articulaba bien las palabras.

Mientras seguían caminando, Jim dijo en voz baja que era el único profesor que le había caído bien y que era una lástima que hubiera tenido una apoplejía.

—¿Dónde está su hijo? —preguntó Eilis.

—¿Eamon? Está estudiando, creo. Es a lo que se dedica.

Cuando llegaron al final del camino y se asomaron al acantilado, vieron que el mar estaba en calma y casi llano. Junto a la orilla, la arena era de un amarillo oscuro. Una hilera de aves marinas volaba bajo sobre las olas, que apenas crecían para romper suavemente, casi en silencio. Había una ligera bruma que difuminaba la línea del horizonte, pero por lo demás el cielo era de un azul puro.

George tuvo que correr cuesta abajo el último tramo de arena y salvar un hueco del acantilado; esperó que Nancy lo siguiera y la sostuvo entre sus brazos. Jim hizo lo mismo, y Eilis se dio cuenta de que, al cogerla, la abrazaba de un modo demasiado íntimo, y que lo hacía como si fuera algo habitual en ellos. Eilis se estremeció un instante al pensar en Tony.

Extendieron dos toallas sobre la arena mientras Jim se quitaba los zapatos y los calcetines e iba a ver cómo estaba el agua. Volvió diciendo que estaba casi caliente, mucho mejor que la vez anterior, y que se iba a cambiar y a darse un baño. George dijo que iría con él. Acordaron que el último que se metiera en el agua invitaría a comer. Nancy y Eilis se pusieron el bañador, pero se quedaron sentadas en la toalla.

—A veces son como un par de niños —dijo Nancy mientras miraba cómo hacían payasadas en el agua—. Si tuvieran una pelota, se pasarían una hora jugando con ella.

—¿Qué ha pasado con Annette? —preguntó Eilis.

—Sabía que el jueves no vendrías si te decía que nos acompañaba Jim, y sabía que no vendrías solo conmigo y con George, así que te dije que Annette iba a venir; solo fue una mentirijilla —replicó Nancy.

—¿Y qué ha pasado con los modales de Jim?

—Solo es maleducado cuando está nervioso —dijo Nancy—. No lo hace intencionadamente. Es un bonachón. Y además le gustas.

—¿Desde cuándo?

—Desde que te vio en misa de once el otro domingo, con tu madre.

—¿Puedes hacerme un favor, Nancy?

—¿Cuál?

—¿Puedes ir a la orilla y decirle a Jim que se vaya al infierno? O mejor aún, ve a la orilla y dile que conoces a alguien que vive en la Cochinchina y pregúntale por qué no se pasa por allí alguna vez.

Ambas se tiraron sobre las toallas, riendo a carcajadas.

—¿Lo tienes todo preparado para la boda? —preguntó Eilis. No quería oír nada más de Jim Farrell.

—Todo excepto mi futura suegra, que cada día se presenta con una nueva declaración sobre algo que quiere o que no quiere. Mi madre cree que es una horrible vieja esnob.

—Bueno, lo es, ¿no?

—Se lo quitaré a golpes —dijo Nancy—, pero esperaré a después de la boda.

Cuando George y Jim volvieron, empezaron los cuatro a caminar por la playa, al principio los dos hombres corriendo, para secarse. A Eilis le hacía gracia lo ceñidos y finos que eran sus bañadores. Ningún hombre estadounidense iría así en la playa, pensó. Ni dos hombres se moverían con tanta despreocupación en Coney Island, como hacían ellos dos, que no parecían estar en absoluto atentos a las dos mujeres que observaban cómo corrían torpemente junto a la dura arena de la orilla.

No había nadie más en aquella parte de la playa. Ahora Eilis entendía por qué George había elegido aquel solitario lugar. Él y Jim, y quizá también Nancy, habían planeado un día perfecto en el que ella y Jim fueran una simple pareja como Nancy y George. Cuando los dos hombres volvieron y Jim, dejando que los otros dos se adelantaran, empezó a hablar con ella, se dio cuenta de que le gustaba su presencia afable y corpulenta y el tono de su voz, que tenía la naturalidad de las calles de la ciudad. Sus ojos eran de un límpido azul, y no veían maldad en nada, pensó. Era plenamente consciente de que aquellos ojos azules se posaban sobre ella con un interés inequívoco.

Sonrió al pensar que se sentía cómoda. Estaba de vacaciones y era algo inofensivo, pero no se bañaría en el mar con él como si fuera su novia. Se dijo que le gustaría ser capaz de enfrentarse a Tony sabiendo que no lo había hecho. Ella y Jim observaron a George y Nancy mientras jugaban en la parte poco profunda del agua e iban juntos hacia las olas. Cuando Jim le propuso que los siguieran, ella negó con la cabeza y continuó caminando delante de él. Por un instante, cuando él la alcanzó se preguntó, cómo se sentiría ella si se enterara de que Tony había ido a Coney Island un día como aquel, con un amigo y dos mujeres jóvenes, y que había paseado a solas con una de ellas por la playa. Imposible, pensó, era algo que él jamás haría. Tony sufriría ante el más leve indicio de lo que ella estaba haciendo ahora, pues al volver al lugar en el que habían dejado las cosas, Jim le extendía la toalla y, aún en bañador, le sonreía y se tumbaba junto a ella bajo el cálido sol.

—Mi padre dice que esta zona de la costa se está erosionando terriblemente —dijo Jim, como si estuvieran en plena conversación.

—Años atrás solíamos pasar una semana o dos en la cabaña

que compraron Michael y Nora Webster. No sé de quién era cuando la alquilábamos. Los cambios se notaban cada vez que volvíamos en verano —dijo ella.

—Mi padre dice que recuerda a tu padre por aquí hace muchos años.

—Solían venir todos en bicicleta desde la ciudad.

—¿Hay playa cerca de Brooklyn?

—Oh, sí —dijo Eilis—. Y los fines de semana de verano está a rebosar.

—Imagino que allí te encuentras a todo tipo de personas —dijo él, como si aprobara la idea.

—De todo tipo —replicó ella.

Estuvieron un rato sin hablar mientras Eilis, sentada, contemplaba cómo Nancy flotaba en el agua y George nadaba cerca de ella. Jim se incorporó y también los observó.

—¿Vamos a bañarnos? —dijo con suavidad.

Eilis se esperaba aquello y ya había decidido decir que no. Si insistía demasiado, había pensado incluso decirle que había alguien especial en Brooklyn, un hombre con el que pronto volvería. Pero al hablar, el tono de su voz fue inesperadamente humilde. Lo hizo como si se dirigiese a alguien a quien se podía herir fácilmente. Eilis se preguntó si se trataba de una pose, pero él la miraba con una expresión tan vulnerable que, por un instante, no supo qué hacer. Se dio cuenta de que si se negaba quizá iría solo hasta la orilla con aire derrotado; de alguna forma, no quería tener que presenciarlo.

—De acuerdo —dijo.

Durante un segundo, mientras se metían en el mar, él la cogió de la mano. Pero cuando se acercó una ola, Eilis se apartó de él y, sin dudarlo un momento, se alejó nadando. No se volvió para ver si él la seguía. Continuó nadando, prestando atención al lugar en el que Nancy y George se estaban besando y abrazando estrechamente, e intentó evitarlos tanto como a Jim Farrell.

Apreció que Jim, a pesar de ser tan buen nadador como ella, no intentara seguirla en un principio; nadó en paralelo a la orilla y la dejó tranquila. Eilis disfrutó del agua; había olvidado su calma y su pureza. Mientras se deleitaba en ella, mirando el cielo azul, sacudiendo los pies para mantenerse a flote, Jim fue hacia ella, aunque poniendo cuidado en no tocarla ni acercarse demasiado. Cuando sus miradas se cruzaron, él sonrió. Todo lo que hizo a partir de entonces, cada palabra que dijo, cada movimiento que hizo, pareció deliberado, contenido y meditado, con la intención de no irritarla ni dar la impresión de que actuaba demasiado rápido. Y casi como formando parte de aquel cuidado, dejó absolutamente claro su interés por ella.

Eilis comprendió que no debería haber dejado que las cosas fueran tan rápido, que después de la primera excursión debería haberle dicho a Nancy que su deber era estar en casa con su madre, o ir de paseo con ella, y que no podía volver a salir con ellos y Jim Farrell. Por un instante pensó en confiarse a Nancy, no contarle toda la verdad, pero sí que no tardaría en comprometerse cuando volviera a Brooklyn. Pero se dio cuenta de que era mejor no hacer nada. En cualquier caso, pronto se iría.

Cuando salió del agua con Jim, George tenía una cámara fotográfica preparada. Mientras Nancy miraba, Jim se puso detrás de Eilis y la rodeó entre sus brazos; Eilis sintió su calor, su torso presionándola mientras George hacía algunas fotografías más antes de que Jim les hiciera otras a George y Nancy en la misma pose. Casi enseguida, al ver que un hombre venía en su dirección desde Keating's, decidieron esperar y, después de enseñarle cómo funcionaba la cámara, George le pidió que les hiciera unas fotos a los cuatro juntos. Jim se movía con aire no premeditado, pero nada de lo que hacía era casual, pensó Eilis, al sentir el peso de su cuerpo tras ella una vez más. Aunque tuvo cuidado de no acercársele tanto como George a Nancy. En ningún momento sintió su entrepierna; habría sido excesivo, e imaginó que Jim había decidido no arriesgarse. Después de que les hicieran las fotos, volvió a su toalla, se cambió y se tumbó al sol hasta que los demás estuvieron listos para irse.

De camino a Enniscorthy decidieron tomar el té en el asador del hotel Courtown, que George creía que estaba abierto hasta las nueve, y después ir a bailar. George le tomó el pelo a Nancy sobre el tiempo que necesitaría para arreglarse cuando esta insistió en que ella y Eilis tendrían que lavarse el pelo después de habérselo mojado en el mar.

—Un lavado rápido, entonces —dijo George.

—No se puede hacer rápido —replicó Nancy.

Jim miró a Eilis y sonrió.

—Dios mío, aún no están casados y ya discuten.

—Es por una buena causa —dijo Nancy.

—Tiene razón —añadió Eilis.

Jim se inclinó afectuosamente y apretó la mano de Eilis.

—Estoy seguro de que las dos tenéis razón —dijo con bastante sarcasmo, como riéndose de sí mismo para que no pareciera que pretendía ganarse su favor.

Acordaron estar listas a las siete y media. La madre de Eilis repasó vestidos y zapatos mientras Eilis se lavaba el pelo. Había preparado la tabla y la plancha por si había arrugas en el vestido que elegían. Cuando Eilis apareció con una toalla en la cabeza, vio que su madre había escogido el vestido azul de flores, el favorito de Tony, y unos zapatos azules. Estuvo a punto de decirle que no podía llevar aquello, pero se dio cuenta de que cualquier explicación que inventara crearía una tensión innecesaria, de manera que siguió adelante y se lo puso. Su madre, que no parecía molesta por quedarse sola el resto de la noche, sino más bien emocionada de que su hija se estuviera arreglando para volver a salir, empezó a plancharlo mientras Eilis se ponía rulos en el pelo y encendía el secador que había pertenecido a Rose.

George y Jim conocían del rugby al propietario del hotel Courtown y habían reservado una mesa especial con velas y vino y un menú especial con champán al final. Eilis vio que los demás comensales los miraban como si fueran la gente más importante del restaurante. George y Jim llevaban chaqueta sport y corbata y pantalones de franela. Mientras observaba a Nancy leyendo atentamente la carta, notó algo nuevo en ella: era más refinada que antes y se tomaba en serio los solemnes modales del camarero, cuando en otros tiempos habría puesto los ojos en blanco por su pomposidad o le habría dicho algo informal o amistoso. Pronto, pensó Eilis, se convertiría en la señora de George Sheridan, y eso era algo en la ciudad. Nancy estaba empezando a asumir su papel con fruición.

Más tarde, en el bar, George, Jim y el propietario del hotel, de aspecto apuesto y distinguido, estuvieron charlando de la temporada de rugby que había acabado. Era extraño, pensó Eilis, que George y Jim no estuvieran en Courtown con las hermanas de sus amigos. Sabía que toda la ciudad se había sorprendido de que George empezara a salir con Nancy, cuyos hermanos no habrían jugado al rugby en su vida, e imaginó que se debía a que Nancy era muy bonita y tenía buenos modales. Recordó que, dos años atrás, cuando Jim Farrell había sido tan abiertamente grosero con ella, había pensado que se debía a que procedía de una familia que no tenía ninguna propiedad en la ciudad. Ahora que había vuelto de América, creía, la envolvía algo, algo cercano al glamour, que la hacía completamente diferente cuando observaba con Nancy cómo hablaban los hombres.

No esperaba ver a mucha gente de Enniscorthy en el salón de baile. Muchas de las personas que estaban allí parecían saber que Nancy y George iban a casarse pronto y la pareja recibió felicitaciones mientras iba de un lado a otro. Eilis observó que Jim se limitaba a saludar a la gente con una inclinación de la cabeza, dando a entender que las había reconocido. No era un gesto antipático, pero tampoco invitaba a acercársele. Le pareció más severo que George, que era todo sonrisas, y se preguntó si aquello se debía a que llevaba un bar y era una forma de marcar la distancia con todas las personas que conocía.

Bailó toda la noche con Jim excepto cuando él y George intercambiaron parejas, y solo muy brevemente. Sabía que la gente de la ciudad la observaba y hacía comentarios sobre ella, especialmente cuando la música era rápida y se ponía de manifiesto que tanto ella como Jim eran buenos bailarines, pero también después, cuando bajaron la intensidad de las luces y tocaron música lenta y bailaron muy cerca el uno del otro.

Fuera, al acabar el baile, la noche aún era cálida. De camino al coche, ella y Jim dejaron que George y Nancy se adelantaran y les dijeron que enseguida se reunirían con ellos. Jim se había comportado impecablemente todo el día: no la había aburrido ni irritado, ni se había impuesto en exceso; parecía sumamente considerado, a veces divertido, dispuesto a permanecer en silencio, y también cortés. Había destacado asimismo en el salón de baile, donde algunos estaban borrachos y otros eran demasiado viejos o parecían haber llegado en tractor a Courtown. Era apuesto, elegante, inteligente y, a medida que había ido pasando la noche, se había sentido orgullosa de estar con él. Al salir encontraron un lugar entre una casa de huéspedes y un nuevo apartamento y empezaron a besarse. Jim fue despacio; en ocasiones le cogía la cabeza entre las manos para poder mirarla a los ojos en la semioscuridad y besarla apasionadamente. Su reacción al sentir su lengua en la boca fue de agrado al principio y después algo cercano a la auténtica excitación.

En el coche, de vuelta a Enniscorthy, sentados en la parte trasera, intentaron disimular lo que estaban haciendo, pero acabaron desistiendo, lo que provocó mucha hilaridad entre Nancy y George.

El lunes por la mañana llegó un mensaje para Eilis pidiéndole que fuera a Davis's, y ella supuso que querían pagarle. Al llegar, encontró de nuevo a Maria Gethings esperándola.

—El señor Brown quiere verla —dijo Maria—. Voy a informarme de si en estos momentos está con alguien.

El señor Brown había sido el jefe de Rose y era uno de los propietarios de la fábrica. Eilis sabía que era escocés y le había visto a menudo en su coche grande y reluciente. Percibió el tono de admiración en la voz de Maria al decir su nombre. Al poco rato, Maria volvió y dijo que la recibiría inmediatamente. La acompañó hasta un despacho que había al final del pasillo. El señor Brown estaba sentado en un sillón alto de cuero detrás de una gran mesa.

—Señorita Lacey —dijo, levantándose e inclinándose sobre la mesa para estrechar la mano de Eilis—. Escribí a su madre cuando la pobre Rose murió, estábamos muy afectados, y me pregunté si también debería haber ido a visitarla. Me han dicho que ha vuelto de Estados Unidos y Maria me ha comentado que tiene el título de contabilidad. ¿Es contabilidad americana?

Eilis explicó que no creía que hubiera mucha diferencia entre ambos sistemas.

—Supongo que no —dijo el señor Brown—. En cualquier caso, Maria quedó muy contenta de su forma de organizar las pagas, pero naturalmente no nos sorprendió, siendo usted hermana de Rose. Ella era la eficiencia personificada y la echamos mucho de menos.

—Rose era un gran ejemplo para mí —dijo Eilis.

—Hasta que acabe la temporada alta —siguió el señor Brown— nos resultará difícil saber cómo vamos a organizarnos en la oficina, pero a la larga necesitaremos un contable y alguien con experiencia en el pago de salarios. Aunque de momento nos gustaría que siguiera trabajando para nosotros a media jornada ocupándose de los pagos. Más adelante podríamos volver a hablar.

—Voy a volver a Estados Unidos —dijo Eilis.

—Bueno, sí, por supuesto —dijo el señor Brown—. Pero usted y yo hablaremos antes de que decida nada en firme.

Eilis estuvo a punto de decirle que ya había tomado una decisión en firme, pero como el tono del señor Brown daba a entender que no veía necesario seguir discutiendo el tema en ese momento, comprendió que no esperaba ninguna respuesta. De modo que se levantó, y el señor Brown hizo lo propio y la acompañó a la puerta; le dijo que saludara a su madre de su parte antes de dejarla con Maria Gethings, que tenía un sobre con dinero preparado.

Eilis le había prometido a Nancy pasar por su casa aquella noche para repasar la lista de invitados al banquete de bodas y estudiar con ella cómo debían sentarlos. Le contó perpleja su entrevista con el señor Brown.

—Hace dos años —dijo— ni siquiera me habría visto. Sé que Rose le preguntó si había alguna posibilidad de que me dieran trabajo y que se limitó a decir que no. Simplemente, no.

—Bueno, las cosas han cambiado.

—Y hace dos años Jim Farell parecía pensar que su deber era ignorarme en el Athenaeum, a pesar de que George le había pedido prácticamente que me invitara a bailar.

—Has cambiado —dijo Nancy—. Pareces otra. Todo en ti es diferente, no para los que te conocemos, pero sí para la gente de la ciudad que solo te conoce de vista.

—¿Qué es lo que ha cambiado en mí?

—Pareces mayor y más seria. Y tienes un aspecto diferente con tu ropa americana. Tienes un no sé qué. Jim no para de pedirnos que busquemos más excusas para salir juntos.

Más tarde, mientras Eilis estaba tomando el té con su madre antes de acostarse, esta le recordó que conocía a los Farrell, aunque no había estado en su casa, que estaba encima del bar, desde hacía muchos años.

—Desde fuera no se nota mucho —dijo—, pero es una de las casas más bonitas de la ciudad. Las dos habitaciones de arriba están unidas con dobles puertas y recuerdo que años atrás la gente comentaba lo grande que era. He oído que sus padres se van a instalar en Glenbrien, de donde es su madre, en una casa que le ha dejado su tía. Al padre le encantan los caballos, sabe mucho de carreras y va a criar caballos, o eso he oído. Y Jim se quedará la casa.

—Pues les echará mucho de menos —dijo Eilis—. Porque llevan el bar cuando él quiere salir.

—Oh, será de forma muy gradual, diría yo —replicó su madre.

Ya arriba, Eilis encontró sobre la cama dos cartas de Tony y casi con un sobresalto, reparó que no le había escrito, como tenía intención de hacer. Miró los dos sobres, su caligrafía, y se quedó de pie en la habitación con la puerta cerrada, pensando en lo extraño que era que todo lo referente a él pareciera lejano. Y no solo eso, también todo lo que había ocurrido en Brooklyn casi parecía haberse desvanecido, no estar vívidamente presente en ella... Su habitación en casa de la señora Kehoe, por ejemplo, o los exámenes, el tranvía que la llevaba del Brooklyn College a casa, el salón de baile, el apartamento en el que Tony vivía con sus padres y sus tres hermanos o la planta de ventas de Bartocci's. Repasó todas esas cosas como si intentara recuperar lo que, apenas unas semanas atrás, parecía tan lleno de detalles, tan sólido.

Metió las cartas en un cajón de la cómoda y decidió contestar cuando volviera de Dublín la noche siguiente. Le hablaría a Tony de todos los preparativos de la boda de Nancy, de los vestidos que ella y su madre se habían comprado. Puede que incluso le contara su entrevista con el señor Brown y que ella le había respondido que iba a volver a Brooklyn. Le escribiría como si todavía no hubiera recibido aquellas dos cartas y no las abriría ahora, pensó, sino que esperaría a haber escrito su propia carta.

La idea de que iba a dejar todo aquello —las habitaciones de su casa, de nuevo familiares, cálidas y reconfortantes— y regresar a Brooklyn para no volver en mucho tiempo ahora la asustaba. Al sentarse en el borde de la cama, quitarse los zapatos y tumbarse de espaldas con las manos bajo la cabeza, sabía que había estado relegando día a día el pensamiento sobre su partida y lo que encontraría a su llegada.

En ocasiones aparecía como un punzante recordatorio, pero la mayor parte del tiempo ni siquiera aparecía. Tenía que hacer un esfuerzo para recordar que estaba realmente casada con Tony, que se sumergiría en el sofocante calor de Brooklyn, al aburrimiento diario de la planta de ventas de Bartocci's y su habitación en casa de la señora Kehoe. Se sumergiría en una vida que ahora le parecía terrible, con personas extrañas, acentos extraños, calles extrañas. Intentó pensar en Tony como una presencia reconfortante y cariñosa, y, en cambio, vio a una persona a la que estaba unida le gustara o no, alguien que, pensó, no le dejaría olvidar la naturaleza de su alianza y su necesidad de que volviera.

Unos días antes de la boda, al salir de trabajar su media jornada en Davis's, Jim pasó a recogerla y fueron a comer a Wexford y después al cine. De camino a casa, él le preguntó cuándo tenía previsto volver a Brooklyn. Eilis había recibido una carta de la compañía marítima en la que le decían que les llamara por teléfono cuando quisiera reservar su billete de vuelta, pero todavía no se había puesto en contacto con ellos.

—Todavía no he llamado a la compañía, pero probablemente será dentro de dos semanas.

—Te vamos a echar de menos, aquí —dijo él.

—Es muy duro dejar a mi madre sola —replicó ella.

Él estuvo un rato sin decir nada, hasta que cruzaron Oylgate.

—Dentro de poco mis padres se irán a vivir al campo. La familia de mi madre es de Glenbrien y su tía le ha dejado una casa allí. Ahora están haciendo obras.

Eilis no le dijo que su madre ya se lo había contado. No quería que Jim supiera que habían estado hablando sobre sus planes de residencia.

—Así que viviré solo en la casa de encima del bar.

Eilis iba a preguntarle en broma si sabía cocinar, pero se dio cuenta de que podía parecer una pregunta con intención.

—Tienes que venir una tarde a tomar el té con mi familia —dijo él—. A mis padres les encantaría conocerte.

—Gracias —dijo ella.

—Después de la boda lo organizaremos.

Decidieron que Jim llevaría a Eilis, a su madre, a Annette O'Brien y a su hermana pequeña Carmel a la recepción de la boda en Wexford después de la ceremonia en la catedral de Enniscorthy. Aquella mañana se levantaron pronto en Friary Street; su madre entró en la habitación con una taza de té y le dijo que estaba nublado y que esperaba que no lloviera. Por la noche ambas habían dejado la ropa cuidadosamente preparada para la mañana siguiente. Habían tenido que arreglar el traje de Eilis, que habían comprado en Arnotts, en Dublín, porque la falda y las mangas eran demasiado largas. Era de un rojo vivo y con él llevaba una blusa blanca de algodón y complementos que había traído de América: medias de un ligero tono rojizo, zapatos rojos, sombrero rojo y bolso blanco. Su madre llevaba un traje de chaqueta color gris comprado en Switzers. Le daba pena tener que ponerse zapatos planos y lisos, pues los pies le dolían y se le hinchaban si hacía calor o tenía que caminar mucho. Se pondría una blusa gris de seda de Rose, no solo porque le gustaba sino también porque a Rose le encantaba y sería bonito llevar algo que le había gustado a Rose en la boda de Nancy.

Habían acordado que Jim pasaría a buscarlas a casa y las llevaría a la catedral si llovía, pero que si hacía buen tiempo se encontrarían allí. Eilis había escrito varias cartas a Tony y había abierto una de él en la que le contaba que había ido a Long Island con Maurice y Laurence para ver el terreno que habían comprado y dividirlo en cinco parcelas. Ahora había muchos rumores de que suministros como el agua y la electricidad llegarían pronto allí sin mucho coste. Eilis dobló la carta y la guardó en el cajón con las demás que había recibido de Tony y las fotografías que Nancy le había dado del día que habían pasado en la playa de Cush. Contempló la foto en la que salían Jim y ella, lo felices que parecían: él pasándole los brazos por el cuello, sonriendo a la cámara, y ella apoyando la cabeza en él, sonriendo también como si no le preocupara nada. No sabía qué iba a hacer con aquellas fotografías.

Su madre contempló el cielo y Eilis supo que deseaba que lloviera, que la complacería mucho que Jim fuera a recogerlas a las dos en coche y las acompañara en el corto trayecto hasta la catedral. Era uno de esos días en que, debido a la boda, los vecinos se sentirían libres de salir a la puerta y examinar a Eilis y a su madre con sus mejores galas y desearles un buen día. Y habría vecinos, pensó Eilis, que ya sabían que había estado saliendo con Jim Farrell y que lo veían igual que su madre, un gran partido, un joven de la ciudad con su propio negocio. Que Jim Farrell fuera a buscarlas, pensó, sería para su madre el punto culminante de todo lo que había ocurrido desde que había vuelto a casa.

Cuando las primeras gotas de lluvia golpearon el cristal de la ventana, una expresión de indisimulada satisfacción apareció en el rostro de la señora Lacey.

—No nos arriesguemos —dijo—. Tengo miedo de que empiece a llover con fuerza antes de que lleguemos a Market Square. Me preocupa que tu blusa blanca se tiña de rojo.

Su madre se pasó la media hora siguiente en la ventana vigilando, por si la lluvia amainaba o Jim Farrell llegaba pronto. Eilis se quedó en la cocina pero se aseguró de que todo estuviera preparado por si Jim llegaba. En cierto momento, su madre fue a la cocina a decirle que le harían pasar a la sala, pero Eilis insistió en que deberían estar listas para salir en cuanto Jim llegara con el coche. Finalmente, fue con su madre a mirar por la ventana.

Cuando Jim llegó abrió la puerta del conductor y salió rápidamente con un paraguas. Eilis y su madre salieron nerviosas a la entrada. La madre abrió la puerta.

—No os preocupéis por el tiempo —dijo Jim—. Os dejaré delante de la catedral y después iré a aparcar. Creo que tenemos tiempo de sobra.

—Iba a ofrecerte una taza de té —dijo la madre de Eilis.

—Aunque no tanto —dijo Jim, y sonrió. Llevaba un traje claro, una camisa azul con corbata de rayas y zapatos color canela.

—Sabes, pienso que solo será un chaparrón corto —dijo su madre mientras se dirigía al coche.

Eilis vio que Mags Lawton, su vecina, había salido y la estaba saludando. Se quedó esperando en la puerta a que Jim volviera con el paraguas pero no devolvió el saludo a Mags ni la animó a hacer ningún comentario. Justo cuando cerraba la puerta de casa e iba hacia el coche vio que se abrían dos puertas más y supo que, para gran deleite de su madre, correría la voz de que Jim Farrell había recogido a Eilis y su madre vestidas de punta en blanco.

—Jim es un perfecto caballero —dijo su madre, mientras entraban en la catedral.

Eilis observó que su madre caminaba despacio, con aire de orgullo y dignidad, sin mirar a derecha o izquierda, plenamente consciente de que la observaban y disfrutando enormemente del efecto que Eilis y ella, a quienes pronto se uniría Jim Farrell, producían en la iglesia.

Aquello no fue nada, sin embargo, ante la visión de Nancy

con el velo blanco y un largo vestido avanzando despacio por el pasillo con su padre mientras George la esperaba en el altar. Cuando empezó la misa y el ambiente en la iglesia se hubo tranquilizado, Eilis, sentada junto a Jim, se encontró sumida en un pensamiento que la había invadido muchas madrugadas, cuando estaba tumbada en la cama. Se preguntó qué haría si Jim le proponía matrimonio. La mayoría de las veces la idea le resultaba absurda; no se conocían lo suficiente y por lo tanto aquello era poco probable. Pensó también que debía hacer todo lo posible para no animarle a hacerlo, puesto que no podría darle otra respuesta que no fuera la de rechazarle.

Pero no podía dejar de pensar en qué pasaría si escribiera a Tony para decirle que su matrimonio había sido un error. ¿Sería fácil divorciarse de él? ¿Podía decirle a Jim lo que había hecho poco antes de irse de Brooklyn? La única persona divorciada que conocían en la ciudad era Elizabeth Taylor, y quizá alguna otra estrella del cine. Quizá pudiera explicarle cómo había llegado a casarse, pero Jim era una persona que jamás había vivido fuera de la ciudad. Su inocencia y cortesía, dos cosas que hacían que fuera agradable estar con él, serían, de hecho, un impedimento, sobre todo si se planteaba algo tan inaudito e impensable, tan alejado de él, como el divorcio. Lo mejor sería, pensó, apartar todo aquello de su mente, pero resultaba difícil, durante la ceremonia, no soñar que estaba en el altar, con sus hermanos de vuelta en casa para la boda y su madre sabiendo que viviría en una bonita casa a pocas calles de ella.

Cuando volvió de comulgar intentó rezar, y se encontró respondiendo a la pregunta que estaba a punto de formular en sus plegarias. La respuesta era que no había respuesta, que nada de lo que hiciera sería correcto. Se imaginó a Tony y a Jim frente a frente, coincidiendo en algún lugar, los dos sonrientes, cálidos, amistosos, afables, Jim menos entusiasta que Tony, menos divertido, menos curioso, pero más independiente y más seguro de su lugar en el mundo. Y pensó en su madre, ahora sentada junto a ella en la iglesia, en la desolación y la conmoción que había provocado la muerte de Rose, mitigada de alguna forma con su vuelta. Y los vio a los tres —a Tony, a Jim y a su madre— como siluetas a las que solo podía herir, personas inocentes rodeadas de luz y claridad, y ella cercándolas, oscura e incierta.

Habría hecho cualquier cosa, cuando Nancy y George recorrían juntos el pasillo, por unirse a quienes albergaban dulzura, certeza e inocencia, sabiendo que podía empezar su vida sin sentir que había hecho algo insensato e hiriente. Decidiera lo que decidiese, pensó, no habría forma de evitar las consecuencias de lo que había hecho ni de lo que ahora pudiera hacer. Mientras caminaba por el pasillo con Jim y su madre, y se unía a los admiradores fuera de la iglesia, donde el cielo se había despejado, tuvo la certeza de que no amaba a Tony. Parecía parte de un sueño del que había despertado por la fuerza hacía algún tiempo y, ahora que estaba despierta, su presencia, antes tan sólida, carecía de sustancia y forma; era una mera sombra en el linde de cada momento del día y de la noche.

Mientras posaban para las fotografías a las puertas de la catedral, el sol asomó completamente y muchos curiosos se congregaron para contemplar a los novios, que se disponían a ir a Wexford en un gran coche de alquiler adornado con guirnaldas.

Durante el banquete de bodas Eilis se sentó entre Jim y un hermano de George que había vuelto de Inglaterra para la boda. Su madre la observaba con cariño y atención. A Eilis le pareció casi gracioso que mirara hacia ella cada vez que se llevaba un bocado de comida a la boca para comprobar que seguía allí, con Jim Farrell firmemente sentado a su derecha, y que ambos parecían estar pasándolo bien. Vio que la madre de George Sheridan parecía una duquesa madura a la que no le habían dejado nada salvo un gran sombrero, algunas joyas antiguas y su gran dignidad.

Más tarde, después de los discursos, mientras hacían las fotos de los novios y después de la novia con su familia y del novio con la suya, la madre de Eilis la buscó y le susurró que había encontrado coche para llevarlas de regreso a Enniscorthy a ella misma y a las dos chicas O'Brien. El tono de su madre era casi demasiado complaciente y conspirativo. Eilis se dio cuenta de que Jim Farrell pensaría que su madre lo había orquestado todo, y también comprendió que no podía hacer nada para hacerle saber que ella no estaba implicada en la conspiración. Mientras ella y Jim miraban como se iba el coche y vitoreaban a los recién casados, se les acercó la madre de Nancy, que se encontraba en un estado de felicidad propiciado, pensó Eilis, por muchas copas de jerez y algo de vino y champán.

—Bueno, Jim —dijo—, no soy la única que dice que nuestra próxima gran velada será la de tu gran día. Nancy podrá darte muchos consejos cuando vuelva, Eilis.

Se echó a reír con una estridencia que a Eilis le pareció indecorosa. Miró a su alrededor para asegurarse de que nadie les prestaba atención. Se dio cuenta de que Jim Farrell, miraba con frialdad a la señora Byrne.

—Poco imaginábamos —siguió la señora Byrne— que Nancy acabaría siendo una Sheridan, y he oído que los Farrell se trasladan a Glenbrien, Eilis.

La expresión en el rostro de la señora Byrne era de dulce insinuación; Eilis se preguntó si debería excusarse y salir corriendo al tocador para no tener que oír nada más. Pero entonces, pensó, dejaría a Jim a solas con ella.

—Jim y yo hemos prometido a mi madre que nos aseguraríamos de que ella supiera dónde está el coche —dijo Eilis con rapidez, tirando a Jim de la manga.

—¡Oh, Jim y yo! —exclamó la señora Byrne, que parecía una mujer de arrabal volviendo a casa un sábado por la noche—. ¿La oyes? ¡Jim y yo! Oh, no tardaremos en tener un gran día de fiesta y tu madre estará encantada. Cuando el otro día trajo el regalo de bodas nos dijo que estaría encantada, ¿y por qué no iba a estarlo?

—Tenemos que irnos, señora Byrne —dijo Eilis—. ¿Nos disculpa?

Mientras se alejaban, Eilis entrecerró los ojos y negó con la cabeza.

—¡Imagina tenerla de suegra! —dijo.

Aquello era, pensó, un pequeño acto de deslealtad, pero evitaría que Jim pensara que ella tenía algo que ver con lo que había dicho la señora Byrne en ese estado.

Jim logró esbozar una gélida sonrisa.

—¿Podemos irnos? —preguntó.

—Sí —dijo ella—. Mi madre sabe exactamente dónde está el

coche que la llevará a Enniscorthy. No hace falta que nos quedemos más rato. —Intentó aparentar autoridad y demostrar el control de la situación.

Salieron en coche del aparcamiento del hotel Talbot y cruzaron los muelles y el puente. Eilis decidió no pensar en lo que su madre podía haberle dicho a la señora Byrne ni, de hecho, en lo que la misma señora Byrne acababa de decir. Si Jim lo deseaba, si eso ayudaba a explicar su silencio y la rigidez de su mandíbula, entonces podía hacerlo cuanto quisiera. Ella estaba decidida a no hablar hasta que él lo hiciera y a no hacer nada para distraerle o animarle.

Cuando llegaron a Curracloe, Jim finalmente habló.

—Mi madre me ha pedido que te diga que el club de golf va a instituir un premio en memoria de Rose. La capitana femenina entregará un trofeo especial el día de la Dama Capitana Femenina a la mejor puntación obtenida por una socia nueva. Dice que Rose era siempre muy amable con la gente que era nueva en la ciudad.

—Sí —dijo Eilis—. Ella siempre era amable con la gente nueva, es verdad.

—Bien, la semana que viene darán una recepción para anunciar el premio y mi madre ha pensado que podrías venir a casa a tomar el té con nosotros y después ir juntos a la recepción del club de golf.

—Eso estaría muy bien —dijo Eilis. Estuvo a punto de decir que su madre también se sentiría muy complacida cuando le diera la noticia, pero pensó que ya habían oído demasiado sobre lo que dice su madre por ese día.

Jim aparcó el coche y bajaron a la playa. Aunque todavía hacía calor, había una densa calima, casi niebla, por encima del mar. Empezaron a caminar en dirección norte, hacia Ballyconnigar. Eilis se sentía a gusto con Jim, ahora que quedaba atrás la boda y contenta de que él no se hubiera referido a lo que había dicho la señora Byrne y pareciera no pensar en ello.

Pasado Ballyvaloo encontraron un lugar en las dunas en el que podían sentarse cómodamente. Jim se sentó primero y dejó espacio para que Eilis pudiera reclinar la espalda sobre él. La rodeó con sus brazos.

No había nadie en la playa. Permanecieron en silencio un rato, contemplando cómo las olas rompían plácidamente contra la suave arena.

—¿Te lo has pasado bien? —preguntó él al final.

—Sí —replicó Eilis.

—Yo también —dijo Jim—. Siempre me hace gracia ver a los hermanos y las hermanas de los demás porque soy hijo único. Imagino que debe de haber sido duro para ti haber perdido a tu hermana. Hoy me he sentido extraño al ver a George con sus hermanos y a Nancy con las suyas.

—¿Fue difícil para ti ser hijo único?

—Ahora importa más, creo —dijo Jim—, porque mis padres se están haciendo mayores y solo estoy yo. Pero puede que también haya sido importante en otros sentidos. Nunca he sabido tratar a la gente. Podía hablar con los clientes en el bar y todo eso, sabía cómo hacerlo; me refiero a los amigos. Nunca he tenido habilidad para hacer amigos. Siempre he tenido la impresión de que no gustaba a la gente o que no sabía cómo desenvolverme.

—Pero seguro que tienes muchos amigos.

—En realidad, no —dijo él—, y fue más duro cuando todos empezaron a tener novia. Siempre me ha resultado difícil hablar con las chicas. ¿Recuerdas la noche que nos conocimos?

—¿Te refieres al Athenaeum?

—Sí —dijo él—. Aquella noche de camino al baile, Alison Prendergast, con quien medio salía, rompió conmigo. Ya me lo esperaba, pero lo hizo justo de camino al baile. Y sabía que a George le gustaba de verdad Nancy, y ella estaba allí. Él quería estar con ella. Entonces fue a buscarte; yo te había visto en la ciudad y me gustabas, y tú estabas sola y eras tan amable y simpática. Ya estamos en lo mismo, pensé. Si la invito a bailar se me trabará la lengua, pero aun así creía que debía hacerlo. Detestaba estar allí solo, pero no fui capaz de pedírtelo.

—Deberías haberlo hecho —dijo Eilis.

—Y cuando me enteré de que te habías ido, pensé que solo yo podía tener tan mala suerte.

—Recuerdo esa noche —dijo Eilis—. Tuve la impresión de que Nancy y yo no te caíamos bien.

—Cuando me enteré de que habías vuelto —siguió él, como si no la hubiera oído— y te vi con ese aspecto tan fantástico, y yo estaba tan deprimido después de la historia con la hermana de Nancy, pensé que haría cualquier cosa con tal de verte otra vez.

Jim la acercó más a él y le puso las manos en los pechos. Eilis sintió su pesada respiración.

—¿Podemos hablar de lo que vas a hacer? —preguntó.

—Desde luego —replicó ella.

—Me refiero a que si tienes que irte, quizá podríamos comprometernos antes de que te fueras.

—Quizá podamos hablar de ello otro día —dijo ella.

—Quiero decir, si vuelvo a perderte, bueno, no sé cómo decirlo, pero...

Eilis se volvió hacia él y se besaron; se quedaron allí hasta que la niebla se volvió más espesa y se vislumbraron los primeros indicios de la llegada de la noche. Después volvieron al coche y se dirigieron a Enniscorthy.

Al cabo de unos días recibió una nota de la madre de Jim invitando a Eilis formalmente a tomar el té el jueves y mencionándole la recepción que tendría lugar en el club de golf en honor de Rose, a la que podían ir después. Eilis le enseñó la carta a su madre y le preguntó si le gustaría ir a la recepción, pero la mujer dijo que no, que sería demasiado doloroso para ella, y que se alegraba de que ella fuera con los Farrell y representara a la familia.

Durante todo el fin de semana siguiente llovió. Jim pasó a buscarla el sábado y fueron a Rosslare y después cenaron en el hotel Strand. En el postre, Eilis estuvo tentada de explicárselo todo, de pedirle ayuda, incluso consejo. Jim, pensó, era bueno, y también sabio e inteligente en ciertos sentidos, pero conservador. Le gustaba la posición que tenía en el pueblo y para él era importante dirigir un bar respetable y pertenecer a una familia respetable. No había hecho nada fuera de lo corriente en su vida y, pensó, jamás lo haría. Su visión de sí mismo y del mundo no incluía la posibilidad de pasar tiempo con una mujer casada e, incluso peor, con una mujer que no le había dicho ni a él ni a nadie que estaba casada.

Eilis contempló su amable rostro bajo la tenue luz del hotel y decidió no decirle nada en ese momento. Volvieron a Enniscorthy. En casa, al contemplar las cartas de Tony guardadas en el cajón de la cómoda, algunas de ellas aún sin abrir, se dio cuenta de que nunca habría un momento para decírselo. Era algo que no podía decirse; no era capaz de imaginar la reacción de Jim ante su engaño. Tendría que volver.

Llevaba algún tiempo posponiendo escribir al padre Flood o la señorita Fortini, o la señora Kehoe, para justificar su prolongada ausencia. Les escribiría, decidió, en los próximos días. Intentaría no seguir posponiendo su deber. Pero la perspectiva de comunicarle a su madre la fecha de partida y la perspectiva de decir adiós a Jim Farrell seguían llenándola de temor, lo suficiente para apartar de nuevo ambas ideas de su mente. Se dijo que pensaría en ellos en otro momento, no ahora.

El día anterior a la recepción en el club de golf fue sola a visitar la tumba de Rose a primera hora de la tarde. Había estado lloviznando y se llevó el paraguas. Al llegar al cementerio percibió que el viento era casi frío, a pesar de que estaban a principios de julio. Bajo aquella grisácea luz de temporal, el cementerio en el que yacía Rose parecía un lugar desnudo y abandonado, sin árboles, sin apenas vegetación, solo hileras de lápidas y caminos y, debajo, el absoluto silencio de la muerte. Eilis reconoció los nombres de algunas lápidas, los padres o abuelos de sus amigos de la escuela, hombres y mujeres a los que recordaba bien, todos ellos ahora muertos, depositados allí, al final del pueblo. De momento, la mayoría eran recordados por los vivos, pero su recuerdo se desvanecía lentamente con el paso de las estaciones.

Se detuvo ante la tumba de Rose e intentó rezar o murmurar algo. Estaba triste, pensó, y quizá aquello fuera suficiente..., ir allí y hacer saber al alma de Rose lo mucho que la echaba de menos. Pero no pudo llorar ni decir nada. Se quedó ante la tumba todo el rato que pudo y después se fue, sintiendo el más agudo de los dolores al dejar físicamente el cementerio y caminar hacia Summerhill y el convento de la Presentación.

Al llegar a la esquina de Main Street decidió cruzar el pueblo en lugar de ir por Back Road. Ver caras, gente moviéndose, tiendas ajetreadas, pensó, podía aliviar aquella punzante tristeza, casi culpabilidad, que sentía por Rose, por no ser capaz de hablar con ella como es debido, ni de rezar por ella.

Pasó junto a la catedral por la acera opuesta, y cuando se dirigía a Market Square oyó que alguien la llamaba. Al volverse vio que Mary, que trabajaba para la señorita Kelly, estaba llamándola y haciéndole señas para que cruzara la calle.

—¿Pasa algo? —preguntó Eilis.

—La señorita Kelly quiere verla —dijo Mary. Estaba casi sin aliento y parecía atemorizada—. Dice que tengo que asegurarme de que venga conmigo.

—¿Ahora? —preguntó Eilis riendo.

—Ahora —repitió Mary.

La señorita Kelly estaba esperando en la puerta.

—Mary —dijo—, vamos arriba unos minutos y si alguien pregunta por mí, dile que bajaré cuando a mí me venga bien.

—Sí, señorita.

La señorita Kelly abrió la puerta que llevaba a la parte del edificio en la que vivía e hizo pasar a Eilis. Esta cerró la puerta tras ella y la señorita Kelly la acompañó por la oscura escalera hasta el salón, que daba a la calle pero parecía casi tan oscuro como el hueco de la escalera y tenía, pensó Eilis, demasiados muebles. La señorita Kelly señaló una silla cubierta de periódicos.

—Déjalos en el suelo y siéntate —dijo.

La señorita Kelly se sentó frente a ella en un descolorido sillón de piel.

—Y bien, ¿cómo te va? —preguntó.

—Muy bien, gracias, señorita Kelly.

—Eso he oído. Precisamente ayer pensé en ti y me pregunté si llegaría a verte porque justamente acababa de tener noticias de Madge Kehoe, desde América.

—¿Madge Kehoe? —preguntó Eilis.

—Para ti debe de ser la señora Kehoe, pero es mi prima. Antes de casarse era una Considine y mi madre, Dios la tenga en su gloria, era una Considine, así que eran primas hermanas.

—Nunca me comentó nada —dijo Eilis.

—Oh, los Considine siempre han sido muy cerrados —dijo la señorita Kelly—. Mi madre era igual.

El tono de la señorita Kelly era casi juguetón; era, pensó Eilis, como si se estuviera imitando a sí misma. Se preguntó si podía ser verdad que la señorita Kelly fuera prima de la señora Kehoe.

—¿De verdad? —preguntó con frialdad.

—Y por supuesto me lo contó todo sobre ti cuando llegaste.

Pero después aquí no hubo novedades y la política de Madge es estar en contacto contigo si tú estás en contacto con ella. Así que lo que hago es llamarla dos veces al año, más o menos. Nunca estoy mucho rato al teléfono porque es caro. Pero eso la hace feliz, sobre todo si hay novedades. Y cuando volviste, bueno, eso son novedades, y me enteré de que estabas siempre en Curracloe, y en Courtown, con tus mejores galas, y entonces un pajarito que resulta que es cliente mío me dijo que había hecho una foto vuestra en Cush Gap. Dijo que erais un grupo encantador.

La señorita Kelly parecía estar disfrutando; a Eilis no se le ocurrió ninguna forma de pararla.

—Así que llamé a Madge para contarle las novedades, y que preparabas las pagas en Davis's.

—¿Ah sí, señorita Kelly?

Era evidente que la señorita Kelly había preparado palabra por palabra lo que estaba diciendo. La idea de que el hombre que les había hecho la foto en Cush, alguien al que apenas recordaba y al que nunca había visto, hubiera estado en la tienda de la señorita Kelly hablando de ella, y que esas novedades hubieran llegado a la señora Kehoe en Brooklyn, de pronto la atemorizó.

—Y cuando ella tuvo sus propias noticias, me devolvió la llamada —dijo la señorita Kelly—. Bueno.

—¿Y qué dijo, señorita Kelly?

—Oh, creo que ya sabes lo que dijo.

—¿Era interesante?

Eilis intentó igualar el aire de desdén de la señorita Kelly.

—¡Oh, no intentes engañarme! —dijo la señorita Kelly—. Puedes engañar a la mayoría de la gente, pero a mí no.

—Estoy segura de que no me gustaría engañar a nadie —dijo Eilis.

—¿De verdad, señorita Lacey? Si es así como te llamas ahora.

—¿Qué quiere decir?

—Madge me lo ha contado todo. El mundo, como se suele decir, es un pañuelo.

Por la expresión de regocijo en el rostro de la señorita Kelly, Eilis supo que no había podido evitar disimular su alarma. Un escalofrío le recorrió la espalda mientras se preguntaba si Tony había ido a ver a la señora Kehoe y le había hablado de la boda. Enseguida le pareció poco probable. Lo más probable, reflexionó, era que alguno de los que estaban en la cola del ayuntamiento los reconociera, a ella o a Tony, o viera sus nombres y le diera la noticia a la señora Kehoe o a alguna de sus amigas.

Se levantó.

—¿Es todo lo que tiene que decir, señorita Kelly?

—Sí, pero volveré a llamar a Madge y le diré que nos hemos visto. ¿Cómo está tu madre?

—Está muy bien, señorita Kelly.

Eilis estaba temblando.

—Te vi después de la boda de los Byrne, entrando en el coche de Jim Farrell. Tu madre tenía buen aspecto. Hace tiempo que no la veo, pero me pareció que tenía buen aspecto.

—Se alegrará de saberlo —dijo Eilis.

—Oh, bien, estoy segura —replicó la señorita Kelly.

—¿Eso es todo, señorita Kelly?

—Eso es todo —dijo la señora Kelly, sonriendo cínicamente mientras se levantaba—. No olvides el paraguas.

Ya en la calle, Eilis rebuscó en su bolso y vio que llevaba la carta de la compañía marítima con el número de teléfono al que debía llamar para reservar plaza en el barco. Al llegar a Market Square se detuvo en Godfrey's y compró papel de carta y sobres. Recorrió Castle Street y bajó por Castle Hill hasta la oficina de correos. En el mostrador, dio el número al que quería llamar y le dijeron que esperara en la cabina telefónica que había en la esquina de la oficina. Cuando el teléfono sonó, levantó el auricular y dio su nombre y datos al administrativo de la compañía, que encontró su ficha y le dijo que el primer barco que iba de Cobh a Nueva York salía el viernes, en dos días, y que, si a ella le iba bien, podía reservar una plaza en tercera clase sin recargo alguno. Una vez confirmado, él le dio el horario de salida y la fecha de llegada, y ella colgó.

Tras pagar la llamada, pidió sobres para correo aéreo. Cuando el oficinista los encontró, le pidió cuatro y fue a la cabina que había junto a la ventana, donde escribió cuatro cartas. Con el padre Flood, la señora Kehoe y la señorita Fortini simplemente se disculpó por volver tan tarde y les dijo cuándo llegaba. A Tony le dijo que lo amaba y lo echaba de menos y que esperaba estar con él a finales de la semana siguiente. Le dio el nombre del barco y los datos sobre la posible hora de llegada. Firmó. Después, tras cerrar los tres primeros sobres, volvió a leer lo que había escrito a Tony y pensó en romper la carta y pedir otra cuartilla, pero finalmente decidió meterla en el sobre y entregarla en el mostrador junto a las otras.

Mientras subía por Friary Hill se dio cuenta de que se había dejado el paraguas en la oficina de correos, pero no fue a buscarlo.

Su madre estaba en la cocina, lavando platos. Cuando entró Eilis, se volvió.

—Después de que te fueras pensé que debería haber ido contigo. Es un lugar viejo y solitario.

—¿El cementerio? —preguntó Eilis, mientras se sentaba a la mesa de la cocina.

—¿No es allí donde has ido?

—Sí, mamá.

Creyó que ahora sería capaz de hablar, pero no fue así; las palabras no le salían, solo podía respirar con fuerza. Su madre se volvió otra vez y la miró.

—¿Va todo bien? ¿Estás disgustada?

—Mamá, hay algo que debería haberte dicho cuando llegué, y tengo que decírtelo ahora. Antes de irme de Brooklyn, me casé. Estoy casada. Tendría que habértelo dicho en cuanto llegué.

Su madre cogió una toalla y se secó las manos. Después dobló la toalla cuidadosa y lentamente, y se acercó despacio a la mesa.

—¿Es americano?

—Sí, mamá. Es de Brooklyn.

Su madre suspiró y alargó la mano, agarrando la mesa como si necesitara apoyarse en algo. Asintió lentamente con la cabeza.

—Eily, si estás casada, deberías estar con tu marido.

—Lo sé.

Eilis empezó a llorar y reclinó la cabeza sobre los brazos. Al levantar la vista unos instantes, vio que su madre no se había movido.

—¿Es buena persona, Eily?

Eilis asintió.

—Sí, lo es.

—Si te has casado con él, tiene que serlo, eso es lo que pienso —dijo su madre.

Su tono era suave, flojo y reconfortante, pero Eilis pudo ver, por la expresión de sus ojos, el gran esfuerzo que estaba haciendo por decir lo menos posible sobre lo que sentía.

—Tengo que volver —dijo Eilis—. Me voy mañana por la mañana.

—¿Y me lo has estado ocultando hasta ahora? —dijo su madre.

—Lo siento, mamá.

Eilis empezó a llorar de nuevo.

—¿No te has visto obligada a casarte con él? ¿No estabas en una situación delicada? —preguntó su madre.

—No.

—Y dime algo: ¿si no te hubieras casado con él, volverías igualmente?

—No lo sé —replicó Eilis.

—¿Pero mañana por la mañana vas a coger el tren? —preguntó su madre.

—Sí, el tren a Rosslare y después a Cork.

—Iré al centro y le diré a Joe Dempsey que pase mañana a recogerte. Le pediré que venga a las ocho, así tendrás tiempo suficiente para coger el tren. —La madre de Eilis se detuvo un instante y esta vio la expresión de suma fatiga que la invadía—. Y después me iré a la cama porque estoy cansada, así que no te veré mañana por la mañana. De modo que voy a despedirme ahora.

—Aún es pronto —dijo Eilis.

—Prefiero despedirme ahora y solo una vez. —La voz de su madre había adquirido mayor determinación.

Se acercó a Eilis y cuando esta se levantó, la abrazó.

—Eily, no debes llorar. Si tomaste la decisión de casarte con alguien, es que debe de ser buena persona y agradable y muy especial. Es así, ¿no?

—Sí, mamá.

—Bien, entonces es un acierto, porque tú también lo eres. Y te echaré de menos. Pero él también debe de echarte de menos.

Cuando su madre fue hacia la puerta y se detuvo, Eilis se quedó esperando a que dijera algo más. Sin embargo, su madre tan solo la miró, sin decir nada.

—¿Me escribirás para contarme cosas de él cuando vuelvas? —preguntó al final—. ¿Me contarás todas las novedades?

—Te escribiré hablando de él en cuanto llegue —dijo Eilis.

—Si digo algo más, lloraré. Así que voy a ir a Dempsey's a pedir un coche para ti —dijo su madre mientras salía de la estancia de una forma lenta, digna y deliberada.

Eilis se sentó en silencio en la cocina. Se preguntó si su madre había sabido desde un principio que tenía novio en Brooklyn. Nunca habían mencionado las cartas que le había escrito a Rose, y aun así debían de haber aparecido en algún sitio. Su madre había repasado las cosas de Rose con sumo cuidado. Se preguntó si su madre había preparado hacía tiempo lo que le diría si ella le anunciaba que volvía porque tenía novio. Casi deseó que su madre estuviera enfadada con ella, o que al menos hubiera expresado decepción. Su reacción le hizo sentir que lo último que quería era pasar la noche sola haciendo las maletas en silencio mientras su madre escuchaba desde la habitación.

Primero pensó que debía ir a ver a Jim Farrell inmediatamente, pero después cayó en la cuenta de que estaría trabajando detrás de la barra. Intentó imaginarse entrando en el bar, encontrándoselo allí e intentando hablar con él, o esperando a que buscara a su padre o su madre para que se ocuparan del bar mientras ella salía con él y le decía que se iba. Podía imaginar su dolor, pero no estaba segura de qué haría, si le diría que la esperaría mientras obtenía el divorcio e intentaría convencerla de que se quedara, o le pediría una explicación de por qué no lo había desalentado. Verlo, pensó, no serviría de nada.

Pensó en escribirle una nota diciéndole que tenía que irse y dejarla en la puerta de su casa para que la encontrara aquella noche o a la mañana siguiente. Pero si la encontraba aquella noche, iría automáticamente a buscarla. Entonces decidió dejar la nota en la puerta por la mañana, de camino a la estación. Le diría simplemente que había tenido que irse y que lo sentía; que le escribiría cuando llegara a Brooklyn para contarle la razón.

Oyó llegar a su madre y subir lentamente las escaleras hasta la habitación, y por un momento pensó en seguirla, en pedirle que se quedara con ella mientras hacía las maletas, y le hablara. Pero había habido algo, se dijo, tan inflexible, tan implacable en la insistencia de su madre por despedirse solo una vez, que supo que no tenía sentido pedirle su bendición o lo que esperaba de ella, fuera lo que fuese, antes de dejar aquella casa.

En la habitación, escribió la nota para Jim Farrell y la dejó a un lado; sacó la maleta de debajo de la cama, la puso encima y empezó a meter la ropa. Podía imaginar a su madre escuchando mientras abría la puerta del armario y sacaba las perchas con la ropa. Imaginó a su madre, tensa, siguiendo sus pasos en la habitación. La maleta estaba prácticamente llena cuando abrió el cajón en el que guardaba las cartas de Tony. Las cogió y las metió en un lado de la maleta. Leería las que no había abierto mientras cruzaba el Atlántico. Por un instante, mientras contemplaba las fotografías que se habían hecho en Cush, Jim, George y Nancy y ella misma, y la de ella con Jim, sonriendo con tanta inocencia a la cámara, pensó en romperlas y tirarlas al cubo de la basura. Pero después se lo pensó mejor y sacó lentamente toda la ropa de la maleta y colocó las dos fotografías en el fondo, boca abajo, y después puso la ropa encima. Algún día, pensó, las miraría y recordaría lo que sabía que pronto le parecería un sueño extraño y difuso.

Cerró la maleta, la llevó abajo y la dejó en la entrada. Todavía había luz, y, mientras estaba sentada a la mesa de la cocina comiendo, los últimos rayos de sol atravesaron la ventana.

En las horas que siguieron, estuvo tentada varias veces de subir una bandeja con té y galletas o bocadillos a su madre; la puerta de su madre continuaba cerrada y no se oía un solo ruido en la habitación. Eilis sabía que, si llamaba a la puerta o la abría, su madre le diría con firmeza que no quería que la molestaran. Más tarde, cuando decidió acostarse, pasó frente a la puerta de la habitación de Rose y pensó en entrar, en ver por última vez el lugar en el que había muerto su hermana, pero, a pesar de que se detuvo unos instantes y bajó los ojos a modo de reverencia, no abrió la puerta.

Como no había corrido las cortinas, la despertó la luz de la mañana. Era temprano y no se oía nada salvo el canto de los pájaros. Sabía que su madre también estaría despierta, escuchando cada sonido. Se movió con cuidado y, sin hacer ruido, se puso la ropa que había dejado preparada y bajó para guardar en la maleta la ropa usada y los enseres de tocador. Comprobó que lo tenía todo: dinero, pasaporte, la carta de la compañía marítima y la nota para Jim Farrell. Después se sentó en la sala delantera, pendiente de la llegada del coche de Joe Dempsey.

Cuando llegó, ella estaba en la puerta y él no tuvo que llamar. Se llevó un dedo a los labios para indicarle que no debían hablar. Él puso la maleta en el maletero del coche mientras ella dejaba la llave de la casa en el mueble perchero. Cuando el coche se alejó, le pidió que se detuviera un momento en casa de los Farrell, en Rafter Street y, cuando lo hizo, ella dejó la nota en el buzón de la entrada.

Mientras el tren se dirigía al sur, siguiendo la línea de Slaney, imaginó a la madre de Jim Farrell subiendo el correo de la mañana. Jim encontraría su nota entre las facturas y cartas de negocios. Lo imaginó abriéndola y preguntándose qué debía hacer. Y en algún momento de la mañana, pensó, iría a Friary Street; su madre abriría la puerta y miraría a Jim Farrell con los hombros erguidos valientemente y la mandíbula rígida, y una mirada en los ojos que mostraría un pesar indescriptible y el orgullo que pudiera reunir.

«Ha vuelto a Brooklyn», diría su madre. Y, mientras el tren cruzaba Macmine Bridge en dirección a Wexford, Eilis imaginó los años venideros, cuando aquellas palabras significaran cada vez menos para el hombre que las había escuchado y cada vez más para ella. Casi sonrió al pensar en ello, después cerró los ojos e intentó no imaginar nada más.

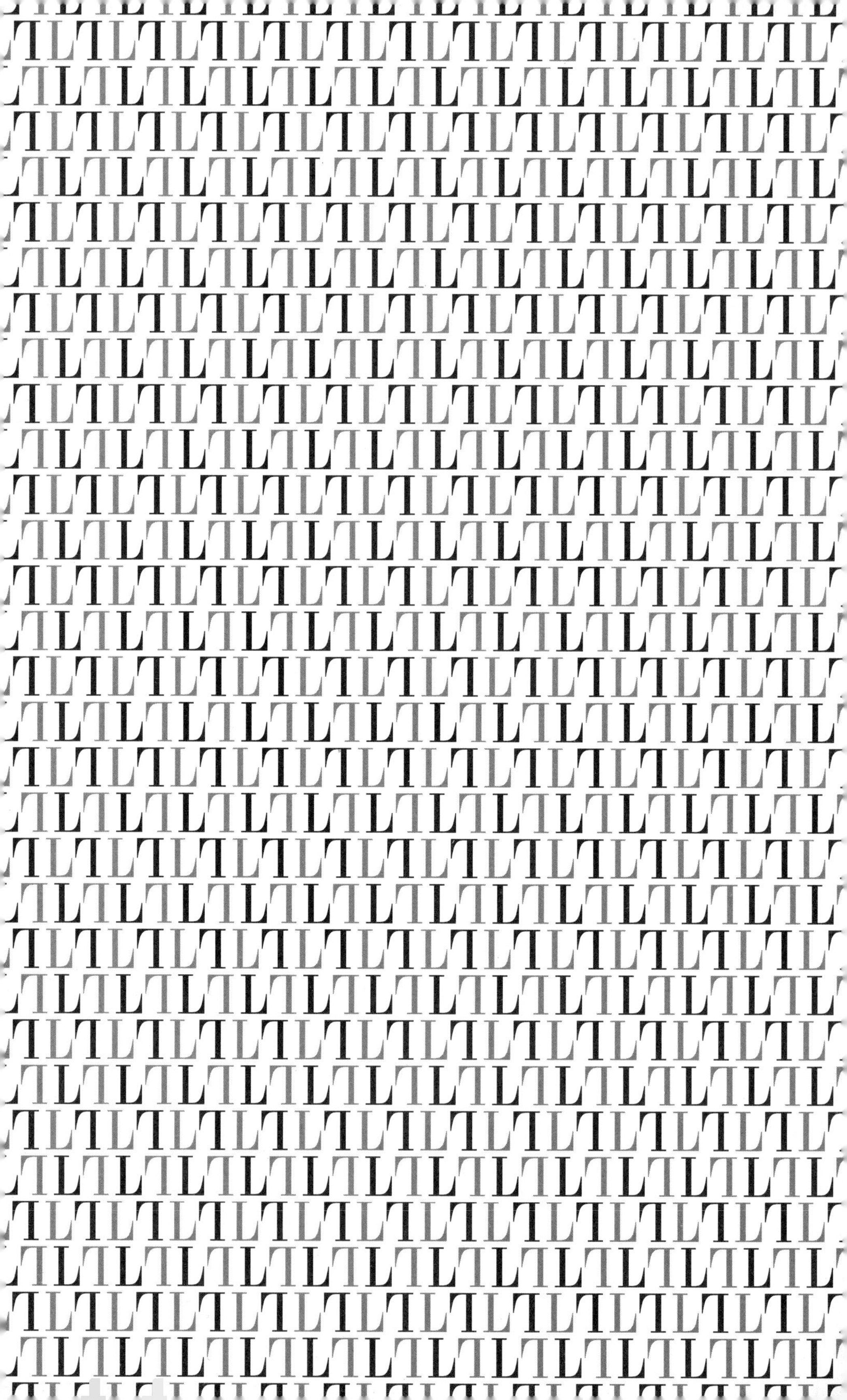